静山社ペガサス文庫

救われたおとぎ話

少年冒険家トム Ⅲ

イアン・ベック 作・絵　松岡ハリス佑子 訳

Tom Trueheart and the Myths and Legends
was originally published in English in 2010.

This translation is published by arrangement with
Oxford University Press through
Tuttle-Mori Agency, Inc., Tokyo.

Published in Japan by
Say-zan-sha Publications, Ltd.

献辞

草稿を読んでご意見をくださり、私を励ましてこの物語を書くのを助けてくださった皆様にお礼を申し上げます。
リズ・クロス、ララ・デニス、デイビッド・フィックリング、ヒラリー・デラメア、ジュリエット・トレウェラード、そして忍耐強い私の家族に。

この本を、最早故人となった良き友、グリン・ボイド・ハートとジョナサン・ギリに愛と思い出をこめて捧げます。

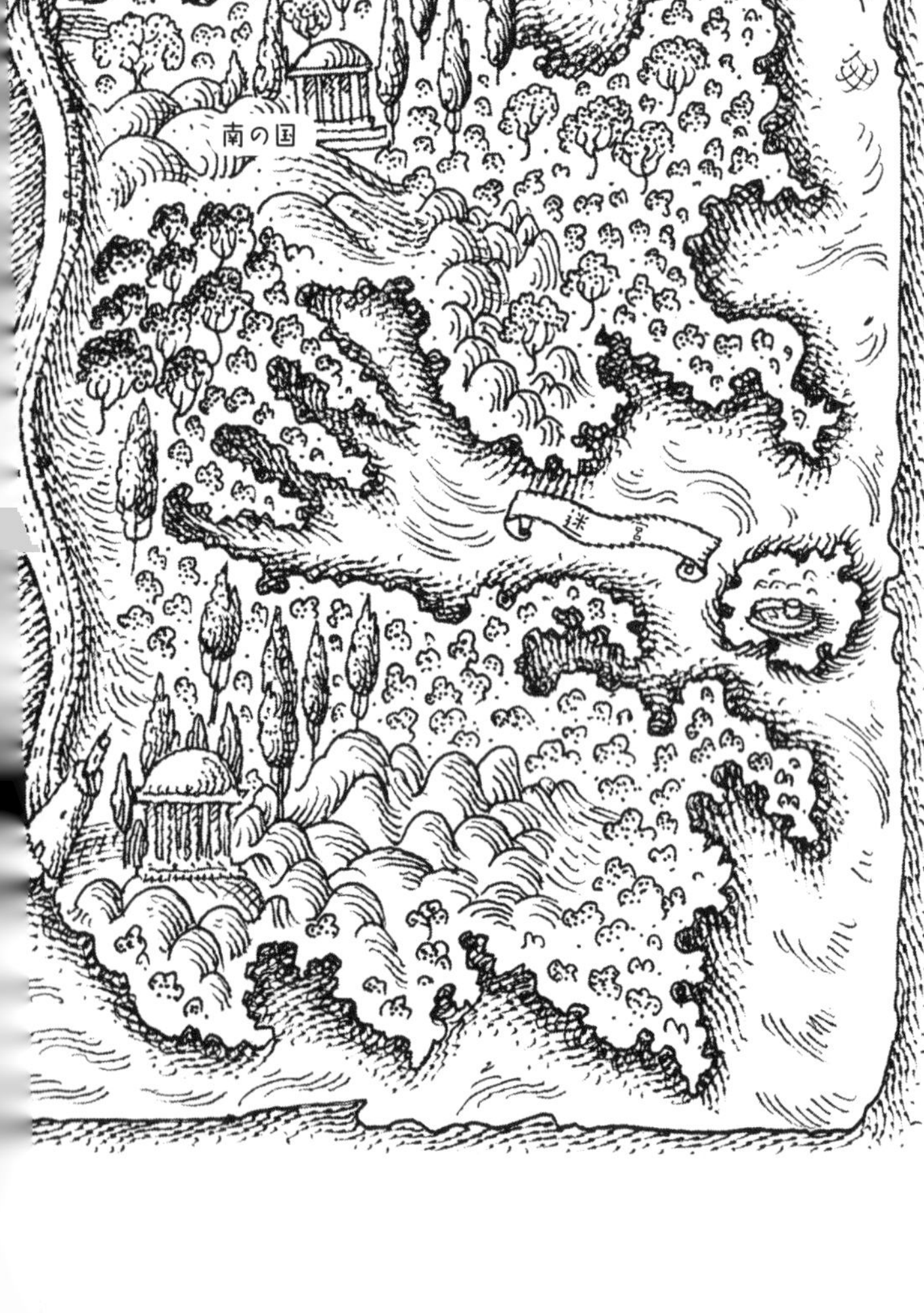
南の国
迷宮

時の境界の海
北の国
ドラゴンの洞くつ
神話と
伝説の島

目次

第一話　北の国の怪物《かいぶつ》

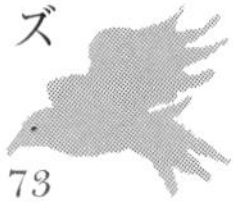

第二話 古代の都

第三話 迷宮《めいきゅう》の戦い

トム・トゥルーハート……トゥルーハート家の末《すえ》っ子。もうすぐ十三歳《さい》になる少年冒険家《ぼうけんか》。

ジョリティ・ブラウンフィールド……見習《みなら》い妖精《ようせい》。魔法《まほう》でカラスになり、三度目の冒険旅行でもトムのお伴《とも》をする。

ジュリアス・オームストーン……トムの宿敵《しゅくてき》。おとぎ工房の作家だが、黄金《おうごん》を手に入れて古代の国の王さまになり、悪事をたくらむ。

ビッグ・ジャック……トムの父親。勇敢《ゆうかん》な冒険家だが、オームストーンの捕虜《ほりょ》になっている。「巨人殺しのジャック」とも呼《よ》ばれる。

ルンペルスティルツキン……お姫《ひめ》さまに恋《こい》する木の精《せい》。オームストーンに裏切《うらぎ》られて、仕返しの機会をねらう……。

義足《ぎそく》の海賊《かいぞく》船長……海辺の船乗《ふなの》り酒場《さかば》にたむろする海賊。トムに船乗りのキャットを紹介《しょうかい》してくれる。肩《かた》にはいつも、鮮《あざ》やかな色のオウムが止まっている。

カギ手の海賊船長……船乗り酒場にたむろするもう一人の海賊。オームストーンにわいろをもらって、海図《かいず》を書きかえる。

タビサ……不思議《ふしぎ》な女の子だが、れっきとした船乗り。グリーンピース色の船をあやつり、トムを『時の境界《きょうかい》の海』まで乗せていく。緑色の目で、あだ名はキャット。

おもな登場人物

アーン…………北の国の豊《ゆた》かな村に住む村人。オームストーンにドラゴンの話をしたばかりに、村ごとドラゴンに焼かれてしまい……。

ファフニールとシグルズ…軍船に乗って、船乗りたちといっしょに『時の境界《きょうかい》の海』の周辺を航海している勇敢《ゆうかん》な戦士。渦《うず》にのまれたトムを見つける。

ダイダロス…………古代の都にすむ発明家で、建物や道具などをつくる職人でもある。暗い島に迷宮《めいきゅう》をつくった。

つぎはぎ顔の男………オームストーンの忠実な家来《けらい》で、悪事を手伝い、怪物《かいぶつ》の世話をしている。

ドルコン…………古代の国に住む羊飼《ひつじか》いの少年。トムとジョリティに、古代の都の話を聞かせ、食べ物を分けてくれる。

白ひげの老人………未来を告《つ》げる予言者《よげんしゃ》。トムに金色の巨人《きょじん》のことや、迷宮の話をしてくれる。

アリアドネ…………宮殿《きゅうでん》で王さまの衣装《いしょう》を縫《ぬ》うお針子《はりこ》の少女。智恵《ちえ》を働かせてトムを助ける。

ミノタウルス…………迷宮にすむ怪物で、体は人だが頭が雄牛《おうし》。

シセロ…………ジョリティのいとこで、経験豊かな妖精《ようせい》。トムに冒険《ぼうけん》の助言をする。

第一話

北の国の怪物《かいぶつ》

1 明るい夏の朝

昔々のお話です……。

ある夏の朝、トム・トゥルーハートは屋根裏《やねうら》にある寝室《しんしつ》の窓《まど》をそっと開けました。こんな朝早くに、お母さんやお兄さんたちを起こすつもりはありません。実は、みんながまだぐっすり眠《ねむ》っているほうがいいと思っていました。トムは窓をよじ登り、窓枠《まどわく》にちょっと腰《こし》かけてバランスを取りながら、家のまわりの森を見回しました。東の空はほとんど金色に染《そ》まり、遠くで輪を描《か》いて飛んでいる鳥の群《む》れが見えます。

「ジョリティ、今度は来てくれるよね」トムは小さな声でそう言うと、雨どいを伝《つた》ってスーッと下まで降《お》りて行きました。

軽々《かるがる》と庭に飛び降りるときに、壁《かべ》で革《かわ》の半ズボンがこすれましたが、そんなことは全く気になりません。前の晩からかくしておいた冒険《ぼうけん》用の包みを取りに、トムは庭の大きな木の根元《ねもと》に行きました。包みには、食べ物やろうそく、火をつけるための道具箱、コンパス、小さな缶切《かんき》り、それにお金が少し、役《やく》に立つものばかりがしっかり包まれています。弓矢《ゆみや》も、誕生祝《たんじょういわ》いの剣《つるぎ》も、もちろん忘《わす》れてはいません。ベルトにつけたさやに剣を収《おさ》めるとき、刃《やいば》が、一瞬《いっしゅん》火花を放ってかがやき、金色の空の光に反射《はんしゃ》しました。

トムは、おとぎの国の地図とシセロの手紙があるかどうかを確《たし》かめました。シセロは年老いた賢《かしこ》い森の木の精《せい》で、妖精《ようせい》の魔法《まほう》を取りしまり、おとぎの国の出来事を取りしきり、新しい冒険《ぼうけん》に旅立つトムをはげます手紙をくれたのです。

友だちのジョリティにまた会えると思うと、トムは胸《むね》が躍《おど》りましたが、前回よりもっと危険《きけん》かもしれない冒険のことを思うと、ちょっぴり心配でもありました。それに、わざわざお兄さんたちの結婚式《けっこんしき》の日に出かけてしまうことに、後ろめたさを感じていました。ジャック、ジャコット、じゃっく、ジャッキー、ジャクソン、ジェイクの六人のお兄さんの盛大《せいだい》な結婚式が（ジャック以外は二度目ですが）、今日《きょう》行われるのです。

トムも、一回目のあのはなやかな式には出席しました。じゃまが入ったひどい結婚式でしたし、そのあともいろいろありました。とにかくトムは、花嫁《はなよめ》つきそい人《にん》の役目《やくめ》を果《は》たして、お母さんを喜ばせました。あんなにきゅうくつな白いベルベットの服を着るなんて、一度でたくさんです。今度こそ、新しい秘密《ひみつ》の冒険《ぼうけん》が始まるときです。勇敢《ゆうかん》になるとき、英雄《えいゆう》の役を演《えん》じるときです。お父さんのビッグ・ジャック、「巨人《きょじん》殺しのジャック」を探《さが》し、救《すく》い出して家に連れ帰るという、本当に大切な冒険の旅が始まるのです。

トムは明るい庭の真んなかに立って、息を深《ふか》く吸《す》いました。花の匂《にお》いがするひんやりした空気です。風がやさしく吹《ふ》いています。トムは急に、自由で幸福な気持ちでいっぱいになりました。黄金色《こがねいろ》のさわやかな夏の朝、トムの新しい冒険が始まろうとしています。風見鶏《かざみどり》を見上げると、つやつやした黒いカラスがそこに止まって、トムを見下ろしていました。

「ジョリティ、君かい？」トムが聞きました。

カラスはトムを見て、小首をかしげて「カー」と鳴きました。

トムがカラスを見つめると、カラスもキラキラした丸い目でトムを見つめ返しました。

しばらくしてからカラスが言いました。「もちろん僕《ぼく》だよ、トム、ちょっとじらしただけさ」

「遅《おそ》いじゃないか」トムはおこったふりをしました。

カラスはパタパタと飛んできて、トムの肩《かた》に止まりました。

「うん、これでいいや」とトムが言いました。「やっぱりこっちのほうがいい。ジョリティが僕《ぼく》の肩に止まる。この前は逆《ぎゃく》だったもの。さあ、出発だ。大切な秘密《ひみつ》の任務《にんむ》だよ。まず港まで行こう」

「アイアイサー、船長」ジョリティが応《こた》えました。


トムのやさしいお母さん、ネル・トゥルーハート夫人《ふじん》は、夜明け前にとっくに目が覚めていました。お母さんは、台所《だいどころ》のカーテンをたくし上げて、トムとジョリティの後ろ姿《すがた》を見送っていましたが、やがてカーテンを元《もと》どおりにもどし、ほほ笑みながらうなずきました。

「それでこそ私のトムよ」お母さんは誇《ほこ》らしげに言いました。突然《とつぜん》、トムがお父さんのビッグ・ジャックといっしょに、今トムが去って行った道をもどってくる姿《すがた》が目に浮《う》かびました。二人ともかつぎ棒《ぼう》を肩《かた》にのせて、さっそうと歩いてきます。お母さんは、その姿を打ち消すように頭《かぶり》を振《ふ》って、階段《かいだん》の下から大きな声で息子《むすこ》たちに呼《よ》びかけました。「さあ、さあ、おねぼうさんたち、起きなさい。朝食よ。忘《わす》れちゃいないでしょうね。今日《きょう》は結婚式《けっこんしき》の日よ。二度目のね。だからしゃきっとしなさい！」

2 船乗《ふなの》り酒場《さかば》で

トムたちが海辺にたどり着いたのは、その日の夕方でした。長い、夏の一日でした。トムは、お父さんをまた探《さが》し出して助けるにはどうしたらよいかと、歩きながらずっと考えていました。実は、森の賢人《けんじん》シセロに会って、こっそり相談《そうだん》したのですが、「とにかく港へ行って船を借りるように」と言われただけでした。海にかかった霧《きり》が、小さな港町に流れこみ、町の姿《すがた》は消えかかって、ぼんやりとしています。シセロに言われたとおり、二人は波止場《はとば》にある古い船乗《ふなの》り酒場《さかば》に向かいました。

潮風《しおかぜ》でさびた酒場の看板《かんばん》のちょうつがいが、風に吹《ふ》かれてキーキーときしんでいます。看板には、老船長の絵の下に、大きな文字で「ベンボウ提督《ていとく》の宿《やど》」と書いてあります。太陽と潮風にさらされた看板は、すっかり色あせています。看板のきしむ音、夕方のうす暗さ、もやのかかったさびれた港、がらのよくない場末《ばすえ》の波止場《はとば》……トムは思わず身ぶるいして、マントのえりをしっかり巻《ま》きなおしました。

「シセロが行けって言ったのは、ここだ」トムが言いました。カラスは飛び上がって、看板《かんばん》の下がっている鉄の棒《ぼう》に止まり、港を見回しました。

いろいろな船が見えます。大型船、小型船、いろいろな形の快速帆船《かいそくはんせん》があるかと思えば、重装備《じゅうそうび》の海賊船《かいぞくせん》、こぎ船、蒸気《じょうき》帆船もあります。どの船も、すぐさま冒《ぼう》険《けん》の旅に出発できそうです。ジョリティは看板から飛び下りて、またトムの肩《かた》に止まりました。

「ほうら、こうして君の肩に止まれば、君も海賊らしく見える。こういう場所にとけこむには、そのほうがいい」

「そうだね」トムが言いました。「よし、それじゃジョリティ、行くよ」

トムは酒場《さかば》の扉《とびら》を押《お》してなかに入りました。ちょうつがいがキーキー鳴って、酒場の客が何人か振《ふ》り向きました。なかは暖《あたた》かくて暗く、暖炉《だんろ》の石炭《せきたん》がくすぶり、今にも消えそうな石油ランプがあり、ろうそくが数本ともっていました。古いビールやワイン、ラム酒の匂《にお》いが、香辛料《こうしんりょう》や塩水、船乗《ふなの》りたちの汚《よご》れた汗臭《あせくさ》さにまじっています。それに、パイプたばこのきつい臭《にお》いがたちこめていました。

「ウエッ、ここ、臭《くさ》いなあ」とトムがこっそり言いました。

うす暗いなかで、何人かがかたまっているのがやっと見えます。バーのカウンターに並《なら》んでいるか、部屋のあちこちにある小さなテーブルのまわりに座《すわ》っています。ときどき金のイヤリングがきらめいたり、カトラス短刀《たんとう》*が光ったり、短剣《たんけん》が鈍《にぶ》い光を放ったりしているのが見えます。ジョリティの言うとおり、ここはがらの悪いところです。海賊宿《かいぞくやど》というものがあるとすれば、きっとこんな感じです。

トムは剣《つるぎ》の柄《つか》をしっかりつかみ、できるだけ強く見えるようにかまえながら、バーのカウンターに近づきました。

「おちびさん、何を飲むかね？」片目《かため》に眼帯《がんたい》をした店の主人《しゅじん》が、見えるほうの目でまずトムをジロリと見て、それからカラスのジョリティを見ながら聞きました。「お子様メニューってとこだな。このすてきな『呪《のろ》いの島』の宝探《たからさが》し地図を一枚やるから、このクレヨンでぬり絵でもしながら待っていな」

トムは顔をしかめて、主人をまっすぐに見つめ返しました。

「何もいりません」と断《ことわ》ったあと、トムは声を落として言いました。「船を借りにきたんです」

「船だって？」主人はちょっとおどろいたようでした。「おまえさん、まだキャビンボーイにもなれない歳《とし》じゃねえか。船を借り切るにゃ、そりゃ金がかかる。代金《だいきん》を支払《しはら》うってこった。おまえさん、そいつを持ってるのか？……つまりおたからをよ」

「お宝」という言葉で、ざわついていた話し声がぴたりと止まりました。酒場《さかば》中がその音に反応して聞き耳を立てているようです。

「少しなら持っています。そのほかにもいろいろ」トムの声がいやに大きく聞こえました。

「いろいろだって？」主人は頭《かぶり》を振《ふ》りながら言いました。

「価値《かち》のあるものです」トムがささやきました。

「あそこにいるだんなに話してみるこったな。暖《だん》炉《ろ》で義足《ぎそく》をあっためてるあの男さ。しかもラム酒一杯《いっぱい》で一日ねばってるんだがね。いいか、気をつけてものを言うんだぞ。あいつはちょっとした悪党《あくとう》だからな」主人は低い声でそう言いながら、片目《かため》でウインクしました。

トムは、緊張《きんちょう》気味《ぎみ》にしっかり肩《かた》に止まっているジョリティといっしょに、暖炉に近づきました。暖炉の火がくすぶり、チロチロと舌先《したさき》を出してはふっと消えていきます。その前に木の義足を突《つ》き出して、大きな男が古ぼけたいすに腰《こし》かけていました。主人と同じく、この男も片目に眼帯《がんたい》をしています。それに、トムと同じように肩に鳥が止まっていますが、鮮《あざ》やかな色のオウムです。トムをジロリと見た男は、にやりと大口を開けて笑いました。

ほとんど全部金歯《きんば》です。

「ウガァ、小僧《こぞう》、何か用か」男は海賊《かいぞく》らしいだみ声で聞きました。

「すみません、店のご主人に、船を借りるならあなたに話をしなさいと言われました」

「船、アー？　もしかして、おまえの名前はホーキンズか？」

「いいえ、ちがいます」

「俺《おれ》はホーキンズってやつを待つように言われた。ジム・ホーキンズだ」

「僕《ぼく》は、冒険《ぼうけん》一家トゥルーハート家のトム・トゥルーハートです。冒険用の船を借りたいんです」

「おう、どっこいそいつは俺の仕事よ」海賊のような男は大ジョッキを傾《かたむ》けてグビリと飲みました。「年格好《としかっこう》から言ってもおまえはホーキンズぐらいだ。ほんとにちがうのか？」

「ちがいます」トムが答えました。

海賊は手で口をぬぐいました。「俺はくだくだ言わねえたちだ」男はトムに顔を近づけました。「出すもんを出しさえすりゃだがな。持ってるのか……金を」

トムがかつぎ棒《ぼう》を振《ふ》ると、じゃらじゃらと陽気《ようき》なコインの音がしました。

「*ペソ銀貨《ぎんか》、ペソ銀貨」男の肩《かた》でオウムが鳴きました。

「シーッ」海賊《かいぞく》がオウムを黙《だま》らせると、オウムは羽を逆立《さかだ》てました。ジョリティも負けずに羽を逆立てました。

「鳥のことは気にするな。銀貨もいいが、妖精《ようせい》の金は持ってねえか？　なんせ、*俺《おれ》の物語が始まるのをだいぶ長いこと待ってるんで、飲み代《しろ》がばかにならんのだ」男がささやきました。

「ペソ銀貨、ペソ銀貨」オウムがまた鳴きました。

カラスも突然《とつぜん》「カー」とかすれた声で鳴き返し、二羽ともまた羽を逆立《さかだ》てて、丸い目でにらみ合いました。

「この鳥めが言ってるのはだな、俺が*ドブロン金貨《きんか》に興味《きょうみ》があるってことなんだ。正真《しょうしん》正銘《しょうめい》の妖精のドブロン金貨よ」

その言葉で、またまわり中がシーンとなりました。

「僕《ぼく》、妖精の金みたいなものはあんまり持っていないと思います」トムが小さい声で言いました。

海賊《かいぞく》はまた大ジョッキからぐいと飲んで、頭《かぶり》を振《ふ》りながら言いました。「俺《おれ》の手下《てした》みたいな腕利《うでき》きの荒《あら》くれ船乗《ふなの》りとか、しっかり航海する船をすんなり手に入れるにゃ、妖精《ようせい》の金がしこたま必要だ。小僧《こぞう》、あいにくだったな」海賊船長は頭を振りました。

「でも、とっても大事な秘密《ひみつ》の冒険《ぼうけん》なんです」トムが食い下がりました。

「しかし、妖精の金はねえってえのか、ウガァ?」船長はちょっとかわいそうになったようです。

「ありません」トムが答えました。

「小僧、いいことを教えてやろう。おまえが気に入ったし、俺のオウムもおまえとその立《りっ》派《ぱ》なカラスが気に入ったらしい。おまえは勇気《ゆうき》のあるやつだ。俺はそういうのが好きでね」そこで海賊船長は声を落としました。「世間《せけん》がなんと言おうと、俺たち海賊にも名誉《めいよ》を重《おも》んずる仁義《じんぎ》ってもんがある。俺は、おまえじゃなくホーキンズってやつに会うことになってるんだが、おまえを助けてやろう。この悪党《あくとう》どものたまり場のどっかにいるやつなんだが、そいつの名は……」ここで海賊《かいぞく》船長は一段と声を落とし、ささやくように言いました。「キャットだ」

「キャット……」トムがくり返しました。

「シーッ、そうよ、キャットだ」船長がささやきました。「その女が小さな船を持ってる。一人で操縦《そうじゅう》するやつだが、しっかりしたいい船だ」

海賊船長は鼻を軽くつつきながら、見えるほうの目でウインクしました。

「どこに行けば会えますか？　その……キャットさんに」トムがたずねました。

「まあ、奥《おく》の小さいバーだな。気をつけて行きな。うまくやれよ、小僧《こぞう》。妖精《ようせい》の金をがっぽり見つけたら、俺《おれ》のところにもどってこい。そんときゃ、二人でちゃんとした取り引きをしようじゃないか。楽しみにしてるぜ」海賊船長は大ジョッキを掲《かか》げて言いました。

「ペソ銀貨《ぎんか》、ペソ銀貨」オウムが鳴きました。

＊カトラス短刀《たんとう》…刃《は》が湾曲《わんきょく》し、刀身《とうしん》が短いので、船など狭《せま》い所でよく使われる。海《かい》賊《ぞく》が好んで使った。

＊キャビンボーイ…船のなかで働く若《わか》い男子。

＊ペソ銀貨《ぎんか》とドブロン金貨《きんか》…昔のスペインやスペイン領《りょう》で使われていたお金《かね》。海賊が船や島をおそって宝《たから》をうばっていたころ、カリブ海の島々で使われた。

＊俺《おれ》の物語…ロバート・ルイス・スチーブンソンの著作《ちょさく》『宝島《たからじま》』のこと。ジム・ホーキンズ少年は、宝島に出てくる主人公《しゅじんこう》で、さびれた宿《やど》で、義足《ぎそく》の海賊の船長、ジョン・シルバーに出会う。

3 緑色の目の女の子

酒場《さかば》の奥《おく》まったところにあるこぢんまりしたバーは、入り口の大きなバーより、もっとうす暗いところでした。ほこりっぽい鎖《くさり》にぶら下がっているすすけたランプが一つ、大きな楕円形《だえんけい》のテーブルを照らしているだけです。うす暗いテーブルを囲んで、数人がトランプをしています。トムはそろそろとテーブルに近づきました。長髪《ちょうはつ》の巻《ま》き毛のかつらをかぶったワシ鼻の男が、カギ形の義手《ぎしゅ》に取り付けた鉄の道具で、トランプを一そろい持っています。

「船長、あんたが賭《か》ける番だよ」暗闇《くらやみ》から、のどをゴロゴロ鳴らすような低音が聞こえました。*カギ手の男は迷《まよ》いながら自分の持っているカードのそろい具合を見て、それから顔を上げ、自分を見ているトムに気がつきました。

「おい」男はえらそうにどなりつけました。「迷子《まいご》のぼうや、何をじろじろ見てるんだ、え？　どうした、口がきけないのか？　ハッハッハ」テーブルを囲んでいた全員が笑いました。

「僕《ぼく》、迷子《まいご》じゃありません」トムはこわごわ言いました。「『キャット』っていう人を探しているんです」

「おや」暗がりからさっきのゴロゴロとのどを鳴らすような声がしました。「君、その人を見つけたみたいだね」

そのとき初めて、トムは、テーブルの反対側の暗がりでトランプを一そろい手にしている女の子に気がつきました。催眠術《さいみんじゅつ》をかけられそうな緑色にかがやく目が、トムの肩《かた》に止まっているカラスをじっと見つめています。

「ああ、なんてきれいな鳥だろう」女の子が言いました。

カラスは羽を逆立《さかだ》てて、「カー」と鳴《な》きました。

トムが話を続けました。「あなたが船を持っていると聞きました。ものすごい大冒険《だいぼうけん》をするんで、船を借りたいんです」

「おっそろしい大冒険ってとこかな」カギ手の男が、わけしり顔で笑い、あざけるようにトムを見ました。

「ああ、それならこのあたしに話せばいい。まちがいないよ」女の子は緑色の布《ぬの》をはったテーブルに、持っていたトランプを裏返《うらがえ》して置きました。「ここじゃ取り引きの話はできない。ついておいで」

女の子が立ち上がったとたん、カギ手の男が、女の子が裏返しに置いたトランプをすばやくめくりました。

「はったりをかましやがって」男はカギ手でテーブルの反対側から小銭《こぜに》をかき集めました。

キャットはトムより背《せ》が高く、先に立ってうす暗い小部屋から酒場《さかば》の裏口《うらぐち》に出ました。そこは石だたみの小さな中庭で、オークの酒樽《さかだる》が壁《かべ》ぎわに積み重ねられていました。ラム酒の強い匂《にお》いがします。

「さあ」キャットは酒樽の一つに腰《こし》かけて言いました。「あたしの船は小さいけど、しっかりしてる。帆《ほ》でも蒸気《じょうき》でも走るよ。船員はあたし一人で、どこでも君の行きたいとこに連れてってやれるさ。ところで、どこに行きたいんだい?」キャットは、大きな緑の目で、じっとトムを見ながら言いました。親切そうな目でした。

「僕《ぼく》たち、『神話《しんわ》と伝説《でんせつ》の島』まで行かなくちゃなりません」トムは、はるかかなたの水《すい》平線《へいせん》を指さしながら言いました。

キャットは目を細めて小さく口笛《くちぶえ》を吹《ふ》きました。「なんだか君がそう言いそうな予感がしてたよ。君みたいな男の子にとっちゃ、確《たし》かに危険《きけん》な所だ。『神話《しんわ》と伝説《でんせつ》の島』っていうのは、大昔にもどる場所さ。大した度胸《どきょう》だ。そういう航海には、相当高い金を払《はら》ってもらわないとね。払えるのかい？」

トムがかつぎ棒《ぼう》の包みを振《ふ》ると、ジャラジャラと小銭《こぜに》の音がしました。

「ふーん、小銭がたくさんあるようだね。四ペンス銀貨《ぎんか》と一ペニー硬貨《こうか》が少し、シリング硬貨も一、二枚。あ、お札《さつ》も一枚。何ポンド札だい？」キャットが聞きました。

「五ポンド札だと思う」トムが答えました。

「うーん、悪くないけど、ほかにはは？」

「値打《ねう》ちのありそうなものは一つか二つあるけど、あんまりたくさんはないんです。どうか、お願いします。大事な旅なんです」

「見せてごらん」キャットが言いました。

トムは包みをほどいて、トゥルーハート家の風呂敷《ふろしき》を酒樽《さかだる》のふたの上に広げ、中身をかき回しながら言いました。

「えーと、ライ麦《むぎ》の黒パン一山」

「おやまあ、女の子を引きつけてくれるじゃないか」キャットは目をかがやかせてカラスを見ながら言いました。「それから？」

「ナッツと干《ほ》しブドウ」

「それから？」

「ジンジャービール一本」

「それから？」

「いためたソーセージ一本」

「それから？」

「リンゴ一個」

「それから？」

「チーズがちょっと」

「それだけかい？」

「あ、それに、家のハチの巣から母さんが集めた、最高のハチミツが一《ひと》ビン」

「ハチミツだって、ン？　そりゃ、いいね。あたし、甘《あま》いハチミツには目がないんだ。それに、なんだか君が気にいった。面倒《めんどう》を見てやりたくなったよ。ウーン」キャットはしばらく考えこんでいました。「あたしはどうかしてるよ。だけど、連れてってやるさ」

「ありがとう、お姉《ねえ》さん」トムが言いました。

「あたし、ほんとうはタビサっていう名さ。キャットはあだ名」女の子は手を差し出しました。

トムは握手《あくしゅ》して、自己紹介《じこしょうかい》しました。「僕《ぼく》は、冒険《ぼうけん》一家のトゥルーハート家のトムです。このカラスは、ジョリティって言います」

「はじめまして」ジョリティがしゃべりました。

「へー。いいい、しゃべる鳥だなんて、君、言わなかったじゃないか。歌も歌うかい？　あたし、歌を歌ってもらうのが大好きなんだ」

「歌うのを聞いたことはないけど」トムが言いました。「でも、歌おうと思えば、きっと歌えると思います」

カラスは羽を逆立《さかだ》てて飛び上がり、女の子からずっと離《はな》れた酒樽《さかだる》に止まりました。

「いつ出航したいんだい？」タビサが聞きました。

「できれば今夜」トムが答えました。

「じゃあ、行こう」タビサが言いました。「すぐに出かけたほうがいい。潮《しお》が上がってきた。急ごう」

＊カギ手の男…ジェームス・マシュー・バリーの戯曲《ぎきょく》『ピーター・パン』に出てくる海賊《かいぞく》船長、フックのこと。片手《かたて》をピーターに切り落とされ、カギ形（フック）の義手《ぎしゅ》を付けている。

4 航海 おだやかな海

タビサは、ゆれている船の前を通り過《す》ぎ、波止場《はとば》に沿《そ》って先に歩きました。ときどき振《ふ》り返って、とがった白い歯《は》を見せてほほ笑みました。「なんか楽器《がっき》は弾《ひ》かないのかい？マンドリンとかコンサーティナ*とか」

「ごめんなさい、なんにも」

「がっかりだなあ。仕事するときには歌がないとね」

「そうなの……」トムは、こんなに変わったおもしろい女の子に会ったことがありませんでした。

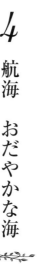

間《ま》もなく二人は、こぎれいな小さい船にたどり着きました。大きな帆《ほ》と、真《しん》ちゅうの高いえんとつ、船室には暖《あたた》かな明かりがついています。

「ご乗船《じょうせん》、ありがとう」タビサは先にタラップを下りて船に乗りました。船室に入ると、親しげな顔をした大きな茶色いフクロウが、いすの背《せ》に止まっていました。「やあ、フクロウちゃん、そこにいたのか」タビサが呼《よ》びかけました。「このすてきなフクロウは、あたしの最初の友だちで、船員で、大事なペットさ。そうだろ？」

「ホッホー」フクロウが応《こた》えました。

「あたしたち、この海を渡《わた》ったことがあるよ。一回か二回。妖精《ようせい》の秘密《ひみつ》の仕事を手伝ったのさ。だけど、あるところまでしか行ったことがないんだ」タビサが言いました。

「大事なのは、めんどうな怪物《かいぶつ》たちと関わらないことさ」

「めんどうな怪物？」トムが聞き返しました。

「ああ、そうだよ。困ったことに、魔物《まもの》がいるんだ。『境界《きょうかい》の海』の近くに、伝説《でんせつ》の海の怪物たちが、しかもわんさといる。そのうちわかるさ」

「境界の海って？」トムがまた聞きました。

「知らないのかい？」タビサが言いました。

「時の境界を超《こ》える海さ。そこを超えたら最

後、昔にもどるんだ。あたしは超《こ》えたことがないし、超えるもんか」

「僕《ぼく》、超えなくちゃ」トムが言いました。

「勇敢《ゆうかん》な子だね。島のどっち側に行きたいんだい？　大きな島で、北と南に分かれてる。この海図《かいず》にあるとおり、真んなかで分かれてるだろう？」

「どっちかわからない。ジョリティ、どっちなの？」

「僕は高いところから見ただけだから、島影《しまかげ》しか見えなかった」

「ここからカラスみたいに一直線に行けば——あ、ごめん、君のことじゃないよ、カラス君——北の国に着く。北の国、冬の島さ。もっと南に行けば、あったかい夏の島、南の国がある。ワイン色の海さ」

「じゃあ、まず北の国へ。そこから南に行ってみます」トムが言いました。

「それでいいのかい？」

トムがうなずきました。

「よーし、それじゃ行こう。月が真上にきた。今みたいにおあつらえむきの潮時《しおどき》はないよ。もっとも君が行くところには『今』なんかないけどね。錨《いかり》を上げるよ」

タビサは甲板《かんぱん》を下がったり上がったり、忙《いそが》しく動き回り、船室で海図《かいず》や地図を調べました。間《ま》もなく小さなエンジンが動き始め、船は安定《あんてい》した速度で航海を始めました。エンジンが、タンタンタンと楽しげな音をたてています。トムは舵《かじ》を取るタビサの横で、船が港から離《はな》れるのを見ていました。

「この船は何色ですか？」船窓《せんそう》からそとを見ながら、トムが聞きました。

「船っていうよりボートだけど、グリーンピースの色さ。あたしのきれいな緑色のボートだよ」タビサが答えました。タビサはなんだか猫《ねこ》みたいです。

「ホッホー」いすの上に止まっているフクロウが鳴きました。


間もなくそと海に出ました。小さなグリーンピース色のボートは、楽々《らくらく》と波のうねりを乗り越《こ》え、エンジンの音をタンタンタンと響《ひび》かせて進みました。月が高く上《のぼ》り、こうこうとかがやいています。トムとジョリティは、「おとぎの国」がだんだん遠ざかり、小さくなっていくのを、月明かりで見ていました。しばらくすると、ぼんやり見えていた港の明かりがぷっつり消えてしまい、ボートはいよいよ真っ暗な大海原《おおうなばら》に乗り出しました。どこを見ても島影《しまかげ》はありません。

「僕《ぼく》たち、いつここに帰ってくるのかなあ……」トムが言いました。

「そのうちわかるさ」ジョリティは羽を持ち上げて、トムの首筋《くびすじ》近くに身を寄《よ》せました。あたりが冷えてきたからです。

「君たち、『おとぎの国』からそとに出たことがあるのかい？」タビサが聞きました。

「はい」トムが答えました。「数カ月前に、僕たち、『暗い物語の国』を冒険《ぼうけん》していたんです」

「こわいところだって言う人がいるね」タビサはそう言いながら鼻歌《はなうた》を歌いました。

「聞くところによると、君たちが今目指《めざ》している北の国は、もっとおそろしいところだそうだよ。君はとっても勇敢《ゆうかん》な男の子なんだね。妖精《ようせい》の特別な仕事とか、おとぎ工房《こうぼう》の長老直々《じきじき》の任務《にんむ》で行くのかい？」

「僕の任務は個人的なもので、秘密《ひみつ》なんです」トムは自分の鼻を軽くつつきながら言いました。「僕は最後の冒険一家の末っ子なんです。家族のことで、緊急《きんきゅう》の任務についていると思ってください。この冒険《ぼうけん》は僕《ぼく》一人で考えたことですけど、昔から知っている木の精《せい》の長老に、少しだけ助けてもらいました」

「若くて勇敢《ゆうかん》な冒険家《ぼうけんか》のトム、そろそろベッドに行ってもらうよ。どうせ一晩中航海することになるだろうからね」

「それじゃ、タビサ、おやすみなさい」トムが言いました。

「おやすみ、トム」タビサも言いました。「きれいなカラス君もおやすみ」タビサは大きな緑色の目でジョリティを見ながら付け加えました。

「カーカー」ジョリティはカラスみたいに鳴きました。きれいなタビサですが、ジョリティにとっては猫《ねこ》にちょっぴり似《に》すぎているのかもしれません。甲板《かんぱん》の下の船室に下りていくトムの肩《かた》で、ジョリティは羽をふるわせました。

トム用の小さなベッドのそばの止まり木に、さっきの茶色の大きなフクロウが止まってうつらうつらしていました。トムがベッドにもぐりこむと、フクロウが「ホッホー」と鳴きました。まるで親しげに「おやすみ」と言っているようです。

「いいやつだな、あのフクロウは」ベッドの端《はし》の柱に止まったジョリティが言いました。

「おやすみ、ジョリティ」トムがあいさつしました。

「おやすみ、トム。いい夢《ゆめ》を見るんだよ」ジョリティが言いました。

トムは、タビサが甲板《かんぱん》の上で忙《いそが》しく動き回っている音を聞きながら、横になっていました。しばらくすると、船室でタビサの声がしました。「ふくふく、フクロウちゃん、おやすみ」フクロウがまた「ホッホー」と鳴きました。


ベッドに横になりながら、トムはお父さんのやさしい顔を思いだそうとしました。「暗い物語の国」のあの大きな暗い城《しろ》でやっと会えたお父さんの顔です。でもどんなにがんばっても、部分的にしか思い出せないのです。目じりにしわのあるやさしい青い目、じゃっくにそっくりの鼻、金縁《きんぶち》の眼鏡《めがね》、力強い指。《だって、僕《ぼく》はあのとき親指《おやゆび》くらいの大きさだったし、父さんの顔はお月さまみたいに僕のすぐ上にあったんだもの、全体が見えなかったんだ》トムはとうとうあきらめました。会えばきっとお父さんだってわかると思いました。やがてトムは、船のゆりかごと、小さなエンジンのタンタンタンという音の子守唄《こもりうた》で、ぐっすりと眠《ねむ》ってしまいました。

突然《とつぜん》、大きな茶色のフクロウが、目覚まし時計のような大きな声で鳴き、小さな緑色のボートが急にぐらりとゆれ、トムはパッと目が覚めました。ジョリティが羽ばたいて飛び上がり、船室を飛び回りながら大きな声で言いました。「船が沈《しず》む。見て、すごい波だ。嵐《あらし》、大嵐だよ」ボートは上に下にと、大きくゆれています。

トムはベッドから飛び出しましたが、すぐに床《ゆか》にあおむけにたたきつけられてしまいました。ボートはたてに、横に、大きくゆれています。

トムはすぐに起き上がり、ベッド脇《わき》の真《しん》ちゅうのレールにしっかりつかまって、なんとか冒険家《ぼうけんか》の服に着がえました。服を着てしたくを調《ととの》え、トムは細い階段《かいだん》を上《のぼ》って甲板《かんぱん》の上に行きました。ジョリティはトムの肩《かた》にしっかり止まっています。

上に出てみると、風が吹《ふ》き荒《あ》れ、波はボートより高く、空は灰色《はいいろ》でした。昨夜のあのやさしくうねるサファイアのような青い海は、どこにもありません。今の海は暗い緑色で、ほとんど真っ黒に見えます。泡立《あわだ》つ波頭《なみがしら》が白く光り、小さな緑色のボートの舳先《へさき》に打ちつけています。タビサは必死《ひっし》で舵《かじ》を切っていました。

「トム、気《き》の毒《どく》だけど、ここから引き返さないといけないよ」

「どうして？」トムが風に負《ま》けない大きな声で聞きました。

「まっすぐ前、北北東の方角《ほうがく》」タビサが言いました。「渦《うず》だ――見えるかい？」タビサは舵から片手《かたて》を離《はな》して指さしました。

トムがその方角を見ると、波としぶきが大きな渦を巻《ま》いています。

「きっと、*クラーケンとか、大きな海へビとか、その手のやつだよ。この海を渡《わた》るときには、そういう危険《きけん》が待ってるって言ったろう？　伝説《でんせつ》の海の魔物《まもの》がいるって。海図《かいず》を見てごらん。どの地図にも、『このあたりに怪物《かいぶつ》』って書いてある。いよいよお出ましだ」

「避《さ》けて通れないの？」トムが聞きました。

「あいにく夜のあいだに流されて航路《こうろ》をそれたから、間《ま》にあわない。風が強すぎて、今は帆《ほ》が操《あやつ》れないし、燃料《ねんりょう》も少ないんだ。あと数メートルも先に進めば、渦《うず》に飲みこまれてしまう。それだけじゃすまない。クラーケンか海へビを見たことがあるかい？」

「ないです」

「ああ、あたしは見たよ。トム、はっきり言って、見たくなかったね。君はその歳《とし》にしては度胸《どきょう》がすわってるけど、それでも、まだ、あいつらには会わないほうがいい」

トムは、手すりをギュッと握《にぎ》って海に背《せ》を向けました。ジョリティの爪《つめ》が、肩《かた》をしっかりつかむのがわかりました。

「でも、僕《ぼく》、引き返せない！『神話《しんわ》と伝説《でんせつ》の島』に行かなきゃならないんだ。僕、行きます！」

「トム、それじゃ、気《き》の毒《どく》だけど、一人で行きな。あたしたちは引き返さないといけない。怪物だけじゃないんだよ、トム。『時間』の問題もある」タビサは、ほえる風に負けないようにさけび返しました。「時の境界《きょうかい》の海だ……」

「それ、何でしたっけ？」トムが大声で聞きました。

その声はタビサの耳に入りませんでした。トムに背《せ》を向けて、渦巻《うずま》く海をじっと調べています。トムはやっとのことで下の船室にもどりました。フクロウがトムを見て、大きな目でまたたき、「ホッホー」と鳴きました。止まり木にしっかりつかまり、波にもまれるボートといっしょに右に左にゆれながら、「ホッホー」と鳴いています。

タビサが、黄色い防水服《ぼうすいふく》を着て、暴風用《ぼうふうよう》の防水帽《ぼうすいぼう》をかぶって下りてきました。「さあ、君がやることは、こうだ」タビサが言いました。

「何でしょう？　僕《ぼく》、何でもします」トムが言いました。

「これからは、たった一人だってことをよく覚えておくんだ。あたしは、この海がどんなに荒《あら》くて危《あぶ》ない所かを忘《わす》れていたよ。ところで、君をまたむかえにくるなら、代金《だいきん》は値上《ねあ》げだ」

「もう何も残っていません。剣《つるぎ》はあるけど、これだけは渡《わた》せません」トムが言いました。

二人は、荒波《あらなみ》にもまれてはげしくゆれる船室に並《なら》んで立っていました。トムは、海図《かいず》を広げる机《つくえ》につかまり、とほうにくれてタビサを見上げていました。

「トム、こうしようじゃないか」目の前で青い顔をしているトムがかわいそうになって、タビサが言いました。「話に聞いたところじゃ、『神話《しんわ》と伝説《でんせつ》の島』には、妖精《ようせい》の金とか、そのほかいろんな宝物《たからもの》がたくさんあるらしい。何か見つけて、あたしのために持ってくるんだ。それが価値《かち》のあるものだったら、君を連れ帰ってやるよ」

「僕《ぼく》、何か特別なものを持ち帰ります。必ずそうします」トムがきっぱりと言いました。

「ああ、トム、君ならきっとそうすると思うよ」タビサは白い歯《は》を見せて笑いました。

「それじゃあ、取りかかろう」タビサが言いました。「引き返す前に、あたしが救命《きゅうめい》用の小舟《こぶね》を下ろす。オールのついた一人乗りの小舟だ。危険《きけん》を承知《しょうち》なら、あの渦《うず》を迂回《うかい》して、遠回《とおまわ》りのコースで島に向かう手がある。とても危険だよ」

「危険なんか、平気です」トムはちょっと自信がありませんでしたが、言いました。

「ジェイク兄さんが、川に連れていってくれて、小舟の操《あやつ》り方《かた》とか帆《ほ》の使い方なんかをいろいろ教えてくれたんです」

「トム、君の腕《うで》でここを乗り切れると思うのかい？」ジョリティが小首をかしげながら聞きました。

「なんて賢《かしこ》い鳥だ」ボートがまたぐらりとゆれて、タビサは海図《かいず》の机《つくえ》につかまりながら言いました。「トム、カラス君の言うことを聞いたほうがいい。川でこぐのと、この荒海《あらうみ》じゃあ、まるでちがう」

「ジョリティはとっても賢いよ」トムは、水の入り始めた船室の床《ゆか》に足を取られながら言いました。

「いよいよだ。船が水をかぶり始めた。いますぐ君を降《お》ろさないといけない」タビサが言いました。「ここは境界《きょうかい》の海だ。ぐずぐずしていると手遅《てお》れになる」

「僕《ぼく》、行きます」トムが言いました。

「トム、ほんとに大丈夫《だいじょうぶ》かい？」ジョリティが聞きました。

「大丈夫」トムが答えました。

タビサは急いで机《つくえ》の上の海図《かいず》を調べました。

「トム、あたしは地図のこの場所にむかえにくる。『神話《しんわ》と伝説《でんせつ》の島』からずっと離《はな》れたこの海だ。この大きな岩の近くで君を待ってる。岩と言っても島のようなもので、湾《わん》があって波風《なみかぜ》を避《さ》けられる場所がある。この海図では、境界《きょうかい》の海の手前に印があるのがわかるだろう?」タビサはトムにその場所を示《しめ》しました。

「あたしは、一カ月後に、この神話《しんわ》の海のそばにもどってくる。君の任務《にんむ》はそれまでに終わるかい?」

「そうしたいです」トムが言いました。「でも、その場所までもどる船がいります」トムは自分の地図にむかえの場所の印を付けながら言いました。

「どうすればいいでしょう?」

「あたしの小舟《こぶね》をやるから、海岸にかくしておいて、それでもどっておいで。もどってくるのを待っててあげるよ。あんまり長くは待てないけどね」

「お金はきちんと払《はら》います」トムが言いました。「トゥルーハート家の冒険家《ぼうけんか》は、必ず約束を守ります」

＊コンサーティナ……アコーディオンのように、両側の木箱《きばこ》のあいだに付いている蛇腹《じゃばら》を押《お》したり引いたりして音を出す楽器《がっき》。

＊クラーケン……北欧《ほくおう》の伝説《でんせつ》に出てくる海の魔物《まもの》。巨大《きょだい》なタコやイカのような怪物《かいぶつ》で、船を丸ごと飲みこんでしまうと言われている。

5 海の魔物《まもの》

一人乗りの小舟《こぶね》がボートの半分下まで下ろされました。トムはなんとかそれに乗りこみ、ジョリティはトムの頭上《ずじょう》を飛び回りました。トムは、小舟に腰《こし》を下ろし、オールをしっかり握《にぎ》り、荒海《あらうみ》に落とされる瞬間《しゅんかん》を待って歯《は》をくいしばりました。小舟が波に触《ふ》れたとたん、トムは勇敢《ゆうかん》にオールを引きました。リズムにのると、小舟はグリーンピース色のボートからゆっくりと離《はな》れ始めましたが、そううまくはいきません。海水のしぶきをかぶって、トムはたちまちぐっしょりぬれてしまいました。ジョリティはいったん舳先《へさき》に止まって、船首《せんしゅ》を飾《かざ》る守り神の像《ぞう》になりきろうとしましたが、この荒海《あらうみ》ではとてもかないません。波が立ち上がり、舳先に打ちつけてきます。ジョリティは風に乗って飛び上がり、タビサのボートが「おとぎの国」に向かって遠ざかっていくのを見送《みおく》りました。トムはオールを離《はな》さないようにしながら、タビサに手を振《ふ》りました。

タビサも手を振り返し、風に負《ま》けない声でトムに呼《よ》びかけました。「トム、がんばれ、小舟《こぶね》を頼《たの》むよ。あたしに、何かいいものを見つけてくるんだよ。一カ月後に会おう！」
そしてボートはトムからも渦《うず》からも離《はな》れていきました。

トムは一生懸命《いっしょうけんめい》にこぎました。か細《ぼそ》い少年にしては力強く、それに、できるだけじょうずにこいだのですが、そう簡単《かんたん》にはいきません。海は荒《あ》れ狂《くる》っています。オールで一かきするごとに、海水が顔をたたきます。塩《しお》からい水が目にしみ、ほとんど何も見えないばかりか、どこに向かっているかさえわかりません。嵐《あらし》はますますひどくなっていきます。渦の一番そと側だけはなんとかわかるので、トムはそこから離れようと必死《ひっし》でした。ところが、ごうごうという音はだんだん大きくなるばかりです。ときどき顔を上げると、渦巻《ま》く黒い水がますます近くに見えます。ジョリティが、波風の音に消されまいと、大声で何かトムにさけんでいることは気がついていました。突然《とつぜん》トムは、肩《かた》に痛《いた》みを感じました。ジョリティが肩《かた》に爪《つめ》を食いこませたのです。
「あのおそろしいやつに、どんどん近づいてるよ」ジョリティがさけびました。「ほら、トム、しっかりこぐんだ。そうそう。離《はな》れろ、さあトム、君ならできる。もっとがんばって、渦《うず》から離れるんだ！」

「ジョリティ！」トムが大声で呼《よ》びかけました。「僕《ぼく》、できない」

トムはオールをひざの上に置き、疲《つか》れた腕《うで》を一瞬《いっしゅん》休めました。

「トム、何をしてるんだ！　渦に引きこまれてるよ」ジョリティは、風のうなりに負けまいと、また大声でさけびました。

ジョリティの耳に、何か別の音が入ってきました。とても奇妙《きみょう》な音です。吹《ふ》きつける風やはげしい波の音に乗ってただよう、甘《あま》くなぐさめるような音――歌声です。女の人たちの声のようです。言葉はなく、ただ甘《あま》く高い音が続きます。

その音を聞いたトムは、なんだかおかしな様子《ようす》です。

「僕、休まなくちゃ。腕《うで》を……休め…なくちゃ」ブツブツ言ったと思うと、頭が急にがくんと前に倒《たお》れてしまいました。

ジョリティは驚《おどろ》いて飛び上がり、渦巻《ま》く水を眺《なが》めました。渦は刻々《こくこく》と近づ

いてきますが、歌声がどこから聞こえてくるのかはわかりません。トムは突然《とつぜん》、ぐっすり眠《ねむ》ってしまったように見えます。オールが手から落ち、頭がだらりとたれて、胸《むね》にくっついています。

ジョリティは急降下《きゅうこうか》して、トムの頭のまわりを飛びながら羽をばたばたさせて、トムの顔に風を送ったり、くちばしでトムを鋭《するど》くつついたりして、なんとか目を覚まさせようとしましたが、まったく効《き》き目がありません。トムは座《すわ》ったまま、ほほ笑みを浮《う》かべて眠っています。寝心地《ねごこち》のよいベッドで、ふとんにくるまって、とてもすばらしい夢《ゆめ》を見ているかのようです……荒《あ》れ狂《くる》う海でこわれそうな小舟《こぶね》に乗り、海の怪物《かいぶつ》が作り出したおそろしい渦《うず》にどんどん引き寄《よ》せられているというのに……。

小舟は木《こ》の葉のようにくるくる回りながら、渦巻きにどんどん引き寄せられていきます。ジョリティはあわてふためいて、もう一度まい上がりながら、声を限《かぎ》りにトムの耳元《みみもと》でさけびました。

「トーム！　渦だー！　どんどん近づいてるぞ。おーい、しっかりしろ。起きろ、起きるんだ！　今すぐ船をこげ！　さあ、こぐんだ、トム、こげ！　こげ！」

トムは座《すわ》ったままで、小舟《こぶね》が回る度《たび》に体がくるくる回るばかりです。まるでワラ人形になってしまったかのように、両腕《りょううで》がだらりとたれ下がっています。オールがトムの手から離《はな》れてしまいました。

間《ま》もなく小舟は、渦巻《うずま》く黒い水の一番そと側に巻きこまれました。小さな舳先《へさき》を乗り越《こ》えて、どっと流れこんできた泡立《あわだ》つ水で、小舟はどんどん沈《しず》んでいきます。渦に巻きこまれ、小舟はますます速く回り始めました。ジョリティがもう一度飛び上がって下を見ると、渦の黒い中心が見えました。風にあおられながら、ジョリティはなんとかその場にとどまろうとしました。すると、深《ふか》い海の底で、緑色の触手《しょくしゅ》がくねくねと動くのが見えます。ぎょろりとした目がジョリティと小舟をにらんでいます。

小舟は今や、巨大《きょだい》な渦の壁《かべ》にぶら下がるようにして回っています。このままではもうすぐ、ジョリティの目の前でトムも小舟も見えなくなり、おそろしい海の底《そこ》に永久《えいきゅう》に消えてしまうことでしょう。

6 ドラゴンの宝《たから》

「神話《しんわ》と伝説《でんせつ》の島」に近い冷たい海の上を、黒い飛行船《ひこうせん》が横切っていきました。船の両脇《りょうわき》に、どくろと交差《こうさ》した骨《ほね》のもようが見えます。空を見上げ、降《ふ》りしきる雪のなかを通り過《す》ぎる飛行船を見た船乗《ふなの》りたちが、恐怖《きょうふ》のさけび声をあげました。飛行船はゆったりと、何キロも続くうっそうとした松林《まつばやし》の上空を飛んでいきました。農夫《のうふ》が一人、雪におおわれた畑で黒い飛行船を目撃《もくげき》し、おそろしさに頭をフードでおおって、その場に座《すわ》りこみました。飛行船がゆっくりと木立《こだち》を押《お》し分けて着陸《ちゃくりく》すると、松の木から粉雪が煙《けむり》のように落ちました。なかから飛び降《お》りた男が、飛行船のもやいづなを近くのがっしりした木の幹《みき》にくくり付けました。他人の顔をたくさんつなぎ合わせたような顔の大男です。飛行船が安定したところで、船室の乗客《じょうきゃく》が二人、寒さにふるえながら現《あらわ》れました。「暗い物語の国」で勝手に王さまになっていたジュリアス・オームストーンと捕虜《ほりょ》のビッグ・ジャック、トムのお父さんです。ジャック、ジャコット、じゃっく、ジャッキー、ジャクソン、ジェイクのお父さんでもあります。

ビッグ・ジャックは両手をしばられ、妖精《ようせい》の鎖《くさり》でオームストーンにつながれています。

三人目の乗客がだれにも気づかれずに、飛行船《ひこうせん》のゴンドラの屋根《やね》の裏側《うらがわ》からすべり降《お》りました。長い旅のあいだずっとそこにかくれていた、猫背《ねこぜ》の小さな妖精です。名前はルンペルスティルツキン。トゥルーハート兄弟の婚約者《こんやくしゃ》のお姫《ひめ》さまたちに失恋《しつれん》した木の精《せい》です。あるときまでは、オームストーン王の腹心《ふくしん》の部下として、強力な妖精の呪文《じゅもん》を王のために役立《やくだ》てていました。オームストーンはこの木の精に、お姫さまたちと結婚《けっこん》させてやると約束したのに、結局《けっきょく》それを裏《うら》切《ぎ》ったので、木の精は復讐《ふくしゅう》すると誓《ちか》ったのです。

ルンペルスティルツキンは、森の外《はず》れの高い松の木のあいだに、すばやく身をかくしました。まだ姿《すがた》を現《あらわ》すときではありません。がまん

強く機会《きかい》を待たなければならないでしょう。かつてのご主人への仕返しは長期戦なのですから、慎重《しんちょう》に計画《けいかく》を練《ね》らなければなりません。チャンスは必ずやってきます。そのときまでは、じっと様子《ようす》を見守るだけで、必要なときにはこっそり手を出すつもりです。

オームストーンはつぎはぎ顔の男に飛行船《ひこうせん》の見張《みは》りをさせ、ビッグ・ジャックを連れて歩き出しました。森の外《はず》れから二キロほどは村が続き、親《した》しげな感じのする白い家が並《なら》んでいます。村は切り立った山のふもとの、湖のそばにありました。村のなかほどでオームストーンが立ち止まり、突然《とつぜん》鼻をひくひくさせました。「ウーム、イオウの臭《にお》いがするぞ。イオウのあるところには伝説《でんせつ》のドラゴンがいるし、ドラゴンのいるところには……」オームストーンは言葉《ことば》を切って、ぞくぞくしながら一番好きな言葉をつぶやきました。「……黄金《おうごん》がある」

湖は暗くて不気味《ぶきみ》に静まりかえっていました。一面に氷がはり、黒い鏡《かがみ》のようです。凍《こお》りつくような風に吹《ふ》かれ、ビッグ・ジャックはえりを立てて首を縮《ちぢ》めました。小さな村は、静かで平和な村に見えます。オームストーンは、一番近くの、一番大きな家の戸をたたきました。玄関《げんかん》の戸が少し開いて、小さな白髪《はくはつ》の男の人が首を出し、オームストーンを見ましたが、何も言わずにすぐに首を引っこめて、戸を閉めてしまいました。

オームストーンはもう一度戸をたたき、ドンドンたたき続けました。玄関に一番近い窓《まど》に女の人の迷惑《めいわく》そうな顔が現《あらわ》れましたが、すぐに引っこんでしまいました。

「道に迷《まよ》った旅人です」オームストーンが大声で言いました。「水と食べ物が欲《ほ》しいのですが、ほんの少しだけ恵《めぐ》んでくださいませんか」

玄関の戸がまた少し開いて、さっきの男の人が現れましたが、こんどは、自分の背丈《せたけ》ほどもある斧《おの》を持っています。

「おはようございます。ご主人」

オームストーンが、例のゾッとするような笑みを浮《う》かべてあいさつしました。

「私は亡命中《ぼうめいちゅう》の王で、こっちの男は囚人《しゅうじん》です。まちがいをおかしたあわれなやつですが、

危険《きけん》ではありませんから、心配しないでくださ
い。私たちは、何日も昼夜《ちゅうや》を通して旅をし
てきましたので、ほんの少し食べ物が
欲《ほ》しいのです。何か簡単《かんたん》な食べ物で
けっこうです。パンと水を少々、なんで
も恵《めぐ》んでいただけるものなら」
男の人は、斧《おの》をしっかり握《にぎ》ったまま、疑《うたが》わし
そうに目を細めて、用心深《ようじんぶか》く二人をなかに入れました。
「ビールパンがゆを分けてやろう」男の人がぶっきらぼうに言いました。「俺《おれ》の名はアー
ンだ。俺は……見張《みは》り番だ」男の人はもったいぶってそう言いながら、礼儀《れいぎ》正しくおじ
ぎをしました。
「私はオームストーン王です。国は……遠い国です」オームストーンは言葉をにごし、
えらそうに、そっくり返りました。「アーンさん、何を見張《みは》っているのかね？」
アーンは一段《いちだん》と低く頭を下げました。「王さま、俺は村の安全のために、森を見張り、

空を見張っているんだ。今朝《けさ》がた、予言《よげん》が一つ現実《げんじつ》のものになったと聞いた。農夫《のうふ》のフォークマーが、空に黒い船が浮《う》かんでいるのを見たんだ。もう一つの予言が実現《じつげん》するのも時間の問題だろう」

「もう一つの予言とな?」オームストーンが聞き返しました。

「予言はほかにもある。アーンの声がだんだん暗くなり、ふるえ始めました。「なにせ、空飛ぶ黒船ばかりか、森の大オオカミのフェンリールが目撃《もくげき》されている。それこそ、この村の者たちにとっては、暗い運命にほかならない」アーンが暗い顔で言いました。「さあ、王さま、ここに座《すわ》って、いっしょに食べなさい」

オームストーンは粗末《そまつ》な木のいすに腰《こし》かけました。ビッグ・ジャックは戸口に立ったまま、部屋のなかを見回しました。木の長テーブルの上には、木のボウルとスプーンが一つずつあります。そして、見るからにまずそうな、黒ずんだおかゆのようなものが入った少し大きめの木のボウルと、木のひしゃくが置いてあります。アーンは戸棚《とだな》からもう一つ同じような木のボウルを取ってきました。

アーンは黒ずんだおかゆをボウルに入れて、オームストーンの方に押《お》しやり、みじめそうに頭《かぶり》を振《ふ》りながら、「ビールパンがゆだ」と言いました。

「空に黒い船、大オオカミ……おとぎ話でしょうな?」オームストーンが急いで言いました。「ところでアーンさん、恵《めぐ》んでくださるというこのビールパンがゆというのは、何ですかな?」

「古いパンと古いビールだよ。食べ物を粗末《そまつ》にはできない。味付《あじつ》けに森のうまいナメクジを一、二匹《ひき》入れてかきまぜた。ここじゃ、湖が凍《こお》って魚が釣《つ》れない冬場には、これを食べるんだ」アーンがむっつりと言いました。「王さま、その囚人《しゅうじん》にも食べさせてやるのかね?」

「間《ま》もなくそうしよう」どろっとしたビールパンがゆをスプーンで口に運びながら、オームストーンが言いました。「しかし、待たせておけ」

森の暗がりから、ゾッとするようなほえ声が聞こえてきました。

アーンが立ち上がって戸口に行き、斧《おの》をしっかり持ったまま戸を少しだけ開けて、森の端《はし》を目で探《さぐ》りました。

「なんだね?」オームストーンが聞きました。

「今言った大オオカミだよ。みんながおそれている『フェンリール』だ」

オームストーンはビールパンがゆのスプーンを口に含《ふく》み、細い切れ目のような口をしっかり閉《と》じて、ゆっくりとかみしめ始めました。次の瞬間《しゅんかん》、オームストーンは、生きたスズメバチをそのままかんだような顔になり、目をカッと見開いてかむのをやめました。こんなひどい味のものを、オームストーンはそれまで食べたことがありませんでした。しかしそんなそぶりは見せられません。農夫《のうふ》のアーンに弱みを見せるわけにはいかないのです。ねっとりした腐《くさ》りかけのパンといやな臭《にお》いのするビールのなかに、ぬるぬるして塩《しお》からい、ちょっとじゃりじゃりするものが入っています。口のなかでそれをかもうとしたとき、ゴニョゴニョ動いたような気がしました。オームストーンはやっとの思いでビールパンがゆのねっとりした苦いかたまりを飲みこみ、それがのどから下へとすべり下りていくのを感じました。そこでやっと口がきけるようになったオームストーンは、アーンに向かって、「私は情《なさ》け深《ぶか》い王だ。囚人《しゅうじん》にこの食べ物を食べさせてやろう」と言いました。そして、ボウルをビッグ・ジャックに押《お》しやり、「好きなだけ食べるがよい」と言いました。

ビッグ・ジャックは両手をしばられているので、無理な姿勢《しせい》でビールパンがゆを食べるはめになりました。

オームストーンはホッとして立ち上がり、窓《まど》からそとを見ました。「オオカミなど、どこにも見えないが」

「だれも見た者はいない」アーンが暗い運命を予告《よこく》するような声で言いました。「フェンリールは有名な伝説《でんせつ》のオオカミで、むこうはこっちのことが見えるんだ。オオカミは、罪《つみ》深《ぶか》い者やろくでなしを見つけ出す。そして、何が起こったかわからないうちに、そいつらは八《や》つ裂《ざ》きにされてしまう」

「ほう、それはおもしろい」そう言ったものの、オームストーンはマントの下で身ぶるいし、暖炉《だんろ》に近づいて、部屋に背《せ》を向け、細くなった火で体を温めました。

ジャックは残ったビールパンがゆを、男らしくたいらげ、オームストーンが背《せ》を向けたすきに、上着のそで口の折り返しからトゥルーハート家のもようの入った布切《ぬのき》れをそっと取り出し、口をぬぐうふりをして、空《から》になった木のボウルにその布切れを落としました。

アーンはいすに深々《ふかぶか》と腰《こし》かけ、小さな粘土《ねんど》のパイプを取り出して火をつけました。たばこの煙《けむり》が流れます。「アーンさん、まだ二つの予言《よげん》しか聞いていないが、三つ目もあるのでしょうな」オームストーンが言いました。

「ああ、あるともさ、三つ目が」アーンが答えました。「それこそが、われわれを救《すく》ってくれるかもしれないという予言だ。しかしまだその兆候《ちょうこう》はない。まったくない」

「その三つ目の予言とは？」

「ああ、男の子だ。うん、そうなんだ、王さま」アーンが言いました。「少年戦士《せんし》の予言だ」

オームストーンはちょっとイライラしながらビッグ・ジャックを見ました。ビッグ・ジャックはその顔を見返して、感情を見せずにほほ笑みました。

「なるほど」オームストーンは視線《しせん》をそらして、冷たく言いました。「ところで、ここにくる途中《とちゅう》、まぎれもなくイオウの臭《にお》いがしたのだが、このあたりには大オオカミばかりか、ドラゴンもいるのかね？」

「ああ、王さま、いるとも。ここにはドラゴンがいる」

「それで」オームストーンの目がギラリと光り、急にニッコリしました。「もっと話してくれ」

「そのドラゴンは、あそこの山の深《ふか》い洞《どう》くつにすんでいて……」アーンはパイプの柄《え》で山を指《さ》しました。「ときどきその洞くつの入り口から、煙《けむり》が出ているのが見える」

「おとなしいのかね？」

「あの巨大《きょだい》な生きものを見たやつはほとんどいないんだ、王さま。これまでは俺《おれ》たちに悪さをしたことはない。こっちが手を出さなければ、むこうもこっちに手を出さない」アーンはうなずきながら言いました。

アーンは木のボウルを片付《かたづ》けて、台所《だいどころ》の井戸《いど》の脇《わき》に重ねて置き、窓《まど》のそとを眺《なが》めました。

「王さま、本当なら、もう春がきてもいいはずで、野原には花が咲いているころだ。この深《ふか》い雪と凍《こお》るような冬は、どうやら永遠《えいえん》に続きそうだ。湖は氷が張《は》って真っ黒だし、日ごとにひどくなっていく。このあたりじゃ、『こりゃあ強力な冬将軍《ふゆしょうぐん》の〈フィンブル〉*だ。あの〈ラグナレク〉*がやってくる。空には不吉《ふきつ》な黒い船が見えたし、大オオカミの遠ぼえは聞こえるし』って言ってる連中《れんちゅう》もいる」

「ラグナレク？」オームストーンが聞きました。

「この世の終わりだよ。すべてが終わる。神々も、何もかも」

「ほほう」オームストーンは口が裂《さ》けたようなおそろしい笑みを浮《う》かべながら言いました。

「それはおもしろい。ところで、何か大きな入れ物とか古い袋《ふくろ》はないかね？　旅をするのに、一つあれば助かるのだが」


アーンの家から出たとたんに、オームストーンはビッグ・ジャックに前を歩かせ、山のふもとに向かいました。

「あそこに着いたら、おまえの手かせを解《と》いてやろう。手を使う必要があるだろうからな。しかし、言っておくが、私の命令どおりに手伝うほうがいいぞ。あのあわれなちびのトムや、まぬけでへまばかりのトゥルーハート兄弟にまた会いたいなら、おとなしくすることだ」オームストーンは例のいやな笑い声をあげました。

凍《こお》った湖の縁《ふち》に沿《そ》って歩いて行くと、暗い森から、オオカミの鋭《するど》い遠ぼえがまた聞こえてきました。オームストーンは立ち止まって振《ふ》り返りました。まちがいなくびくびくしている、とビッグ・ジャックは思いました。大オオカミの予言《よげん》が、オームストーンの心を深《ふか》く、強くとらえたにちがいありません。それとも、少年戦士《せんし》の予言のほうだろうか？　とビッグ・ジャックは考えました。

さて森のなかのことです。木のあいだにかくれていたルンペルスティルツキンは、森に捨《す》ててあった狩《か》り用のラッパを口に当てて、もう一度吹《ふ》き鳴らしました。血も凍《こお》るような、本物とそっくりのオオカミのほえ声が響《ひび》きました。

ルンペルスティルツキンは、北欧《ほくおう》の伝説《でんせつ》をよく知っていて、かつてのご主人さまをこわがらせる方法もわかっていたのです。ほえ声を聞いた農夫《のうふ》たちは、フェンリールの伝説をまきちらすにちがいありません。フェンリールが罪深《つみぶか》いものを八《や》つ裂《ざ》きにするという伝説が、オームストーンをどんなに不安にするか、ルンペルスティルツキンはよく知っていました し、かつてのご主人さまを、できるだけこわがらせたかったのです。オームストーンとビッグ・ジャックがほら穴《あな》の入り口に着いたのを見たルンペルスティルツキンは、急いで雪のなかを追いかけました。

ドラゴンの洞《どう》くつの入り口で、オームストーンはビッグ・ジャックの手かせを解《と》きました。ジャックは両手を振《ふ》り、凍《こご》えた手を温めようとしました。湖を渡《わた》る氷のような風が吹《ふ》きつけ、また雪が降《ふ》ってきました。

「〈ラグナレク〉の話はおもしろい」オームストーンはひとりごとを言いました。「もっとあおって広めてやろう。私は不幸な結末《けつまつ》が好きだし、何もかもおしまいになるというのはなおいい。完ぺきだ。しかし、なぜ私の飛行船《ひこうせん》が、こいつらの古い予言《よげん》に

出てくるのだろう?」オームストーンは立ち止まって、オオカミの遠ぼえが聞こえないかと耳を澄《す》ませましたが、風の音がするだけでした。大オオカミが悪漢《あっかん》、ごろつき、罪人《ざいにん》などの悪い人間を探し出すという話は気になります。しかし、トゥルーハート家のビッグ・ジャックの前で、弱みは見せられません。

ビッグ・ジャックは頭《かぶり》を振《ふ》ってため息をつきました。指先が温まって感覚がもどり、うれしいことに力がみなぎってくるのを感じたビッグ・ジャックは、一瞬《いっしゅん》、逃《に》げられるのではないかと思いました。大オオカミの遠ぼえを聞いたオームストーンの顔に突然《とつぜん》、恐怖《きょうふ》と迷《まよ》いの色が浮《う》かんだのを見たからかもしれません。ビッグ・ジャックは、確実《かくじつ》に逃げられると思ったのです。しかし、長い妖精《ようせい》の鎖《くさり》が、オームストーンとビッグ・ジャックをつないだままです。鎖を切る方法を見つけなければなりません。

ルンペルスティルツキンが二人を追ってきました。自分で作り出した妖精の霧《きり》で身を包んでいたので、ほとんど姿《すがた》が見えない状態《じょうたい》になっていました。ルンペルスティルツキンは、山すそをおおっている凍《こお》ったハリエニシダのなかにかくれて、洞《どう》くつの入り口のそばにいました。

「この暗がりのどこかに、ドラゴンがいるはずだ」オームストーンがささやきました。

「おまえはそいつの気をそらせるのだ。そのすきに、私はなかに入り、ドラゴンがためこんでいる黄金《おうごん》をちょうだいする」

「むりです」ビッグ・ジャックが低い声で言いました。「なにしろ、武器《ぶき》がありません」

ビッグ・ジャックは両腕《りょううで》を広げました。

「おかしなことを言う。おまえは冒険家《ぼうけんか》で、機転《きてん》がきくはずではないか。おまえは、大きくて大胆《だいたん》で、勇敢《ゆうかん》な知恵者《ちえしゃ》ではなかったのか？　頭を使え。役目《やくめ》を果《は》たせ。そうすれば生かしておいてやる。脳《のう》ミソがあるなら使え。とにかく工夫《くふう》しろ」

オームストーンは小声でそう言うと、ビッグ・ジャックを洞《どう》くつに押《お》しこみ、自分は鎖《くさり》をのばして、少しあとからついてきました。妖精《ようせい》の鎖はのび縮《ちぢ》み自由自在なのです。イオウの臭《にお》いにまじって、あたり中に漂《ただよ》う腐《くさ》ったようないやな臭いが、なかに入るにつれてだんだん強くなってきました。洞くつのなかは急な上《のぼ》り坂が数メートル続き、上りつめたところからは急な崖《がけ》になっています。崖の底に緑色の光が見え、雷《かみなり》のようなゴロゴロという規則《きそく》正しい音が聞こえてきえます。ビッグ・ジャックは、岩の道の端《はし》まで行き、崖下をのぞきました。

＊フィンブル：：北欧神話《ほくおうしんわ》やゲルマンの言い伝《つた》えに出てくるおそろしい現象《げんしょう》で、「大いなる冬」という意味。太陽が光を失うとフィンブルの冬がきて雪が吹《ふ》きつける。
この冬が三度続き、そのあいだ夏はないという。

＊ラグナレク：：北欧神話で、この世の終わりの日のこと。

7 勇者《ゆうしゃ》ファフニールと知恵者《ちえしゃ》シグルズ

＊ファフニールの息子《むすこ》で、「勇者《ゆうしゃ》ファフニール」と呼《よ》ばれる二代目のファフニールは、軍《ぐん》船《せん》の舳先《へさき》に立っていました。頭には、角《つの》の付いた銅製《どうせい》のかぶとをかぶっています。がっしりした両肩《りょうかた》には、灰色《はいいろ》オオカミの毛皮《けがわ》をまとい、鮮《あざ》やかに光る銅のボルトをぐるりと打ちこんだ、丸い木の盾《たて》を斜《なな》めがけに背負《せお》っています。盾の真んなかに、妖精《ようせい》の細い金線で、大きなオオカミが描《えが》かれています。耳には古いビール瓶《びん》から取ったコルクの栓《せん》と蝋《ろう》をつめて、＊サイレンの歌が聞こえないようにしています。

ドラゴンの形をした船首を持つこの軍船を、ファフニールはできるだけクラーケンの渦《うず》に近づけていました。戦士《せんし》になってからずっと、ファフニールはこの荒海《あらうみ》を、軍船で航海してきました。

「風よ吹《ふ》け、邪悪《じゃあく》なサイレンよ歌え。私にはおまえたちの歌声は聞こえない。深海《しんかい》の怪物《かいぶつ》よ、私はおまえのいる海路《かいろ》を通って航海する。止められるものなら止めてみよ」ファフニールは風に向かってさけびました。「我《われ》らは任務《にんむ》をやり遂《と》げるのみ」

数日前に空飛ぶ不気味《ぶきみ》な黒船を目撃《もくげき》したことで、船乗《ふなの》りたちは、予言《よげん》の一つが現実《げんじつ》のものになったことを知っていました。もう一つの予言が実現《じつげん》するのも時間の問題でしょう。ファフニールの船員たちも、全員コルクと蝋《ろう》の耳栓《みみせん》をしていたので、サイレンの歌に惑《まど》わされはしませんでした。帆《ほ》を操《あやつ》る者もいれば、暗緑色《あんりょくしょく》の渦《うず》に逆《さか》らって長いオールを力強くこぐ者もいます。昼も夜も、船乗りたちは命令に従い、毎日荒海《あらうみ》をパトロールしていました。

危険《きけん》な大渦《おおうず》をまた一つ乗り越《こ》えたとき、ファフニールは首にかけた雄牛《おうし》の角笛《つのぶえ》をとり、風に向かって勝ちどきの調べを吹《ふ》き鳴らしました。そのとき、船の上に飛んできたジョリティが何かをさけびました。サイレンの歌をさえぎる耳栓をしていなかったら、ファフニールにはそれが、「助けて、助けて」と聞こえたはずです。

渦《うず》の底《そこ》から突然《とつぜん》飛び上がった黒い鳥を見たファフニールは、「ああ、これだ。ついに不《ふ》吉《きつ》な知らせが来たのだ」と思いました。

船《ふな》べりから身を乗り出して泡立《あわだ》つ渦《うず》を見下ろすと、小さな舟が見えました。救命《きゅうめい》用の小《こ》舟《ぶね》です。しかも、クラーケンの触手《しょくしゅ》にしっかりとらえられています。それに、少年が見えます。狩人《かりうど》か冒険家《ぼうけんか》のようなめし革《がわ》の服を着て、マントをまとっています。浸水《しんすい》した小舟のなかで、少年はほとんど全身水につかって、ぼんやりと横たわっています。

予言《よげん》された少年戦士……。

少なくとも、その可能性《かのうせい》があります。そうでなければ、少年が親しくしているらしい黒いカラスが、陸からこんなに離《はな》れた伝説《でんせつ》の海にいることの説明がつきません。

予言は常《つね》に尊重《そんちょう》されなくてはならない……。

ファフニールは一時《いっとき》も無駄《むだ》にしませんでした。腕《うで》のいい航海士のシグルズ*を引き寄《よ》せ、小舟に乗った少年を指さしました。シグルズは目を見開き、天をあおいでひざまずきました。ファフニールはシグルズを立たせ、体をゆすって奮起《ふんき》させました。そして船を引く太い縄《なわ》を自分の体に巻《ま》きつけ、もう一方の端《はし》にしっかりした結び目を作って、舳先《へさき》のドラゴンの首にすばやく結びつけました。それからシグルズに「行くぞ」と合図《あいず》し、船べりから飛びこみ、渦《うず》の底《そこ》の小舟《こぶね》まで落ちていきました。カラスは何かさけびながらファフニールの上を飛び回っていましたが、耳栓《みみせん》をしているファフニールには、ぼんやりとした風のうなりと波の音のほかは何も聞こえません。

ファフニールは水浸《みずびた》しの小舟に、大きなブーツをはいた足で、しっかりと下り立ちました。貝殻《かいがら》やイソギンチャクや吸盤《きゅうばん》におおわれた、ぬるぬるした青緑色のクラーケンの巨大《きょだい》な触手《しょくしゅ》が、みるみる小舟をしめつけていきます。小さな船もなかにいる少年も、何もかも、もうすぐバラバラになって海の底に引きこまれてしまうでしょう。ぐずぐずしてはいられません。ファフニールは少年を両腕《りょううで》に抱《かか》え、太い縄《なわ》をぐいと引きました。

船の舳先《へさき》に立って、かたずを飲んでいたシグルズは、すぐにファフニールと少年を引き上げました。そのとき、クラーケンの触手がとうとう水浸しの小舟を粉々に砕《くだ》き、バラバラの破片《はへん》を海の底に引きずりこんでしまいました。

ファフニールの誇《ほこ》り高いドラゴン船は、怒《いか》り狂《くる》うクラーケンの渦の真んなかを、意気《いき》揚々《ようよう》とこぎ抜《ぬ》けました。海底《かいてい》のおそろしい生きものは、触手をのばして、二度、三度と船を引っ張《ぱ》りこもうとしましたが、超自然的《ちょうしぜんてき》な怪力《かいりき》でも、風と帆《ほ》とこぎ手の力にはかないませんでした。

ファフニールの軍船《ぐんせん》は、突然《とつぜん》大きく旋回《せんかい》して渦《うず》を離《はな》れました。船乗《ふなの》りの戦士《せんし》たちの持つ銅《どう》の盾《たて》が、月の光で青い炎《ほのお》のようにきらめき、戦士たちは大きな歓声《かんせい》をあげました。ファフニールはコルクと蝋《ろう》の耳栓《みみせん》をはずし、頭を振《ふ》りました。シグルズも同じようにして、二人は、ボーッと甲板《かんぱん》に横たわっているびしょぬれのトムを見ました。

トムはゆっくりと起き上がりました。頭がぐらぐらします。冷たい塩水《しおみず》がくしゃくしゃの髪《かみ》からしたたり落ちました。顔を上げると、ファフニールとシグルズの姿《すがた》が見えます。

「どなたですか?」トムは二人の顔を交互《こうご》に見ながら、夢《ゆめ》から覚めたばかりのように、ぼんやりと聞きました。

「こちらが聞きたいね」ファフニールは深《ふか》く響《ひび》く親しげな声で言いました。「しかし、聞く必要もない。君がだれなのか、私は知っている。若者《わかもの》よ、私は勇者《ゆうしゃ》ファフニール。たった今、君を助け出したところだ。危機一髪《ききいっぱつ》のところを、あのクラーケンの触手《しょくしゅ》からね」

「そのとおり」シグルズがうなずきました。「おそろしい大渦《おおうず》のなかからね。不吉《ふきつ》な印も目撃《もくげき》された。空に黒い船、そして黒いカラス——真っ黒な森の鳥が予言《よげん》されていたとおり、陸からこんなに離《はな》れた海の上を飛んでいた。暗いお告《つ》げだ」

「僕《ぼく》のカラスのジョリティだ」トムが言いました。「カラスはどこにいますか？　それより、ここはどこですか？」

「君は栄誉《えいよ》ある私の船の甲板《かんぱん》に、無事《ぶじ》に引き上げられた」ファフニールが言いました。

「この船は、『二十舵《だ》*のドラゴン船』という名前だ。船よ、どうか風をはらんで進んでくれ。おっと、つい礼儀《れいぎ》を欠《か》くところだった。後先《あとさき》が逆《ぎゃく》になってはいけない。若者よ、さあ、ついておいで。服を乾《かわ》かさなければ」

船尾《せんび》のほうに行くと、真っ赤に燃《も》える石炭《せきたん》の入った鉄の火鉢《ひばち》が、四角の金属《きんぞく》の台の上に置いてありました。トムは火鉢《ひばち》のそばの衣装箱《いしょうばこ》に腰《こし》かけました。箱には妖精《ようせい》の金《きん》で打ち出したオオカミの形の飾《かざ》りが付いています。トムは寒さにふるえながら、体を温めようとしました。もうあの渦《うず》からは、ずっと遠くに離《はな》れています。トムは、黒い岩だらけの海岸がもうすぐ見えるのではないかと思いました。

「君は、あの不吉《ふきつ》な黒い鳥と親しいというのかね？」シグルズが聞きました。

「そうです。あの鳥といっしょに旅をしています」トムが答えました。

シグルズがうなずきました。「お告《つ》げの鳥をお供《とも》にして旅をするからには、君は偉大《いだい》な英雄《えいゆう》にちがいない」とシグルズはささやくように言いました。

「僕《ぼく》は冒険《ぼうけん》一家、トゥルーハート家のトム・トゥルーハートです」

「この子だ。まちがいなくこの子がそうだ」ファフニールが息をひそめてシグルズに言いました。

「僕には任務《にんむ》があります」トムは話し続けました。「ある人を探《さが》し出して助けるという……」トムは言おうか言うまいかと迷《まよ》いました。「……その人は、『神話《しんわ》と伝説《でんせつ》の島』のどこかに消えた、僕にとっては大事な人です」

「君の任務は」ファフニールが声を低くして聞きました。「亡命中《ぼうめいちゅう》の『暗黒《あんこく》の王』と何か関《かか》わりがあるかね？」

シグルズは、「暗黒《あんこく》の王」という名前を聞くだけでも気が重い、というふうに頭《かぶり》を振《ふ》りました。トムが答えるより早く、ジョリティが降《お》りてきて、トムの肩《かた》に止まりました。ファフニールもシグルズも、ぎょっとして火鉢《ひばち》から遠ざかり、火鉢の真っ赤《か》な火に、真っ黒な影《かげ》が照らし出されたカラスとトムをこわごわ見つめました。カラスは二人の戦士《せんし》を見て、目をそらさずに頭を下げ、突然《とつぜん》大きな声で「クワーッ」と鳴きました。シグルズはびくっとしてファフニールの腕《うで》をつかみました。

「ジョリティ、大丈夫《だいじょうぶ》だよ。この人たちは味方《みかた》だ。たった今、僕《ぼく》を海の怪物《かいぶつ》から救《すく》ってくれたんだ」

「わかっているよ、トム。ただ、本当に味方かどうかを確《たし》かめたかったんだ」

「お告《つ》げの鳥が、われわれに向かって話した」ファフニールはすぐに片《かた》ひざをつき、おじぎをしました。

「大丈夫です。こわがらないでください」とトムが言いました。

「我々《われわれ》は大いにおそれている」ファフニールが言いました。

「でも、僕《ぼく》を救《すく》ってくれたでしょう？」トムはわけがわかりませんでした。

「君は海に飲みこまれる寸前《すんぜん》だった」ファフニールが言いました。「あの小舟《こぶね》は、おそろしい海の怪物《かいぶつ》の触手《しょくしゅ》にとらえられていた」

「あなたはその怪物をおそれていなかったのに、このジョリティがおそろしいのですか？」

「海の怪物などなんでもない。このすばらしい船と誇《ほこ》り高い戦士《せんし》たちは、毎日のようにそいつらと戦っている」シグルズが言いました。「我々《われわれ》がおそれているのは、予言《よげん》や不吉《ふきつ》な印、そして予言の意味だ。不吉な印は、この世の終わりを告《つ》げるものかもしれない。我々はそれを、〈ラグナレク〉と呼《よ》んでいる。すべての神々と世界のすべてが終わる——我々はそれをおそれているのだ。我々はすでに、空を行く黒い船を目撃《もくげき》した。それは、亡命中《ぼうめいちゅう》の『暗黒《あんこく》の王』、つまり残酷《ざんこく》な王が空からやってくるという警告《けいこく》だ」ここでシグルズさらに深く、頭《こうべ》をたれました。

トムはその「暗黒《あんこく》の王」がだれかを、はっきり知っていました。

「あなたのおっしゃる王というのは」トムが言いました。「背《せ》が高くて、黒い服を着て、髪《かみ》は白くて、オームストーンという名前ですか?」

ファフニールは蝋《ろう》の耳栓《みみせん》を、耳にもどしそうになりました。「若《わか》い英雄《えいゆう》よ、名前を言うなかれ。名を呼《よ》ぶなかれ」

「その名には、呪《のろ》いがかかっているかもしれない」シグルズが言いました。

「あいつのことなら知っています」トムが言いました。「聞いてください。そいつは僕《ぼく》の父の『巨人殺《きょじんごろ》しのビッグ・ジャック』を捕虜《ほりょ》にしています。父は立派《りっぱ》な人で、誇《ほこ》り高い冒険家《ぼうけんか》なのですが、何年ものあいだ、行方不明《ゆくえふめい》でした。その王が、父を連れ去ってしまったのです。僕の任務《にんむ》は、父を探《さが》して助け出すことです。失敗はできないし、絶対《ぜったい》に失敗しません。お願いです。任務の旅を始められるように、北の国のどこかまで連れていってください」

「それこそが我々《われわれ》の任務だ」ファフニールが言いました。「我々の探し求めてきたことの真《しん》の意味がそこにある。我《われ》らの任務は、君を探《さが》し出すことだったのだ。毎日海を渡《わた》り、ついに君を見つけた。いいかね、君は、予言《よげん》された少年なのだ。私たち二人にとって、そして我々《われわれ》全員にとって、君は大切な人なのだ。君を助けるために、我々ができることは何でもする。君こそが、暗黒《あんこく》と冬を打ち破《やぶ》る人間なのだ。この長すぎる冬も、同じ予言の一部だ。こんな時期はずれの雪は、〈フィンブル〉なのではないかと、我々はおそれている。それは永遠《えいえん》の、そして最後の冬のことで、〈ラグナレク〉の前ぶれなのだ」

ファフニールは頭《かぶり》を振《ふ》りました。

シグルズはファフニールの肩《かた》に手を置き、トムに向かって言いました。「我々は今や、君だけに頼《たよ》らねばならない。君は予言された少年だ。君の勇気《ゆうき》と知恵《ちえ》に頼るしかない。〈ラグナレク〉を止められるのは、君だけかもしれない」

「〈ラグナレク〉って、だれですか?」トムが聞きました。

「おお、それは人ではない」ファフニールが言いました。「この世の終わり、すべての終わりということだ。予言されたとおり、我々の世界に終わりがくるということなのだ」

＊ファフニール…元々《もともと》は、北欧神話《ほくおうしんわ》やドイツ北部のゲルマン神話に登場《とうじょう》する生きもの。ドラゴンやヘビに変身《へんしん》したりする。

＊サイレン…ギリシア神話に登場する生きもの。上半身が人間の女性で、下半身が鳥の姿《すがた》をしている。美しい歌声で船乗《ふなの》りを惑《まど》わし、海で死なせる。

＊シグルズ…ゲルマン神話に登場する英雄《えいゆう》。ドイツの英雄叙事詩《じょじし》で、ワーグナーのオペラになった『ニーベルンゲンの歌』には、ジークフリートという主人公《しゅじんこう》で登場する。

＊二十舵《だ》のドラゴン船…船首《せんしゅ》がドラゴンの形をしており、船をこぐ舵《かじ》が二十ある船。

8 ドラゴンの洞《どう》くつ

ビッグ・ジャックが崖《がけ》を見下ろすと、巨大《きょだい》なドラゴンが眠《ねむ》っていました。なめし革《がわ》のような翼《つばさ》を背中《せなか》にたたみ、うろこでおおわれた長い首を、洞《どう》くつのどんよりと暗い地面にのばしています。ジャックの見るかぎりでは、目は閉《と》じられています。息をするたびに、鼻の穴《あな》からポッポッと臭《くさ》い緑色の煙《けむり》を出し、ゴロゴロという大きないびきをかいて寝《ね》ています。長い鼻の下で組んでいる前足には、鋭《するど》い爪《つめ》と水かきがあり、地下水の黒い水たまりがひたひたと前足を浸《ひた》しています。長い鼻の下から白く光る牙《きば》の先がのぞき、牙はあごの線にそって、不ぞろいに突《つ》き出ています。見るからにおそろしい怪獣《かいじゅう》です。緑のうろこにおおわれた胴体《どうたい》の両脇《りょうわき》から、何か光を反射《はんしゃ》しているものが見えます。山と積まれた金貨《きんか》がきらめいているのです。

オームストーンが、すーっとジャックの横にやってきました。「あったぞ」オームストーンは興奮《こうふん》して目を見開き、小声で言いました。「妖精《ようせい》の金《きん》だ。まさにねらいどおり。

さあ、あのドラゴンを動かせ。気をそらせるんだ」

「いったいどうやればいいのですか？」ジャックが小声で聞きました。

「何か考えろ」オームストーンがおどすように低い声で言いました。「さもないと、おまえの一番大切な人のために良くないことをしないとな。そうしたくはないし、おまえもそれは望《のぞ》まんだろう？　かわいそうなトゥルーハート夫人《ふじん》が、たった一人で森の家にいることを考えてみるんだな。私が、しかるべき人間に緊急《きんきゅう》の伝言《でんごん》を送りさえすれば……あとは言わなくともわかるだろう？」

「言うな」そう言うなり、ビッグ・ジャックは岩だらけの崖《がけ》のてっぺんから、ドラゴンのまどろんでいる洞《どう》くつの底《そこ》まで下りていきました。妖精《ようせい》の鎖《くさり》がのびて岩をこすり、ガラガラと音をたてます。

眠《ねむ》りを乱《みだ》されたかのように、ドラゴンの鼻の穴《あな》から出ている煙《けむり》が長くのびました。ゴ

ロゴロというびきが一瞬《いっしゅん》止まり、ジャックも立ち止まって息を止め、まわりを見まわして逃《に》げ道を探《さが》しました。オームストーンからでなく、ドラゴンからの逃げ道です。

今ジャックがいる道は、黒い水たまりの縁《ふち》に沿《そ》って延《の》びています。それから曲がって上《のぼ》り坂になり、崖《がけ》の上に出たあと、山の暗がりにつながっています。ジャックは、急に逃げ出さなければならなくなった場合に、ちょうどよさそうな狭《せま》い入り口が、崖の上の岩場《いわば》にあることに気がつきました。ドラゴンが通るには狭すぎるようです。そこを通り抜《ぬ》けても、妖精《ようせい》の鎖《くさり》は十分《じゅうぶん》にのびるから逃《に》げられる、とジャックは思いました。

そのとき、鎖が急に引っ張《ぱ》られ、ジャックは自分が、しつけの厳《きび》しいご主人さまに「従《したが》え！」と命令された犬のような気がしました。振《ふ》り返ると、オームストーンが先へ進めとせき立てています。空《から》っぽの袋《ふくろ》を片手《かたて》で指さし、もう一方の手で鎖を引っ張っています。何かをしなければなりません。今すぐに。

ルンペルスティルツキンはそろりと洞《どう》くつに入り、静かに進みました。緑色の光のなかに、かつてのご主人さまが、空《から》の袋《ふくろ》を頭の上で振《ふ》っている黒い影《かげ》が見えました。山盛《やまも》りの黄金《おうごん》を盗《ぬす》むための袋にちがいない……しょうこりもなく……と思いました。岩陰《いわかげ》や岩の裂《さ》け目に身をかくしながら、ルンペルスティルツキンはドラゴンのイオウの臭《にお》いをかぎ取っていました。ドラゴンのいるところには宝《たから》の山、金の山があるのです。

かくれながら崖《がけ》の上にたどり着き、下を見ると、思ったとおり巨大《きょだい》なドラゴンが眠《ねむ》っていました。ビッグ・ジャックがドラゴンの頭のすぐ近くに立ち、片手《かたて》で大きな岩を持ち上げています。岩場《いわば》の陰からジャックがドラゴンに丸焼きにされるのを見ているか、ジャックを助けるか、道は二つに一つです。オームストーンにいつか対抗《たいこう》するときに、ジャックは味方《みかた》として役《やく》に立つかもしれません。ルンペルスティルツキンは長期戦《ちょうきせん》を考えているのです。

《ビッグ・ジャックには私の妖精《ようせい》の魔法《まほう》が必要だ。しかもどうやら今すぐに》

ビッグ・ジャックは洞《どう》くつの底《そこ》に転がっていた大きな岩を一つ選んで、手で重みを計りながら、オームストーンを振《ふ》り返りました。オームストーンはドラゴンを指さしてうなずきました。ジャックは、ずっと離《はな》れた崖《がけ》の上に、見覚えのある猫背《ねこぜ》の小さな姿《すがた》がちらりと現《あらわ》れ、すぐに引っこんだのを見たような気がしましたが、光のいたずらだろうと、頭《かぶり》を振って打ち消しました。そして、持ち上げた岩を、力まかせにドラゴンの鼻づらに投げつけました。

岩がドラゴンに当たり、片目《かため》がゆっくりと眠《ねむ》たそうに開きました。青黒い緑の目には、トカゲの目のようにたての虹彩《こうさい》が見えます。光を感じて、虹彩が開きました。ドラゴンはもう一つの目もゆっくりと開け、ジャックをにらみつけました。ジャックがもう一つ岩をひろって投げつけると、ドラゴンの鼻づらに当たってはね返りました。ドラゴンは長い首を持ち上げ、立ち上がって巨大《きょだい》な全身を現しました。緑の目がしっかりとジャックを見すえ、口を大きく開きました。

二つ目の岩を投げつけたあとは、じっとしている理由などありません。ビッグ・ジャックは次に何が起こるか、いやというほどわかっていました。岩場《いわば》の狭《せま》い入り口まで、ジャックは細い脇道《わきみち》をかけ上がりました。背後《はいご》からものすごいほえ声が聞こえたとたん、火の玉が暗闇《くらやみ》を破《やぶ》り、黄色とオレンジ色のまぶしい光が洞《どう》くつ中を照らし出しました。走りながら、ジャックは道に映《うつ》る自分の影《かげ》が急に炎《ほのお》の形になるのを見て、地面に伏《ふ》せました。その上を、炎と熱いガスとイオウの臭《にお》いのする煙《けむり》が飛んでいきました。ジャックは飛び起きて、煙のなかをむせながら進みました。

耳がジーンとするほどの二度目のほえ声が聞こえ、またもやオレンジ色のまぶしい光が洞くつのなかを照らしました。ジャックは頼《たの》みのつなの岩場の狭《せま》い入り口を目指《めざ》して、必死《ひっし》で走りましたが、煙で入り口が見えません。ドラゴンが追ってきます。なめし革《がわ》のような翼《つばさ》を広げて飛び上がり、怒《いか》りの火の玉を吐《は》き出しながら飛んできます。

ビッグ・ジャックは、トンネルを目指して岩をよじ登りましたが、近づくにつれて、トンネルの入り口が思っていたより大きく見えてきました。ドラゴンも通れるのではないだろうか？ジャックはあわてました。

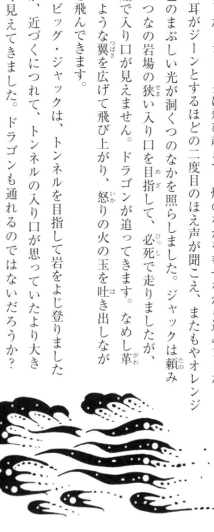

三度目のほえ声とともに、また火の玉が爆発《ばくはつ》しました。ドラゴンはすぐ近くに迫《せま》っています。ジャックは岩のあいだにはさまれてしまいました。上に登る手がかりには手が届《とど》かず、妖精《ようせい》の鎖《くさり》はそれ以上のびなくなったのか、それとも岩のあいだに引っかかったのか、ジャックは進むことができません。首を回すと、ドラゴンが翼《つばさ》をゆっくり羽ばたかせて、すぐそばに浮《う》かんでいるのが見えました。緑の目を大きく見開いて、上からジャックをにらんでいます。長い鼻づらが上を向き、ほほがふくらんで、ガスと炎《ほのお》と煙《けむり》の一吹《ひとふ》きをためこんでいます。次の瞬間《しゅんかん》に、ジャックは今度こそ丸焼けになり、黒こげの灰《はい》になってしまうでしょう。

ドラゴンがビッグ・ジャックを追いかけ始めると同時に、オームストーンは崖《がけ》を滑《すべ》り下りました。黒い水たまりを水しぶきを上げてうれしそうに渡《わた》り、足をすべらせながら金貨《きんか》の山を登り始めました。なんとも美しい古代《こだい》の金貨です。重くてすこし歪《ゆが》んだ形の、妖精《ようせい》の純金《じゅんきん》のかたまりです。そのとき、黄色い火の玉が洞《どう》くつで爆発し、その光と熱を反射《はんしゃ》して、金貨《きんか》の山が突然《とつぜん》、キラキラと光を放ちました。ごっそりと重そうな金貨とそのかがやきを目の前にして、オームストーンはうれし泣きしそうでした。そのとき、もう一度閃光《せんこう》が走り、ほえ声が洞《どう》くつ中に響《ひび》いたので、オームストーンはすぐさま金貨をつかんで袋《ふくろ》につめ始めました。

ルンペルスティルツキンは用心深《ようじんぶか》く前に進みました。ジャックに姿《すがた》を見られてしまったのではないかと気になりましたが、そんなことより、今こそ妖精《ようせい》の力が必要なのです。ドラゴンが空中で止まりました。岩をよじ登っていくビッグ・ジャックのすぐ上に浮《う》かんで、あわやジャックを丸焼きにしようとしています。そうなったら、ルンペルスティルツキンの筋書《すじが》きには合いません。別の長期戦略《ちょうきせんりゃく》があるのですから。木の精《せい》は小枝《こえだ》の杖《つえ》をドラゴンに向けました。

突然、ドラゴンがどんなにがんばっても、口が開かなくなりました。死の火の玉を発射《はっしゃ》しようとしても、煙《けむり》がポッポッと出てくるばかりです。ドラゴンはどうしたことかと目を細めました。ジャックは岩の道を転がるように下りて、焼けこげた道を引き返しました。ドラゴンが空中で不器用《ぶきよう》に体を回したとたんに、大きな体が洞《どう》くつの天井《てんじょう》にぶつかり、赤茶けた大きな岩が何個か落ちてきて、翼《つばさ》に激突《げきとつ》しました。ドラゴンはドサッと地面に落ち、ガスと炎《ほのお》が鼻の穴《あな》から少し出てきましたが、ジャックをやっつけるには足りません。ドラゴンは首を前にのばしてもう一度鼻の穴から炎を吹《ふ》き出しました。洞くつが明るくなり、走っているオームストーンの姿《すがた》を照らし出しました。貴重《きちょう》な金貨《きんか》を一つ残らずちょうだいして、袋《ふくろ》につめて逃《に》げていくところでした。

振《ふ》り返ったオームストーンは、ドラゴンに気づかれたとわかり、重い金《きん》の袋を引きずって急いで逃げました。ドラゴンは大事な金の山があった方へ飛んでいきました。そのすきにジャックは、崖《がけ》の下までかけ下り、オームストーンのあとを追いました。ルンペルスティルツキンは一部始終《いちぶしじゅう》を上から見ていました。ドラゴンは、まだ炎もガスも吹き出せずにもがいていましたが、怒《いか》り狂《くる》ったドラゴンは危険《きけん》です。そのドラゴンがオームストーンに迫《せま》っていきます。オームストーンが火の玉で焼きつくされるのを見たい気持ちは強かったのですが、ルンペルスティルツキンには別の筋書《すじが》きがありました。今はドラゴンの動きを遅《おく》らせなければなりません。杖《つえ》をもう一度ドラゴンに向けると、ドラゴンはほとんど空中に止まってしまいました。緑の煙《けむり》がポッポッと出て、怒《いか》りの炎《ほのお》が少しだけ鼻の穴《あな》から出てきましたが、ジャックにもオームストーンにも届《とど》きません。オームストーンがジャックをつないでいる鎖《くさり》をたぐり寄《よ》せると、ジャックはよろけながら崖《がけ》を登ってきました。

「これをそとまで運べ！」オームストーンはふくれあがった袋《ふくろ》を指さしてさけびました。ジャックは、息を切らして、重い金《きん》の袋を洞《どう》くつの入り口まで運びました。オームストーンがすぐあとから出てきました。「飛行船《ひこうせん》にもどるのだ」オームストーンがどなりました。「あのドラゴンはどうかしたらしい。しかし、何が起こったのかを調べている間《ま》はない」

そのあとに、ルンペルスティルツキンが冷たい霧《きり》をまとって出てきましたが、大急《おおいそ》ぎで空飛ぶ黒い飛行船《ひこうせん》にもどっていく二人には、その姿《すがた》は見えませんでした。まもなく呪文《じゅもん》の効《き》き目が切れます。あまり時間はないのです。効き目が切れたときには、カンカンに怒《おこ》ったドラゴンが一頭と、あわれな村人たちだけがあとに残されることでしょう。

9　冷たい海岸へ　次の日の夜明け

「さあ、君はゆっくり休んだし、夜明けの光が空を染《そ》め始めた。冒険家《ぼうけんか》の若者《わかもの》よ、出発のときがきた」ファフニールがトムにそう言い、雄牛《おうし》の角笛《つのぶえ》を高らかに吹《ふ》き鳴らしました。その音は風をも海をも越《こ》えて鳴り響《ひび》きました。

「我《われ》らは帰路《きろ》につく。君を『神話《しんわ》と伝説《でんせつ》の島』の北の国に連れて行き、上陸《じょうりく》させよう」ファフニールが言いました。

朝ぼらけのほのぼのとした光で、ちらつく雪ともやのなかから、突然《とつぜん》トムの目の前に海《かい》岸線《がんせん》が浮《う》かび上がりました。

船が岸に近づくと、雪をかぶった円すい形の山々が見えました。山の斜面《しゃめん》も深《ふか》い雪でおおわれています。山すそには、海岸線まで続く深緑色の広大な森が広がっています。黒く見えるほど濃《こ》い緑色の松の木の森です。「おとぎの国」の東の森に少し似《に》ていますが、もっと暗くて、もっと大きくて、どこまでも果《は》てしなく続いているように見えます。岩は、曲がりくねったドロドロした流れが急に止まって凍《こお》りついたような形をしています。それもそのはず、火山の溶岩《ようがん》が冷えて固まったものだったのです。入《い》り江《え》は切り立った崖《がけ》にはさまれ、黒い水をたたえています。ごつごつした岩や、背《せ》の高い島があちこちに突《つ》き出し、両岸の崖は氷のような岩壁《がんぺき》です。砂糖《さとう》のかかったバースデーケーキに切りこみを入れたような入り江です。

「我《わ》がうるわしの祖国《そこく》のフィヨルド*だ」ファフニールがため息まじりに言いました。

「この霧《きり》のかかった川のもうすこし上流で、君を上陸《じょうりく》させよう」ファフニールは雪のちらつく空を見上げました。

「僕《ぼく》はまだ新米《しんまい》の冒険家《ぼうけんか》です」トムは心配そうに言いました。「トゥルーハート家は最後の冒険一家ですが、僕は一番年下です。お役《やく》にたてるかどうか自信《じしん》がありません」

「君は予言《よげん》された英雄《えいゆう》だ。その予言は昔から言い伝《つた》えられてきた。我々《われわれ》は君を頼《たよ》りにしている」ファフニールが言いました。

「成功《せいこう》してくれ」シグルズが雪をかぶった高い岩を見上げながら静かに言いました。

「トム、大丈夫《だいじょうぶ》だよ」ジョリティがそっと言いました。「さあ、がんばれ。トゥルーハート——真実《しんじつ》の心で、僕《ぼく》たちはなんとかやり遂《と》げるんだ」

「二十舵《だ》のドラゴン船」が入《い》り江《え》に錨《いかり》を下ろし、トムを凍《こお》りついた海岸に降《お》ろそうとしたそのとき、ファフニールが呼《よ》びとめました。「ちょっと待ってくれ。大切なものを君に贈《おく》る」ファフニールは火鉢《ひばち》のそばの箱を開け、なかから黒い冬のマントを引っ張《ぱ》り出しました。裏地《うらじ》と縁取《ふちど》りは灰色《はいいろ》の厚《あつ》い毛皮《けがわ》です。

「これも予言《よげん》の大切な一部なのだ。選ばれし英雄《えいゆう》よ、この贈り物は、ずっと君を待っていた。この毛皮は英雄の時代に、君より年上の英雄が、神々のオオカミであるフェンリールの生皮《なまかわ》の一部を、勇敢《ゆうかん》にも刀《かたな》ではいだものだ。寒いときに着れば、もちろん体を温めてくれる。我々《われわれ》の地は寒い。それだけではなく、いろいろと君を守ってくれるはずだ。フェンリール自身からも守るし、刀、斧《おの》、ハンマー、そのほかほとんどあらゆる武器《ぶき》の攻撃《こうげき》をかわしてくれる。魔法《まほう》の力をもったマントは、英雄にふさわしいものだ。君の命を守ってくれる日もあろうし、人探《さが》しを助けてくれる日もあろう。大事に身につけてくれ」

トムはお礼《れい》を言って、すぐにマントを肩《かた》に巻《ま》きつけました。まるであつらえたようにぴったりです。ジョリティは岸まで飛んでいって、高い松の木に止まりました。

「若《わか》き英雄《えいゆう》よ、それではお別れだ」ファフニールが言いました。

「神のご加護《かご》を」シグルズがトムの肩をたたきながら言いました。

「さようなら。助けてくださってありがとうございました。〈ラグナレク〉がこないように全力をつくします」

「それで十分《じゅうぶん》だ」ファフニールが言いました。

トムは曲がりくねった岩の上に降《お》ろされ、ジョリティが飛んできてトムの肩に止まりました。

船が錨《いかり》を上げ、船の射手《いて》が甲板《かんぱん》の高い所に立ち、炎《ほのお》の矢を射《い》ました。矢は空《くう》を切って、

入《い》り江《え》のずっと上にある、岩のあいだに生《は》えた一本松に当たり、小さな松は冷たい空気のなかで鮮《あざ》やかに燃《も》え上がりました。ファフニールが声を張《は》り上げてトムに言いました。

「若《わか》き英雄《えいゆう》よ、あの炎《ほのお》が君の道の出発点だ。その道を行くがいい。さらば」

船が入《い》り江《え》から海へともどるあいだ、トムはファフニールとシグルズに手を振《ふ》りました。

トムが海から目を離《はな》し、陸へと向きを変えたとき、ジョリティが言いました。「とっても変な風景《ふうけい》の島だなあ」

「それにとっても寒いね」トムはふるえながら、新しいマントの温かさに感謝《かんしゃ》しました。

＊フィヨルド……氷河《ひょうが》の谷を海水《かいすい》が削《けず》ってできた深《ふか》い入り江。両岸《りょうぎし》は切り立つ絶壁《ぜっぺき》になっている。

10 寒い北の国の旅

燃《も》える松の木を過《す》ぎて小道を歩いていくと、高台《たかだい》に出ました。何キロも先まで、国中《くにじゅう》が見渡《みわた》せます。森はずっと遠くで途切《とぎ》れ、そこから先は突然《とつぜん》、何もない風景《ふうけい》が続いています。そこは、海岸の岩と同じように曲がりくねった火山岩《かざんがん》が広がり、びっしりと黄色いコケでおおわれています。岩のあちこちに、降《ふ》りしきる雪が積もっています。目の前に広がる深《ふか》い森のはずれに、トムは湖とありふれた村を見つけました。白い家がいくつか見え、えんとつから煙《けむり》が立ち上《のぼ》っています。

「一休《ひとやす》みして地図を調べるのにいい場所があった」と、トムが言いました。

トムは森を目指《めざ》してくねくね曲がった小道を歩き、ジョリティはまわりに警戒《けいかい》しながらその上を飛びました。道の途中《とちゅう》で突然、*間欠泉《かんけつせん》が岩のあいだから空高く噴《ふ》き上がりました。氷の張《は》った深《ふか》そうな黒い水たまりや、流れ落ちる水が岩肌《いわはだ》に張り付いて凍《こお》り、結晶《けっしょう》のようになった滝《たき》もありました。「トム、ここは原始的で、なんだか不安なところだね」ジョリティが言いました。

「もっとひどいところも見たじゃないか」トムが勇ましく言いましたが、それでも、暗い森に入るときに、オオカミのマントを体にしっかり巻《ま》きつけました。


雪は、木立《こだち》の下にまで降《ふ》り積もっています。木の枝《えだ》をかき分けて暗い森を進むのは簡単《かんたん》ではありません。上から突然《とつぜん》大きな雪のかたまりが落ちてきて、ドサッという音がするたびに、トムはびくっとしました。*トロールとか大きな動物の足音に聞こえたからです。ほかにもおかしな物音がしました。まわりの小枝が折れたり、何かがさっと走り去るような音です。しかも、まぎれもなくオオカミの声とわかる大きな遠ぼえが聞こえます。

「僕《ぼく》、あの声がいやだな」トムは立ち止まって耳をすませながら言いました。

「僕《ぼく》もだよ」カラスのジョリティはそう言うなり、こずえの上に飛び上がりましたが、すぐにもどってきて、ふるえながらトムの肩《かた》に止まりました。

「トム、すこし離《はな》れたところにオオカミが見えたような気がする」

「みんなが言っていたあのオオカミの名前はなんだっけ？」トムが聞きました。

「フェンリールだ」ジョリティが答えました。

「どっちの道を行けば出会わずにすむかなあ」

「オオカミはあっちの方角《ほうがく》に見えた」ジョリティが羽で指《さ》しました。

「じゃあ、こっちの道を行こう」トムはジョリティを肩にしっかり止まらせたまま、反対の方向に歩きだしました。

雪道は、しばらくのあいだ静かでした。もうオオカミの声は聞こえません。でも、何かがガサゴソと走り回る音がだんだん大きく聞こえてきます。何か獣《けもの》が雪を踏《ふ》むやわらかな音です。あちこちからトムたちに迫《せま》ってくるようです。ジョリティはまた見張《みは》りをするために飛び上がり、こずえの上で輪を描《か》いてもどってきました。

「トム、囲まれてる。オオカミだ。何十頭も近づいてくる」

「オームストーンの家来《けらい》たちかな？」トムは剣《つるぎ》に手をかけました。

「トム、ちがうと思う。ここからのぞいてごらん」ジョリティはうっそうとした木の幹《みき》のあいだを翼《つばさ》でさしました。

木から落ちてくる雪のあいだからは、木々のむこうのぼんやりした灰色《はいいろ》のものしか見えません。それがほえると木々がゆれ、ますますたくさんの雪が落ちてきました。

トムは剣《つるぎ》を抜《ぬ》き放ちながら言いました。「フェンリールだ」

「そうらしい」ジョリティが言いました。

二人はゆっくりと進みました。ブーツが深《ふか》い雪に沈《しず》みこむ一歩一歩を、トムは意識《いしき》していました。灰色のぼんやりしたものがだんだんはっきり見えてきました。少し上のほうからじっとトムを見つめる黄色い二つの目が見えました。まるでオオカミが、木の上に立っているような感じです。

実はそうではありません。ただ、とても大きなオオカミなのです。その目がトムをとらえ、鋭《するど》くかがやいたように見えました。そのオオカミよりは小さい何頭ものオオカミが二人に迫《せま》り、黙《だま》ってにらみながら取り囲みました。

トムはとうとうその場に立ち止まり、ジョリティは近くの木の枝《えだ》に飛び上がりました。

巨大《きょだい》なオオカミは、雪を踏《ふ》みしめてのそりのそりと近づいてきます。その姿《すがた》がますますはっきり見えてきました。

大オオカミでした。背丈《せたけ》は少なくとも三メートルはあるでしょう。頭を両肩《りょうかた》のあいだにたらして、あたりの匂《にお》いをかぎながら歩いてきます。

トムはおそろしくて、どこか逃《に》げ道はないかと見まわしました。まわりをオオカミたちに囲まれていますが、すばやく動けば、もしかしたらチャンスはあるかもしれません。考えている間《ま》はありません。トムはすぐにキラリと剣《つるぎ》を抜《ぬ》き、黒いマントをひるがえしながら、すぐ脇《わき》の二本の木のあいだに向かって全速力《ぜんそくりょく》で走りました。脇からおそいかかってきた一頭のオオカミに、トムは剣《つるぎ》で切りつけました。

刃《やいば》が松の木の低い枝《えだ》に当たり、針のような葉と雪が飛び散りました。トムは身をかわして、松の木のあいだをジグザグに走りまし

た。ジョリティは枝から飛び上がって、オオカミたちの気をそらせようと飛び回りました。トムが木立《こだち》の途切《とぎ》れる場所まで逃《に》げたとき、オオカミが片方《かたほう》のブーツにかみつき、トムを引きたおしました。雪の上にいやというほどたたきつけられて、トムは剣《つるぎ》を手から離《はな》してしまいました。そのオオカミはトムをあお向けにして、トムの顔によだれをたらしながら低くうなりました。ほかのオオカミたちも近づいてきて、冷たい前足でトムをおさえつけました。なんとか起き上がろうとしましたが、いくつもの黄色い目が真上に見えるばかりです。

突然《とつぜん》大オオカミがほえ、ほかのオオカミたちはトムをくわえて、雪の上を引きずっていきました。ジョリティが上からトムに呼《よ》びかけました。「トム、落ち着いて。なんとかするから」

トムは落ち着くどころではありません。七里靴《しちりぐつ》の半分しかない三里半靴に鋭《するど》い歯《は》が食いこんでくるのがわかりました。雪のなかを引きずられていくあいだ、からまった固い木の根のデコボコが背中《せなか》に伝《つた》わってきます。オオカミたちは巨大《きょだい》なオオカミの足元《あしもと》にトムを放り出しました。

大オオカミは鼻先で木を押《お》し分けて近づき、トムを見下ろしました。

大オオカミの吐《は》く息は霧《きり》のようです。

トムはじっと横たわっていました。ほかにどうしようもないことを知っていたからです。

オオカミはのどの奥《おく》で低くうなり、ゴロゴロという声を出しました。その音で木々がふるえ、近くの枝《えだ》からまたもや雪のかたまりが落ちてきました。

「おまえは断《ことわ》りもなく俺《おれ》の森に入りこんだ」大オオカミがゴロゴロという低い声で言いました。

「ぼ、僕《ぼく》はただの旅人です」トムはつっかえながらやっと言いました。

「俺の群《む》れは、旅人を見つけしだい食ってしまう。それに今は腹《はら》がすいている」

「僕は、ある人を救《すく》い出す任務《にんむ》があります。僕が食われてしまったら、その罪《つみ》のない人も苦《くる》しみます」トムが言いました。

「罪《つみ》のない者などいない」大オオカミはそう言ってうなりました。「おまえはあまり食べごたえがなさそうだが、子オオカミたちの何匹《なんびき》かは養《やしな》えるだろう」大オオカミは息を吸《す》いこみ、ふと顔をしかめました。そしてもう一度息を吸いこみました。大オオカミは、顔がトムに触《ふ》れるほどすれすれまで近づけ、まじかにトムの匂《にお》いをかぎました。トムは観念《かんねん》して目を閉《と》じました。

大オオカミは、巨大《きょだい》な黒い鼻でトムのマントを縁取《ふちど》っているオオカミの毛皮《けがわ》の匂いをかぎ、気がかりな顔をしました。そして顔を離《はな》し、「ムムム」とけげんそうに低くうなりました。「おまえはあのマントを着ている」


トムが目を開けたとき、ジョリティがオオカミたちの群《む》れのなかに降《お》りてきました。

「このマントをくれたのはファフニールだ」ジョリティがきっぱりと言いました。

「ファフニールか」大オオカミが巨大な顔をジョリティに向けて言いました。「おまえに聞いてはいないぞ」

「わかっています」ジョリティは、見上げるようなオオカミの群れに囲まれていることを意識《いしき》しながら言いました。

「この子に答えさせよう」大オオカミが言いました。

「このマントを僕《ぼく》にくれたのは、確《たし》かにファフニールです」トムは目を固く閉《と》じて、静かに言いました。

「いったい何の用で来た？」大オオカミが聞きました。

「父のビック・ジャック・トゥルーハートを、『暗黒《あんこく》の王』から救《すく》い出すために来ました」

「それだけのことで来たのか？」

「ファフニールは、僕《ぼく》が予言《よげん》された英雄《えいゆう》だと言いました」

「それでこのマントをおまえにくれたのか？」

「そうです」

「俺《おれ》の生皮《なまかわ》を力ずくで切り取った毛皮《けがわ》のマントだ」

「昔の英雄がそうしたと、ファフニールが言いました」

「確《たし》かにあれは勇敢《ゆうかん》で気高《けだか》い男だった」大オオカミが言いました。「おまえは勇敢なのか？」

「そうなりたいと思っています」トムは目をまだ固く閉《と》じたまま答えました。

「『暗黒の王』と言ったな。そやつの悪行《あくぎょう》は、もうこの土地で始まっている。おまえを無《ぶ》事《じ》に通してやるには一つ条件がある」大オオカミの声は雷《かみなり》のようにとどろきました。

「そやつのした悪いことを、元《もと》どおりに直《なお》すのだ」

「僕《ぼく》たち、できるだけのことをします」トムが言いました。

「おまえたちとは？」

「僕はトムを助けるために、いっしょに旅をしています」ジョリティが言いました。

大オオカミはカラスを見て、それからトムを見下ろしました。

「この日を目《ま》の当たりにしようとは思わなかった。しかし、どうやらついに本当のことになったらしい。我々《われわれ》の運命をこの少年に託《たく》さねばなるまい。このやせっぽっちの男の子とカラスに」

ジョリティが木に飛び上がりました。

トムが目を開けると、大オオカミの金色の目がすぐそばにありました。

「俺《おれ》の群《む》れは腹《はら》ペコだが、おまえたちが森を安全に通り抜《ぬ》けられるようにしてやろう」

「ありがとうございます」トムは言葉をつまらせながら、やっとのことでお礼を言いました。ジョリティが降《お》りてきてトムの肩《かた》に止まりました。

「この子を起き上がらせるのだ」大オオカミの声で、オオカミたちはトムをおさえていた前脚《まえあし》を離《はな》し、トムはようやく立ち上がりました。「この子の武器《ぶき》を取ってこい」

一頭のオオカミが、剣《つるぎ》をくわえてきてトムの足元《あしもと》に落としました。トムは剣をさやに収《おさ》めながら聞きました。「それじゃ、あなたは本当にフェンリールなのですね？」

「たしかに俺《おれ》がフェンリールだ」大オオカミは頭を下げました。

「『暗黒《あんこく》の王』を探《さが》し出して滅《ほろ》ぼすつもりなら、おまえはこの北の国を越《こ》えて、もっと遠くまで行かねばならん」

「僕《ぼく》たちは南に向かって旅をするつもりでした」トムが言いました。

「北と南の国の境《さかい》には、巨大《きょだい》な壁《かべ》がある。行けばわかるだろう」フェンリールが言いました。

二人は、フェンリールとその群《む》れのオオカミのあとを歩きました。冷たい静けさのなかを、深《ふか》い雪を踏《ふ》んで半日歩くと、ついに暗い森のはずれに出ました。オオカミたちはそこでぴたりと止まり、木々のあいだで姿《すがた》の見えない場所に一列に並《なら》びました。白い家の立ち並ぶ村は、平野のむこうにはっきりと見えています。オオカミの群れはいっせいに森の奥《おく》にもどり始めました。

「ここからは一人で行け。おまえの運命はあの方角《ほうがく》にある。若者《わかもの》よ、気をつけて行くがよい」

「さようなら」トムは引き上げて行くオオカミの群《む》れに向かって大声で言いました。群れはもう、灰色《はいいろ》にかすんでいます。

「ジョリティ、みんなもう行ってしまったよ」オオカミの姿《すがた》が見えなくなってからも、しばらく手を振《ふ》っていたトムが言いました。

トムたちが村に向かっていくのを、フェンリールの金色の目が、木々のあいだからじっと見ていました。


しばらくして二人は村に着きました。村は鏡《かがみ》のような黒い氷の張《は》った湖のそばにあり、自然にできた入《い》り江《え》の岸辺《きしべ》に、真っ黒にこげた漁船《ぎょせん》の残《ざん》がいがいくつも転がっています。そのむこうに、白い家の建《た》ち並《なら》ぶ村がありましたが、なんだか上空《じょうくう》からの火で焼かれたような感じです。かやぶきやかわらぶきの屋根《やね》のあちこちが焼け落ち、そこから黒こげの屋根の骨組《ほねぐみ》が見えています。黒い煙《けむり》が、まだ家のまわりにただよっています。巨大《きょだい》な足でぺちゃんこに踏《ふ》みつぶされたような家も数軒《すうけん》あります。村中《むらじゅう》に、息がつまりそうな強いイオウの臭《にお》いが漂《ただよ》っています。人っ子一人見えません。トムは表通りを歩きました。荷車《にぐるま》が一台ひっくり返り、あたりに腐《くさ》った野菜が散らばって、臭《くさ》い野菜くずに、真っ黒な大きいハエが数匹《すうひき》たかっています。それ以外は煙がくすぶっているだけで、動くものは何一つありません。

そのときトムは、一軒《いっけん》の家の前に座《すわ》っている男の人を見つけました。たった今、大火事《おおかじ》から逃《に》げてきたばかりのように、服《ふく》がこげてボロボロです。トムとジョリティが歩いていくと、男の人は立ち上がって、そばに置いてあった大きな斧《おの》をつかみ、頭の上に振《ふ》りかぶって、おどすように二人に近づいてきました。

「お若《わか》いの、それ以上近づくな」男が大声で言いました。「どこへなりと行ってしまえ。よそ者はもうお断《ことわ》りだ」

「すみません」トムは立ち止まって言いました。「この村はひどい事故《じこ》にあったみたいですね」

「事故《じこ》じゃない。おまえみたいなよそ者がやって来て、それでこのありさまだ」

「海賊《かいぞく》とか強盗《ごうとう》におそわれたのですか？」トムが聞きました。

「ちがう。海賊じゃない。しかしそんなようなものだったかもしれん。王さまだというやつと、その捕虜《ほりょ》だった。この村のドラゴンの黄金《おうごん》の宝《たから》を盗《ぬす》んだ」

「ドラゴン？」トムが聞き返しました。

「そうだ。あの山にすむドラゴンだ」男は湖の上の、黒いごつごつした岩山を指《さ》しました。

「何があったのですか？」トムが聞きました。

「ドラゴンが俺《おれ》たちを罰《ばっ》したんだ。盗《ぬす》まれた宝とは何の関係もないのに、この村をおそって焼き払《はら》った。村人はみんな逃《に》げて、俺しかいない。俺は見張《みは》りのアーンだ。『番人《ばんにん》』だからここに残らなきゃならん」男は頭《かぶり》を振《ふ》り振り、悲しそうに言いました。「フェンリールのほえる声は聞こえるし、冬は果《は》てしなく続きそうだし、俺たちゃもうおしまいだ。ここは幸せな村だったのに。湖のそばの暮《く》らしはとてもよかったのに」男は悲しげでした。

「その王さまと捕虜はどこに行ったのですか？」

「空飛ぶ黒い船で飛んで行った。予言《よげん》のとおりだ。ドラゴンが追いかけた。それっきり二人の姿《すがた》は見ていない。ドラゴンはもどってきて、今度こそ、よそ者に目を光らせている。命がおしけりゃ、さっさと立ち去ることだ。できるだけ早く消えな」男はまたおどすように斧《おの》を振《ふ》りながら言いました。「生きたまま丸焼きにされたくなければな」

ジョリティは不安そうに羽ばたき、飛び上がって反対側のトムの肩《かた》に止まりました。

「でも、僕《ぼく》たち、その王さまとかいう男と捕虜《ほりょ》を探《さが》してるんです。そのためにやってきたんです。王さまに裁《さば》きを受けさせ、捕虜を自由にしてやるのです。それが終わったら、ドラゴンの黄金《おうごん》の宝《たから》を持ってもどってきます。約束します」トムが言いました。

「トム、ちょっと内緒《ないしょ》の話がある」ジョリティが言いました。

男は突然《とつぜん》また斧を振りかざしました。「その鳥、今おまえにしゃべったな。またしても不吉《ふきつ》なやつが現《あらわ》れた」男はショックを受けたように、斧を振りながら数歩トムに近づきました。「おまえたち二人はいまわしい魔法《まほう》にかかっている」男はトムに飛びかかって首《くび》根《ね》っこをつかみました。ジョリティは驚《おどろ》いて肩から飛び上がりました。男は鋭《するど》い両刃《りょうば》の斧をトムののど元《もと》にあてました。のどに刃《やいば》を突《つ》き付けられてもがきながら、トムはなんとか口をきこうとしました。

「僕《ぼく》たちは危害《きがい》を加えるつもりはありません。僕は冒険《ぼうけん》一家のトム・トゥルーハートといいます。父のビッグ・ジャックを救《すく》い出す任務《にんむ》でやってきました。その王さまの捕虜《ほりょ》というのが、僕の父です。一つだけ言わせてください。その男は本当の王さまではありません」

「そんなたわごとをだれが信じる?」

「僕たちは悪者《わるもの》ではありません。トムは少年冒険家《ぼうけんか》です」ジョリティがトムの肩《かた》にもどって、黒い目で男をじっと見ました。「我々《われわれ》を上陸《じょうりく》させたのは、あなたと同じ国の『勇者《ゆうしゃ》ファフニール』です。ファフニールは、予言《よげん》にある僕たちの任務を知っていました。いいですか、たった今、群《む》れを引き連れた大オオカミのフェンリールが、僕たちを護衛《ごえい》して、暗い森を通してくれたのです」

「フェンリール!」男は目を見開きました。「フェンリールが群れといっしょにおまえたちをここまで送ったと言うのか。それじゃ、どのくらい大きいオオカミだった?」

「あなたの家ぐらいか、もう少し大きかったです」トムがのど元《もと》の斧《おの》の刃《は》から逃《のが》れようともがきながら言いました。

アーンはあたりを見まわし、遠くにある森の外《はず》れに何度も目を走らせました。

そのときです。フェンリールが森から出てきて腰《こし》を下ろし、巨大《きょだい》な頭を高く上げて降《ふ》る雪に向かってほえました。

男はおそれおののきました。

三人は森の外れにいる巨大なオオカミの姿《すがた》を見ました。トムは親しい友だちに会ったかのように手を振《ふ》りました。

フェンリールは立ち上がり、トムを見てうなずき返しました。そして頭を下げてあいさつしてから、背《せ》を向けて、雪をけり上げながら森へと走っていきました。

一部始終《いちぶしじゅう》を驚《おどろ》いて眺《なが》めていたアーンは、斧《おの》をトムののど元《もと》から離《はな》しました。それからそっと斧を下ろし、それに寄《よ》りかかって、おそろしげにトムを見ました。

ジョリティが静けさを破《やぶ》って言いました。「トムは、ドラゴンの黄金《おうごん》を返すという約束を守るために、最善《さいぜん》をつくすと思います」

トムは危《あぶ》ない斧を持ったアーンから、一、二歩下がりました。

「俺《おれ》のせいでこんなになってしまった」アーンが情《なさ》けなさそうに言いました。「あの朝、戸を開けて腐《くさ》れ王さまとかわいそうな捕虜《ほりょ》を家に入れてやらなければ、そしてドラゴンの話などしなければ、こんなことは起こらなかったろうに」

「自分を責《せ》めないでください」トムが言いました。「捕虜はあなたに何か言いましたか?」

「いいや、とくに何も」アーンが言いました。「俺のビールがゆを食って、それから二人で金《きん》を盗《ぬす》みに出かけた。いや、待てよ、何かあったぞ。二人が出て行ったあとに、かゆを入れたボウルにこれが残っていた」アーンはポケットを探《さぐ》って、小さな布切《ぬのき》れを引っ張《ぱ》り出し、トムに渡《わた》しました。

汚《よご》れた白い布には、赤いハートの模様《もよう》があります。

「見てください」トムが言いました。「僕《ぼく》の旅行用の包みとおんなじ布切れだ」

「なるほどそうだ」アーンが言いました。「なんと、そういうことなら、おまえはあの悪《あく》党《とう》とその手下《てした》の一味《いちみ》ということになる」アーンはまた鋭《するど》い斧《おの》を振《ふ》り上げました。

「ちがいます、絶対《ぜったい》に」トムが言いました。「それはトゥルーハート家の家紋《かもん》です。あの王さまと名のるやつは、僕たちの敵《てき》です。信じてください」

そのとき急に、空からとどろくような音が聞こえてきました。血も凍《こお》るような甲高《かんだか》い声と、なめし革《がわ》をたたきつけるような羽ばたきの音です。アーンは目の上に手をかざして空を見上げました。「ああ、ダメだ、ダメだ、もう遅《おそ》い」そして、黒くなった雪と焼けこげた地面に突《つ》っ伏《ぷ》して、両手で頭をおおいました。

「早く逃《に》げろ」アーンは突っ伏したままもごもご言いました。「かくれろ、とにかく逃げろ。ドラゴンがくる。ものすごく怒《おこ》っているぞ」

＊間欠泉《かんけつせん》……熱湯《ねっとう》や水蒸気《すいじょうき》などが、ある時間ごとに噴出《ふんしゅつ》する温泉《おんせん》のこと。

＊トロール……北欧伝説《ほくおうでんせつ》の生きもの。ほら穴《あな》や地下にすむ、奇怪《きかい》な巨人《きょじん》やこびと。

11 南の国で

ルンペルスティルツキンは疲《つか》れきって立ち止まりました。

《ああ、こんなときに、女きこりのがっしりした背中《せなか》におぶされたらいいのに、いざというときにどうして必要なものがないのだろう》

焼けつくような太陽が、足元《あしもと》にまだらな影《かげ》を落としていました。飛行船《ひこうせん》が巨大《きょだい》な石の壁《かべ》の近くに不時着《ふじちゃく》してからというもの、木の精《せい》は、どんどん先を行く二人の大きな男たちに追いつくのがやっとでした。

ルンペルスティルツキンはため息をついて、肩《かた》にかけた重くて湿《しめ》ったヤギ革《がわ》の袋《ふくろ》から冷たい水を飲みました。オリーブの木陰《こかげ》に座《すわ》って一休《ひとやす》みすると、オームストーンとビッグ・ジャックが、白くほこりっぽい道を歩き続けているのが見えました。道は山のふもとに沿《そ》って曲がりくねっています。黒い飛行船は、木の精が休んでいる場所より上の方に見えます。南北を分ける巨大《きょだい》な壁の真下にある木立《こだち》にからまり、そこに錨《いかり》を下ろしているのです。二人の男は、もう山のなかほどまで下り、ルンペルスティルツキンを引き離《はな》してしまいました。早くなんとかしなければなりません。木の精《せい》は、もう一度水を飲み、袋《ふくろ》にふたをして一段《いちだん》下の道をよく眺《なが》めました。すると、日の照りつける道に、何か光るものが見えます。日差《ひざ》しを受けて光っていますよ。何だろうと、急いでかけ寄《よ》ってみると、トゲトゲしたやぶの下に、かがやくなめらかな金属《きんぞく》の盾《たて》が捨《す》ててあります。

《これはおあつらえむきかもしれない》ルンペルスティルツキンはひとりごとを言いました。オームストーンは、「暗い物語の国」での決戦《けっせん》のあとで、かつての腹心《ふくしん》の部下《ぶか》が飛行船《ひこうせん》で密航《みっこう》してきたことを知りません。ですから、道ばたで偶然《ぐうぜん》に見つかるように

したかったのです。

ルンペルスティルツキンはトゲトゲしたやぶのなかにはって入りました。盾《たて》を持ち上げると、そと側に向かって反《そ》っています。丸みをおびている側を下にして盾を地面に伏《ふ》せ、水の袋《ふくろ》といっしょに自分も盾の真んなかに乗り、左足で地面をけりました。盾は熱くなった固い地面にはえた香草《こうそう》の上をそりのように滑《すべ》り、タイムの香《かお》りのする斜面《しゃめん》を急降下《きゅうこうか》して、白い道を先回りする曲がり角《かど》で止まりました。ルンペルスティルツキンは盾からはい出し、ほこりを払《はら》いました。盾を道ばたのトゲトゲしたやぶにかくし、細身《ほそみ》のオームストーンと捕虜《ほりょ》が曲がり角から現《あらわ》れるのを待ちました。

オリーブの木のまばらな枝《えだ》のほかはほとんど日陰《ひかげ》がなく、木の精《せい》はオリーブの銀色《ぎんいろ》の葉の下で、背中《せなか》を丸め、かくれていました。分厚《ぶあつ》い冬の服が暑くてたまりません。「神話《しんわ》と伝説《でんせつ》の島」の北側の、冷たい松の森や凍《こお》りつくような寒さが懐《なつ》かしくなっていました。まだ朝方《あさがた》だというのに、ここはいやになるほど暑いのです。

オームストーンとジャック・トゥルーハートが現れるまで、それほど時間はかかりませんでした。間《ま》もなく、二人が角を曲がり、こちらに歩いてくるのが見えました。よれよれの黒いマントを着たオームストーンが、白いほこりを巻《ま》き上げながら先に立ち、その後ろから、盗《ぬす》んだ妖精《ようせい》の金《きん》の大きな袋《ふくろ》を引きずって、ジャック・トゥルーハートがよろめきながら歩いてきます。二人は長い妖精の鎖《くさり》でつながれています。ルンペルスティルツキンは木陰《こかげ》から突然《とつぜん》、二人の前に姿《すがた》を現しました。

「なんと、なんと」オームストーンが急《きゅう》に立ち止まったので、ビッグ・ジャックは後ろからぶつかってしまいました。「おまえか。何日も前に、何千キロも離《はな》れたところに永久《えいきゅう》に置いてきたつもりだったのだが」オームストーンはなんとなく「暗い物語の国」の方角《ほうがく》に手を振《ふ》りながら言いました。

「ご主人さま、何世紀《なんせいき》もあとに置いてきたはずだとおっしゃりたいのでしょう」ルンペルスティルツキンは低くおじぎをして、笑みを浮《う》かべながら言いました。

「何世紀もあととは、どういうことかな?」オームストーンが聞きました。

「なんと、ご主人さま、『時の境界《きょうかい》の海』を渡《わた》ったときに、我々《われわれ》は昔にさかのぼり、ちがう時間帯《じかんたい》に入ったのです」

ルンペルスティルツキンが答えました。「『神話《しんわ》と伝説《でんせつ》の島』にやってきたとき、距離《きょり》を旅したばかりでなく、時間の旅をしたのです」

「もちろんそうだ」オームストーンは空《から》いばりしました。「そんなことはわかっている」

ルンペルスティルツキンはもう一度おじぎをしました。ジャック・トゥルーハートは何も言わず、七里靴《しちりぐつ》を見つめて頭《かぶり》を振《ふ》りました。ジャックは、前にこの国に来たことがあったのです。

「それで、何か言うことがあるのか？　なぜここに来たのだ？」オームストーンが言いました。

「ご主人さま、陛下《へいか》、『暗い物語の国』で、お姫《ひめ》さまが原因《げんいん》で、あなたさまをうらみに思いましたのは、私のまちがいでございました。申しわけありません。おわびを言いに来たのです。そして、もしお役《やく》に立ちますのなら、再《ふたた》びあなたさまにお仕《つか》え申し上げます」

《なるほど。これは願ってもない話だぞ》オームストーンは、すばやく考えました。

「どこかで妖精《ようせい》の魔法《まほう》が役立《やくだ》つこともあるだろう」オームストーンは、どうでもいいが、という調子《ちょうし》で答えました。

ルンペルスティルツキンは、木の葉の帽子《ぼうし》を脱《ぬ》いでまたおじぎをし、その帽子が暑くほこりっぽい道をこすりました。「では、陛下《へいか》、おおせのとおりに」

「ここは、根源《こんげん》の地だ。*元素《げんそ》の力が働く場所であり、暑さと寒さの極限《きょくげん》の土地であり、古《こ》代《だい》の物語の国だ。もっとも深《ふか》くもっとも暗い物語の生まれた所でもある。いずれも私の目的に合っている。おまえは、『昔にさかのぼった』と言ったな。それならば、元《もと》の筋書《すじが》きを書きかえれば、あらゆる物語の未来に影響《えいきょう》を与《あた》えることができる。この地で我々《われわれ》のやれることに、限界《げんかい》はないのだな？」オームストーンが言いました。

「そのとおりでございます。しかし、陛下、私《わたくし》めの能力《のうりょく》には限界がございます」小さな木の精《せい》が言いました。

「くり返して言う。ここには何の限界もない」オームストーンが両腕《りょううで》を大きく広げ、荒々《あらあら》しい目つきでルンペルスティルツキンをにらみながら言いました。

「わかりました、陛下。最善《さいぜん》をつくします」木の精の胸《むね》のなかは、オームストーンを破滅《はめつ》させる計画と、どうしたらもう一度愛するお姫《ひめ》さまたちに会えるかという考えで煮《に》えたぎっていました。もちろん、そんなことはおくびにも出せません。ルンペルスティルツキンは笑顔でオームストーンに答えました。オームストーンは、ルンペルスティルツキンを脇《わき》に従《したが》えて、また歩き出しました。

ジャック・トゥルーハートはかわいそうに、鎖《くさり》につながれ、二人のあとからよろよろと歩いていきました。妖精《ようせい》の金《きん》の袋《ふくろ》という重い荷物だけでなく、世の中のあらゆる苦しみを背負《せお》っているかのように見えました。ジャックは、あとから追ってくるかもしれないだれかのために、もう一度ヒントを残すチャンスはないかと、地面を見つめて歩きました。

ビッグ・ジャックは立ち止まって、金の袋を下ろし、その上にドサリと座《すわ》りました。鎖に引っ張《ぱ》られたオームストーンは、振《ふ》り向いてジャックに近づいてきました。

「なんだ？」オームストーンは七里靴《しちりぐつ》でイライラと地面をたたきました。

「陛下《へいか》、おそれ入りますが、水を一杯《いっぱい》ください」

「弱虫め、冒険家《ぼうけんか》なんぞと呼《よ》ばれる連中《れんちゅう》はみな同じだ」

「陛下、お任《まか》せください」ルンペルスティルツキンが水の袋をもってせかせかと進み出ました。袋のふたを開けてもらい、ジャックはありがたそうに水を飲みましたが、少し口からこぼれて、乾《かわ》いた地面に落ちてしまいました。

「無駄《むだ》にするな」オームストーンがどなりつけました。

こぼれた水が、地面に小さな泥《どろ》だまりを作りました。ビッグ・ジャックは、袋《ふくろ》からかすめとっておいた金貨《きんか》を一枚、その泥のなかに落とし、立ち上がって袋を肩《かた》に背負《せお》い直しました。そして三人はまた歩き出しました。

小さな金貨はしめった地面にくっついていましたが、やがて水がかわいて、ジャックの考えどおり金貨のふちがむき出しになるはずです。まぶしい光のなかで、金貨はだれかに気づいてもらいたいと、キラキラかがやくことでしょう。

＊元素《げんそ》…物質を組み立てている元《もと》となっているもの。

12 ドラゴンの背《せ》に乗って

トムは空を見上げました。ドラゴンが頭上《ずじょう》を回りながら飛んでいます。ジョリティはトムの肩《かた》を離《はな》れ、ドラゴンとは距離《きょり》を保ちながらトムのまわりを飛びました。アーンはその場に突《つ》っ伏《ぷ》して、怪物《かいぶつ》を見ることさえできません。トムは、どこにもかくれるところがないことに気がつきました。アーンの家もほかの家も焼け跡《あと》になっていて、冷たい風に吹《ふ》きさらされています。やがてドラゴンが降《お》りてきて巨大《きょだい》な翼《つばさ》をたたみ、頭をそらせてゴオーッと鮮《あざ》やかな炎《ほのお》を吐《は》きました。それから頭を低くしてトムたちに近づいてきました。ドラゴンは、宝《たから》を盗《ぬす》んだやつと同じよそ者がいないかどうか、ずっと目を光らせていましたから、トムの姿《すがた》を見つけたとたん、仕返しに現《あらわ》れたのです。

ドラゴンはうなり声ともほえ声ともつかない音を出しました。トムたちの足元《あしもと》の地面も岩も、その声でふるえました。巨大なオオカミのフェンリールもとってもこわかったけれど、こっちのほうがけたちがいにおそろしいと、トムは思いました。トムはまっすぐにドラゴンを見つめました。こんなすごいものは見たことがありません。鼻の穴《あな》からはシュウシュウと煙《けむり》が出て、強烈《きょうれつ》な熱いイオウの臭《にお》いがしました。トムは剣《つるぎ》の柄《つか》に手をかけて、ドラゴンには一歩近づきました。

「すみませんが」トムはドラゴンがわかってくれることを祈《いの》りながら、こわごわ言いました。「あなたの黄金《おうごん》を盗《ぬす》んだのは僕《ぼく》ではありません」

ドラゴンは首をかしげて口を開き、少しだけ熱い炎《ほのお》を吐《は》きました。それだけで、トムは後《あと》ずさりしなければなりませんでした。

「だれが盗んだか、僕は知っています。あなたの金貨《きんか》の宝《たから》を盗んだそいつを、僕が見つけ出します」トムはますますびくびくしながら言いました。「そして、取りもどして全部あなたにお返しします。一枚残らず。きっとそうします」

ドラゴンは、さっきよりもっと長く、もっと鮮《あざ》やかな炎を吐き、近くのイバラのやぶが燃《も》え上がりました。

「むだだ」アーンが地面に顔をつけたまま、もごもご言いました。「ドラゴンに理屈《りくつ》が通《つう》じるもんか」

ジョリティが、ドラゴンに向かってまい降《お》りました。「ジョリティ、止めて！」トムがさけびました。「ダメだよ！」ドラゴンは一声ほえて、ねらいを定めるために首を下げました。そして、熱いイオウの臭《にお》いのする炎《ほのお》を、もう一度トムに吹《ふ》きかけました。トムもアーンの横に伏《ふ》せなければなりませんでした。トムはそろそろと剣《つるぎ》を抜《ぬ》き、体の前に置きました。

ジョリティはまっすぐにドラゴンに向かって飛び、光る鼻づらに止まろうとしました。ドラゴンは頭を高く上げて、炎と黒い煙《けむり》をカラスに向かって吐《は》き出しました。

黒い煙がジョリティを取り巻《ま》き、トムには、何が起こったのかが見えません。トムは飛び起きて「ジョリティ！」と大声で呼《よ》びました。剣を高く持ち上げると、漂《ただよ》う煙のなかで、剣がまぶしくかがやきました。またしても大きな火の玉が、トムのすぐそばを通り過《す》ぎました。ト

ムはひどい熱を感じ、イオウの煙《けむり》で息もできません。

もう一回こんな炎《ほのお》と火の玉が飛んできたら、何もかもあっという間《ま》におしまいだ、とトムは思いました。トムはもう一度地面に伏《ふ》せ、冷たい地面を転がりました。ジョリティは黒くなった雪の上で、羽からススを払《はら》い落としながらよろよろしていました。

「大丈夫《だいじょうぶ》かい?」トムがさけびました。

「ちょっとこげちゃった。でも生きてるよ」ジョリティがさけび返しました。

カラスはまた飛び上がり、まっすぐにドラゴンに向かっていきます。トムは顔が引きつりました。ジョリティは飛びながら何かをさけびましたが、トムには何を言っているかわかりません。

ドラゴンは小首をかしげ、ジョリティがそばに降《お》りると目を大きく見開きました。そして火の玉を吐《は》くのを止め、ジョリティの言うことに耳を傾《かたむ》けているように見えました。数秒後、ジョリティはトムの肩《かた》にもどってきました。

「あのね」ジョリティが言いました。「このドラゴンは雌《めす》だ。僕《ぼく》たちのことと、君の約束のことを話したのさ」

ドラゴンは鼻の穴《あな》から煙《けむり》を吐《は》きながら、鋭《するど》い爪《つめ》の生《は》えた脚《あし》で近づいてきました。

「もうダメだ。俺《おれ》たちゃみんな、もうおしまいだ」アーンはそうさけんで、また両腕《りょううで》で頭を抱《かか》えこみました。

「雌《めす》なの？」トムが言いました。

「そう。誇《ほこ》り高いレディのドラゴンだ」

「君がドラゴン語を話せるなんて、知らなかった」

ドラゴンは体の臭《にお》いがわかるほど近くに来ていました。イオウやイオウ鉱石《こうせき》の臭いです。トムはドラゴンの体のなかから出る熱と、鮮《あざ》やかな緑色のなめし革《がわ》のような肌《はだ》から発《はっ》する熱を感じました。

ジョリティが進み出て、また何か話しました。ドラゴンは頭を低くして、小首をかしげ、低いうなり声でジョリティに答えました。

「僕《ぼく》たちの任務《にんむ》のことを説明したんだ。ドラゴン・レディは、南の国との境《さかい》にある壁《かべ》まで君を乗せて飛んでくれるって」

トムがドラゴンを見上げると、ドラゴンは大きなガラスのような目でトムを見返しました。鼻の穴《あな》から濃《こ》い黒い煙《けむり》がちょっと出てきました。

「オームストーンの飛行船《ひこうせん》はそこに行った」ジョリティが話し続けました。「彼女は境目《さかいめ》の壁《かべ》を越《こ》えることができないから、そこまでしか連れて行けないんだ」

「このドラゴンの背中《せなか》に乗るの？」

「そうだよ、トム」

「黄金《おうごん》の宝《たから》を持って帰るって、伝えてくれた？」トムが言いました。

ジョリティはまたドラゴンに話しかけ、ドラゴンは何か答えて頭を上げ、一声ほえると同時に、冷たい空気に向かって大きな火の玉を吐《は》き出しました。

「はっきり言うと、『必ずそうしてくれ』って言ってるんだ」ジョリティが言いました。

アーンはのろのろと立ち上がり、頭《かぶり》を振《ふ》りながら、用心深《ようじんぶか》くドラゴンから離《はな》れていきました。「おまえたち、二人とも魔法《まほう》にかけられている」と言いながら、アーンは、斧《おの》をかついで焼けた家にもどっていきました。

トムはその背中に呼《よ》びかけました。「僕《ぼく》たち黄金を持ってもどってきます。そしたら、あなたの村を立て直《なお》すことができますね」

「おまえは思いやりのあるいい子だ」アーンが言いました。「しかし、そんな日がくるとは思えない。こんなふうになった村を、そんなに早くほんとに立て直せるのか？　ああ、そうなったらどんなにいいか」アーンは暗い顔で言いました。「おまえが黄金《おうごん》を取りもどし、この〈フィンブルの冬〉が終わるのなら」

「トム、それじゃ、行こう。南に行く時《とき》が来た」ジョリティが言いました。

トムはアーンがくれたトゥルーハート家の布《ぬの》の小さな切れ端《はし》を握《にぎ》りしめ、指でこすりました。少なくともこれは、トムたちの追跡《ついせき》する道が正しいと教えるために、お父さんが残してくれた印です。

トムは、これ以上ドラゴンに近づくのは、気が乗りませんでした。見るからにおそろしい生きものなのです。今立っている所からでさえ、ドラゴンの体のなかの熱が感じ取れます。それにイオウや薬の臭《にお》いがするし、金色と緑色の大きな目がトムをにらんでいます。大きな火の玉で、今にもトムを包んでしまいそうです。そうしないという保証《ほしょう》はあるので

しょうか？　トムはためらいました。今までの勇気《ゆうき》が急に吹《ふ》っ飛んでしまいました。親指《おやゆび》ぐらいの大きさになってジョリティの背中《せなか》に乗るのとはわけがちがいます。ジョリティは友だちだし、なんといってもやわらかい羽があります。でも熱くて危険《きけん》がいっぱいで、うろこでびっしりおおわれトゲが突《つ》き出ている生きものの背中に乗るのは、話が別です。トムは乗りたくありませんでした。ジョリティがトムの肩《かた》に止まりました。

「トム、どうしたんだい？」

「ドラゴンって、またがるには大きすぎるし、おそろしいよ」トムが小声で言いました。

「このドラゴン・レディはとってもやさしいよ。僕《ぼく》はずっと話してた」

「そうみたいだね」トムが言いました。

「さあ、背中に乗れよ」ジョリティが言いました。「レディは、取られた宝物《たからもの》を追う旅に、一刻《いっこく》も早く出発してほしがってるんだ」

トムは、色あせたトゥルーハート家の布《ぬの》の切れ端《はし》を肩かけカバンに押《お》しこみ、かつぎ棒《ぼう》を拾い上げてドラゴンに近づきました。ジョリティはトムの肩から離《はな》れ、上で輪を描《か》いて飛んでいます。「宝物を持ってもどってきますからね」トムはアーンに手を振《ふ》って言いました。

「お若《わか》い方《かた》、そうしてくれないと、この冬は長い長い、とても長いおそろしい冬になってしまうだろうよ」アーンが頭《かぶり》を振《ふ》り振り言いました。

ジョリティはドラゴンの背中《せなか》に止まってトムに言いました。

「トム、上ってこいよ、さあ、早く。心配ないから」

トムはかつぎ棒《ぼう》をベルトにはさみ、ドラゴンの背中に突《つ》き出ている角《つの》のようなでっぱりと、緑色のうろことうろこのつなぎ目をつかんで、ドラゴンの胴体《どうたい》をよじ登りました。ドラゴンの腹《はら》のなかに熱いものがあるのを感じましたが、決していやな感じではありません。寒い冬の日に、家の暖炉《だんろ》の火に、ちょっとだけ近寄《ちかよ》りすぎたような感じです。トムはドラゴンの背中を用心深《ようじんぶか》く渡《わた》り、二列目のトゲを越《こ》えて、ジョリティに乗ったときと同じよ

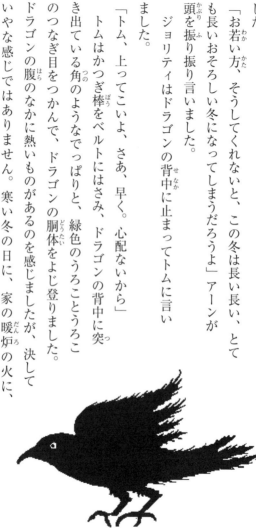

うに、翼《つばさ》より少し前方のでっぱりのところにまたがりました。
ジョリティがドラゴンに何か言って飛び去ると、ドラゴンは翼を持ち上げ、また下ろしました。そして立ち上がり、長い首を上げて走り出しました。ドスンドスンと焼けた村を走り抜《ぬ》け、翼をだんだん速く上下させたかと思うと、突然《とつぜん》地面をけって冷たい空にまい上がりました。ジョリティの背《せ》に乗って飛ぶのとは大ちがいです。ドラゴンはとても速いのです。トムは顔の皮ふが後ろに引っ張《ぱ》られるような気がしました。上空は氷のように冷たかったのですが、幸いドラゴンの体のなかから熱が出てくるので、トムはまったく寒さを感じませんでした。

眼下《がんか》には深緑色の広大な森が、どこまでも広がっています。振《ふ》り返ったなら、フィヨルドと、白い波頭《なみがしら》を立てている冷たい灰色《はいいろ》の海が見えたかもしれません。トムは、ファフニールの船が、誇《ほこ》らしげに波間《なみま》を渡《わた》っていくのが見えるかもしれない、と思いました。確《かく》信《しん》はありませんでしたが、船の乗組員《のりくみいん》たちが見ているかもしれないので、トムはとにかく手を振《ふ》りました。ジョリティはすぐそばを飛んでいます。トムを乗せたドラゴンは、ときどきはげしく降《ふ》る雪と重苦《おもくる》しい灰色《はいいろ》の空を、どんどん飛んで行きました。

それから何時間も高速飛行《こうそくひこう》を続けなければならなかったので、トムはドラゴンのぬくぬくした背中《せなか》で丸くなって仮眠《かみん》しました。

目を覚ますと、地平線になにか巨大《きょだい》なものが見えてきました。それは、島の一方の端《はし》から反対側の端まで横切って延《の》び、地上から空へと高くそびえています。近づいてみると、それは壁《かべ》でした。長方形のあらけずりの巨石《きょせき》を積み上げた、巨大な壁です。とても古い壁で、遠くからでも、穴《あな》だらけの石のあちこちが緑のコケでおおわれているのが見えました。しばらくドラゴンの尻尾《しっぽ》に止まって休んでいたジョリティが、突然《とつぜん》トムの肩《かた》にもどってきました。

「あれが境目《さかいめ》の壁だ。あそこを越《こ》えたら『神話《しんわ》と伝説《でんせつ》の島』の南側に入る。ドラゴンはここを越えることができないんだ。僕《ぼく》たちは、ドラゴンの助けを借りずに、あの壁を越えなければいけない」
ドラゴンは速度《そくど》を落とすのにしばらく時間がかかりました。回りながらだんだん高度を下げていくと、壁《かべ》はだんだん高く見えてきます。壁の頂上《ちょうじょう》には冷たそうな霧《きり》がかかっていて、むこう側がまったく見えません。

ドラゴンは、そびえたつ壁から数百メートル手前の、低木《ていぼく》に囲まれた場所に降《お》りました。壁の高さは「暗い物語の国」の暗闇城《くらやみじょう》と同じくらいか、もっと高いかもしれません。見上げると、壁が上からのしかかってくるように感じられます。トムは体がふるえ、気持ちが悪くなりました。「おとぎの国」で、あの巨大《きょだい》な豆の木に登らなければならなくなったときと、同じ気持ちです。

トムはドラゴンの温かい背中《せなか》から用心深《ようじんぶか》く降《お》りました。ジョリティも降りてきて、ドラゴンの頭の近くに止まりました。トムは勇敢《ゆうかん》にもドラゴンの鼻面《はなづら》のそばに立ちました。光りかがやく牙《きば》と、鼻の穴《あな》から小さく渦巻《うずま》いて出ている緑色の煙《けむり》が見えます。

「乗せてくれてありがとう」トムが言いました。

ジョリティがそれを通訳《つうやく》しました。と言っても、なんだかわからない音を出しただけですが。するとドラゴン・レディは軽くうなずいて応《こた》えました。

「約束します。あなたの黄金《おうごん》の宝《たから》を全部、必ず持って帰ります」トムが付け加えました。

ジョリティがまた変な音を出し、ドラゴンがそれに応《こた》えました。ドラゴンのおなかの奥《おく》のほうから、低くうなるような音がしたかと思うと、ドラゴンは首を高く上げ、鮮《あざ》やかなオレンジと黄色の火の玉を吐《は》き出しました。ちらつく雪のなかを炎《ほのお》が上がっていくとき、トムはその熱さを感じました。それからドラゴンは頭を下げ、鼻面を前に突《つ》き出しました。

高い壁《かべ》のすぐ脇《わき》の斜面《しゃめん》に、松の木の小さな茂《しげ》みがあり、その黒い枝《えだ》と深緑色の葉のかたまりが、石の壁に影《かげ》を落としています。ドラゴンはその松の茂みに向かって、もう一度火の玉を吐きました。茂みが燃《も》え上がると、ドラゴンは一声ほえて向きを変え、翼《つばさ》を上下させて二人の頭上《ずじょう》に飛び上がりました。そして、何度も火を吐きながら、元来《もと》た方角《ほうがく》に向かって猛《もう》スピードで飛んでいきました。

トムは「さようなら」と大声で言いながら、その後ろ姿《すがた》に向かって手を振《ふ》りました。

「黄金《おうごん》を取りもどしてあげるからね」

「トム、ドラゴン・レディはわかっているよ。そして、待っていてくれる。だから、あのかわいそうなアーンのためにも、黄金を持って帰ろう」

「ドラゴンはどうして松の木を燃《も》やしたのかなあ」トムが言いました。


松の茂《しげ》みははげしく燃えています。黒い煙《けむり》が壁《かべ》の表面をおおいました。突然《とつぜん》、燃える木の一本が音をたてて、ほかの木々に倒《たお》れかかりました。

「何か考えがあってやったことだと思うよ」とジョリティが言いました。「ファフニールの船の射手《いて》が、燃える矢で道を教えてくれたのと同じだ。うーん、もしかしたら?」ジョリティは飛び上がって煙の上で羽ばたいていましたが、トムの肩《かた》にもどってきて言いました。「火が燃えつきるまで待とう」

トムは壁《かべ》の近くまで行きました。燃える木の温かさを感じ、松ヤニのまじった懐《なつ》かしい薪《まき》の匂《にお》いをかぎました。トムは、家のぬくぬくとした暖炉《だんろ》を思い出し、結婚式《けっこんしき》のあと、みんなどうしているのかと考えました。《今ごろは「めでたし めでたしの島」にいるんだろうな》

そこでトムはふと気がつきました。

ここは時間が逆《ぎゃく》もどりした場所です。トムにはまだお兄さんたちもいないし、居心地《いごこち》のよい家も、トムの過去《かこ》も何もないのです。「時の境界《きょうかい》の海」のこちら側にいるのですから、トムもトムの過去も、始まっていないのです。トムは身ぶるいしました。そんなことを考えるだけで、鳥肌《とりはだ》がたちます。

トムは火に近づいて手をかざし、温めようとしました。

火が弱まってきました。ドラゴンの炎《ほのお》は、なるほど何もかもたちまち焼きつくしてしまいます。松の木々は、熱くて白

い灰《はい》になりかかっています。トムはもう少し近づきました。

「トム、気をつけて」ジョリティが言いました。

「温まっているだけだよ」

トムは松の香《かお》りのする灰のほうに、両手を突《つ》き出しました。そのとき、くすぶっている木のむこう側に壁《かべ》が見え、そこに大きな青銅《せいどう》の扉《とびら》があるのに気がつきました。

第二話　古代の都

13

巨大《きょだい》な青銅《せいどう》の扉《とびら》

トムは松の木々が燃《も》えつきるまで待ちました。それから、くすぶる灰《はい》をかつぎ棒《ぼう》の先で急いでかき出し、熱い灰のなかに、巨大《きょだい》でうす暗い扉《とびら》までの通り道をつけました。ジョリティは飛んでいって扉の枠《わく》の上に止まりました。

「そうだと思った」ジョリティが言いました。「ドラゴンは、南に抜《ぬ》ける扉の前まで連れてきてくれたんだ」僕《ぼく》は壁《かべ》のむこう側まで飛んでいけるから簡単《かんたん》だけど、君がよじ登るには、この壁はちょっと高すぎるし、危険《きけん》だ。よく見ると木の枝《えだ》とかツタはあるけど……。なんとかしてこの扉を通り抜《ぬ》けるしかなさそうだ」

トムは扉のまん前まで行きました。見上げるような分厚《ぶあつ》い大きな青銅《せいどう》の扉は、装飾《そうしょく》のある大きなちょうつがいで留《と》められ、カバーの付いたカギ穴《あな》があります。トムはカバーをずらして、つま先立ちしてカギ穴をのぞきましたが、何も見えません。どこまでも真っ暗な壁です。扉のむこうに別な国がありそうな気配《けはい》さえありません。トムは扉を押《お》してみましたが、動きません。

「カギがかかってるよ」トムはブーツで扉《とびら》をけってみました。ゴーンと、鐘《かね》の音《ね》のような低い音が響《ひび》きました。

「こんなに大きい扉だもの、力ずくでは開《あ》かないね」トムがジョリティに言いました。そのとき、ある考えがひらめき、何か金属《きんぞく》の破片《はへん》はないかと、トムはそのあたりを見回しました。何もありません。黒こげになった木の幹《みき》と枝《えだ》と灰《はい》だけです。かつぎ棒《ぼう》の包みをほどいて何かないかと探《さが》しました。

「あ、これなら使えるかもしれない。じゃっくが、カギなしで扉を開けたことがあるのを思い出したんだ。カギ穴《あな》にこんなようなものを差しこんで、回しただけだった」トムは小さなカン切りをジョリティに見せました。ふたをこじ開けたり、お母さんのジンジャービールの栓《せん》を開けるのに使ったことがあります。

トムは、木の枝や古い丸太《まるた》を積み上げて、できるだけ高いところに立ち、青銅《せいどう》のカギ穴にカン切りを差しこみました。カギ穴のなかであれこれ動かしてみましたが、何をしているのか、自分でもわかりません。なかにしかけがあるのがわかったので、押《お》したり引いたり回したりしてみましたが、カギはがっしりかかったままです。

トムは、腹《はら》ごしらえしてからもう一度やってみました。ジョリティはその様子《ようす》を見て言いました。「錠前破《じょうまえやぶ》りは簡単《かんたん》じゃないね」

「ほんとだ。ああ、こんなときに、じゃっく兄さんはどこにいるのかなあ」

「残念ながら、トム、ずーっと遠いところだ」ジョリティが言いました。

「僕《ぼく》、結局《けっきょく》北の国に足止めされちゃうみたい」トムは友だちのカラスの顔を見ました。

「残る道は、上だけだ」トムはそびえたつ壁《かべ》の上を指《さ》しました。「とっても高いみたい。あの豆の木より高い」

「でも、君は、ほんのちょっと助けてもらっただけで、あの豆の木に登ったじゃないか」ジョリティが言いました。「僕、上がどうなっているか見てくるよ」

カラスはすぐに飛び立って、旋回《せんかい》しながら上がっていきました。トムはだんだん小さくなっていくジョリティを見つめていました。登るとすれば、まちがいなくとても長い距離《きょり》です。でも、どうやらあの豆の木に比べれば、それほどひどくないようです。あの木なら、トムはほんの数カ月前に登ったのです。そのときできたことが、今できないわけはありません。

ジョリティがもどってきて青銅《せいどう》の扉《とびら》の上に止まりました。

「確《たし》かに大変だけど、でも、トム、君なら登れると思う」

「できるさ」トムは精一杯《せいいっぱい》背筋《せすじ》をのばして言いました。かつぎ棒《ぼう》をベルトにはさみ、剣《つるぎ》を確かめ、トムは壁《かべ》を登り始めました。


壁がどのくらい高いか、見当《けんとう》もつきませんでしたが、数キロメートルはあります。風雨にさらされた石は穴《あな》だらけで、深《ふか》い亀裂《きれつ》や割《わ》れ目があります。石が大きいので、石と石とのあいだには、楽にブーツを差しこめる足がかりがありました。狭《せま》い急な階段《かいだん》を上《のぼ》るのと同じです。トムはゆっくりと、でも確実《かくじつ》に進んでいきました。ジョリティはトムのそばで、ときどき元気づけました。「トム、何をしちゃいけないか、知ってるね？」

「下を見ないこと」トムが答えました。

「そのとおり」

上に行くにしたがって、石が小さくなってきました。それと同時に、登るのが急に難《むず》しくなりました。幸い、壁《かべ》のてっぺんに生《お》い茂《しげ》っているツタがこちら側にたれてきていたので、トムはそれを伝《つた》って最後の何メートルかを登りました。

トムはとうとう、壁のてっぺんまで登りつめました。壁の頂上《ちょうじょう》は、冷たい霞《かすみ》がかかってよく見えませんでしたが、どうやらかなり幅《はば》があるので、楽々《らくらく》立つことができました。トムは北側から南側へと、注意深《ちゅういぶか》く歩きました。すると、灰色《はいいろ》の冬の霧《きり》が切れ、トムは突然《とつぜん》、焼けつくような太陽と夏の暑さのなかに立っていました。

トムはしばらくのあいだ、下に見える光景《こうけい》に目を奪《うば》われていました。太陽に照らされ

境目《さかいめ》がわからないほど、遠くの青い海まで続いています。海も空も濃《こ》いブルーなので、境目《さかいめ》がほとんどわかりません。息を深《ふか》く吸《す》いこむと、タイムやスパイスの利いたハーブの香《かお》りがしました。それに、こんなに暑いところは初めてです。

壁《かべ》は丘《おか》の斜面《しゃめん》の上に建《た》っています。草は太陽に焼かれ、乾《かわ》いてほとんど金色に見えます。壁のすぐ下に深緑色の高いイトスギが立ち並《なら》び、そこから丘の下へ向かう曲がりくねった白い道に沿《そ》って、銀色《ぎんいろ》がかかった緑のオリーブの木が並んでいます。白い家が点々と見え、木々のあいだには銅像《どうぞう》がいくつか立っているのが見えます。

壁のこちら側は、目のくらむような高いつるつるした壁が、まぶしい日の光のなかをずっと下まで延《の》びています。細い銀色の筋《すじ》の入った白くかがやく大理石《だいりせき》でできた壁は、どうやら一枚岩《いちまいいわ》で、足がかりになるような割《わ》れ目も亀裂《きれつ》も、つなぎ目もいっさいありません。壁を登るとき、トムは簡単《かんたん》なことを一つ忘《わす》れていました。降《お》りなければならないということです。どうやって降りたらいいのでしょう。太陽の光と影《かげ》と、真下のイトスギの木立《こだち》のあいだに、トムは小さな黒いものを見つけました。階段《かいだん》や柱のある何かで、その横に、やわらかくて黒い、大きな丸い形のものが、風にはためいています。木々のあいだにかくれていますが、なんだか見覚えがあります。太陽があんまり暑いので、トムは肩《かた》にかけたオオカミの毛皮《けがわ》のマントをぬぎ、かつぎ棒《ぼう》の包みにしまいました。ジョリティが飛んできて、トムの肩に止まりました。

「ほうらね」ジョリティが言いました。「やったじゃないか。こんなに高くまで登ってきたんだ。すごい眺《なが》めだね」

「うん、眺めは確《たし》かにすごいけど」トムが言いました。「でも、そこまで降《お》りなくちゃ。こんなに高いし、足をかけるところがなんにもないんだ」

「あそこに何か黒いものが見えるだろ？　たぶん、オームストーンの飛行船《ひこうせん》だ。トム、ちょっと待ってて」ジョリティは飛んでいきました。

トムはジョリティの姿《すがた》が、大理石《だいりせき》の壁《かべ》に沿《そ》ってらせんを描《えが》きながら、だんだん小さくなっていくのを見ていました。

下を見ているうちに、トムはめまいがしてきました。寒いところから急に暑いところに来たせいか、それとも目の回るような高さのせいかもしれません。トムの体がゆれ、目は焦点《しょうてん》が合わなくなり、何もかもが遠くに見えます。手を出して体を安定させようとしましたが、そのとき靴《くつ》がつるつるの大理石《だいりせき》で滑《すべ》るのを感じました。ジョリティがもどってくる途中《とちゅう》でさけぶ声が聞こえました。

「トム、危《あぶ》ない！」

でも、遅《おそ》すぎました。トムは壁《かべ》のてっぺんから真っ逆《さか》さまに落ちていきました。ジョリティにはどうすることもできません。

14 新しい国王

古代の国を行くオームストーン、ビッグ・ジャック、ルンペルスティルツキンの三人は、きっとおかしな一行《いっこう》に見えたことでしょう。ジャックはがっしりした背中《せなか》に黄金《おうごん》の重い袋《ふくろ》を背負《せお》って腰《こし》を曲げて歩き、もちろん妖精《ようせい》の鎖《くさり》でオームストーンにつながれています。冬服を着て暑苦しそうなルンペルスティルツキンは、苦《にが》い思いをひそかに胸《むね》のなかで煮《に》えたぎらせながら、とぼとぼと歩いています。オームストーンだけが満足げで、幸せそうに見えます。なにしろここは、おとぎ話の生まれるゆりかごのようなところです。未来に語られるすべてのおとぎ話に、影響《えいきょう》を与《あた》えるチャンスがあるのです。とうとう「めでたしめでたし」で終わる物語の芽《め》を、今から全部つみ取ってしまうチャンスがやってきたのです。その上、もちろん、ドラゴンの宝《たから》よりも美しい黄金を見つけて、奪《うば》うチャンスがあります。

オームストーンは先頭に立って、いつもの黒いマントをたくしあげ、白いシャツを暖《あたた》かい風にそよがせて、大きな七里靴《しちりぐつ》で白いほこりを巻《ま》き上げながらどんどん歩いていきました。ビッグ・ジャックは、ときどき小さめの金貨《きんか》を道にそっと落としました。午後いっぱい、三人は下《くだ》りの道を歩き続け、間《ま》もなく海の見える所までやってきました。白い大理石《だいりせき》でできた美しい都です。

街はずれに宿《やど》がありました。馬小屋《うまごや》のある、かやぶき屋根《やね》の小さな木造《もくぞう》の宿です。建物を囲んでいる木立《こだち》が庭に木陰《こかげ》を作り、中庭をすっきりとした涼《すず》しい場所にしていました。噴水《ふんすい》と高級な大理石でできた女神《めがみ》の像《ぞう》があります。オームストーンがどんどん庭に入っていくと、短い上着を着た召《め》し使いが走り出てきました。

「一番いいワインの大ビンを一本。こっちの捕虜《ほりょ》には水を少し。それから宿の亭主《ていしゅ》を呼《よ》んでくれ」オームストーンが言いました。

「はい、だんなさま」召し使いはあわてて宿に入っていきました。

オームストーンは庭にいくつか置いてあるテーブルのいすに腰《こし》かけ、ジャックは金の袋《ふくろ》を下ろして噴水《ふんすい》の縁《ふち》にドサッと座《すわ》って涼《すず》みました。ルンペルスティルツキンはまわりを眺《なが》めました。美しい女神《めがみ》の像《ぞう》、遠くの海の眺め、宿《やど》のむこうに並《なら》ぶ立派《りっぱ》な建物……豊《ゆた》かな都だ、と木の精《せい》は思いました。

宿主《やどぬし》が急《いそ》いで現《あらわ》れ、変な身なりの客たちを見て、《なんだか海賊《かいぞく》の一味《いちみ》のようだ——地《じ》元《もと》の人間《にんげん》にとってはどうも気がかりだ》と思いました。

「おはようございます。だんなさま」宿主が用心深《ようじんぶか》くあいさつしました。

「やあ、おはよう」オームストーンが応《こた》えました。「亭主《ていしゅ》、食事を頼《たの》みたい。だがナメクジ入りのおかゆはお断《ことわ》りだ」オームストーンは、あのゾッとするようなビールがゆを思いだして身ぶるいしながら言いました。

「こころえました」宿主はそう答えたあと、一瞬《いっしゅん》オームストーンの汚《よご》れた靴《くつ》を見下ろし、それから、鎖《くさり》につながれて噴水《ふんすい》のそばに座《すわ》っているみすぼらしい身なりの背《せ》の高い男に目を走らせ、最後に黒い服を着て頭にオークの葉のリースをかぶった小さなルンペルスティルツキンを見ました。

オームストーンは袋《ふくろ》に手を突《つ》っこみ、金貨《きんか》を一つかみ引っ張《ぱ》り出しました。

そのとき、ずっと三人のあとから歩いて来たつぎはぎ顔の男が、宿《やど》に到着《とうちゃく》し、オームストーンの横に立って、上からずいっと宿主を見下ろしました。

「見てのとおり、支払《しはら》いの心配はない」オームストーンは金貨を見せ、それからつぎはぎ顔の男を指さしました。必要なら、金《かね》ばかりか腕力《わんりょく》もあることを示《しめ》すためです。「亭主《ていしゅ》、心配にはおよばん。支払《しはら》いはするし、しかも十分《じゅうぶん》に支払う。さっさと取りかかれ」オームストーンが言いました。

宿主《やどぬし》は両手をたたきながら、急いで宿に引き返しました。なかから、大声で命令しているのが聞こえました。

「ご主人さま、ここは豊《ゆた》かな都です」ルンペルスティルツキンがうなずきながら言いました。

「私が気づいていないとでも思うのか」オームストーンが言いました。「ここには黄金《おうごん》もあるし、もっと何かある。第六感《だいろっかん》だ」

ごちそうが並《なら》び、オームストーンは上機嫌《じょうきげん》で、ビッグ・ジャックでさえ、お気に入りの犬なみに、テーブルの残り物をたっぷり与《あた》えられました。


ドラゴンの黄金を見せびらかすだけで、オームストーンはその日のうちに王さまになりすまし、昔の王宮《おうきゅう》の近くにある家具付きの大理石《だいりせき》の館《やかた》に落ち着きました。そこには港と海のすばらしい景色《けしき》が見える立派《りっぱ》なテラスが付いています。ビッグ・ジャックは、つぎはぎ顔の男に厳《きび》しく監視《かんし》され、倉庫《そうこ》に閉《と》じこめられました。

それから間《ま》もなく、館に使いがやって来て、オームストーンとルンペルスティルツキンは、近くの王宮で開かれるパーティーでの、市民《しみん》と長老の集まりに招《まね》かれました。ビッグ・ジャックは監視付きで、地下の倉庫につながれていました。倉庫の壁《かべ》には、古いビンやフラスコ、それに蒸留器《じょうりゅうき》まで並《なら》んでいます。この館に住んでいた人は、科学に興味《きょうみ》を持っていたにちがいありません。ジャックは鎖《くさり》の長さぎりぎりまで歩きまわり、ビンのラベルを熱心《ねっしん》に調べました。

*チュニックの上に*トーガをはおった都市《とし》の長老たちのなかで、冬服を着たままのオーム

ストーンとルンペルスティルツキンは、場《ば》ちがいなかっこうでしたが、だれも気にする様子《ようす》がありません。集まった市民《しみん》たちは、全体に気がかりなことがある様子で、悲しそうでした。一人の男が進み出て、深々《ふかぶか》とおじぎをして言いました。

「陛下《へいか》、自己紹介《じこしょうかい》をお許《ゆる》しください。わたくしは*ダイダロスと申します。我《わ》が王国にようこそおこしくださいました」男は明るい調子《ちょうし》で話し続けました。「市民たちが、あなたさまのご到着《とうちゃく》に気づき、失《しつ》礼《れい》ながら、あなたさまにはどこか高貴《こうき》な威厳《いげん》があると申しました」

「なんと目の利《き》く賢《かしこ》い市民《しみん》たちであることよ。いかにも私は、もっとも高貴《こうき》な……王である」オームストーンは、できるだけ背筋《せすじ》をのばして立ち、えらそうに見せながら言いました。「ここからはるかに離《はな》れた国からやっ

てきた。今は……アー……自ら望《のぞ》んで亡命中《ぼうめいちゅう》である」

「陛下《へいか》、実は、我々《われわれ》の王は長いこと姿《すがた》を消したままなのです」ダイダロスが言いました。

「くり返しおそってくる海賊《かいぞく》にたえられなかったのです。その上、私に命じてあそこに見える島にかくしたおそろしい呪《のろ》い、あるおそろしいものが……」

「おそろしい呪い、あるものとは？」オームストーンはすぐに興味《きょうみ》を持ちました。

別の市民が急《いそ》いで進み出ました。「ダイダロス、そんな暗い話はいいかげんよせ。高貴《こうき》な客人《きゃくじん》たちを、おまえのばかな話で驚《おどろ》かせてしまうではないか。私は、護衛《ごえい》隊長のアデルフォスと申します」男は体を半分に折ってあいさつしました。

「陛下、この男が申し上げたかったのは、この国が緊急《きんきゅう》に国王を必要としているということなのです。実は、賢人《けんじん》や長老たちのなかから新しい国王を選ぶという考えを、最近話し合ったばかりです。そこへあなたさまのご到着《とうちゃく》です。新しい王国が必要なのではありませんか？」

「新しい王国？　なんと、まさにそのとおり」オームストーンが言いました。

ルンペルスティルツキンがオームストーンのそでを引っ張《ぱ》りましたが、オームストーンは無視《むし》しました。「王国を支配《しはい》することには慣《な》れておるし、そうする必要を強く感じておる」

「それは、それは」アデルフォスが言いました。「願ってもないことです」

「約束しよう」オームストーンが言いました。「おふれを出し、もうかる戦争をし、金鉱《きんこう》を開発する、などなどだ」

「もちろんでございます。陛下《へいか》。しかしながら、金鉱の必要はありません。宝物庫《ほうもつこ》はすでに金《きん》でいっぱいです」アデルフォスは一瞬《いっしゅん》ためらってから言いました。

「私のまわりには、いくら金があっても多すぎるということはない」オームストーンが言いました。

「長老のみなさん、市民《しみん》たちよ」アデルフォスが声を張《は》り上げました。「喜んでくれ。客人《じん》は、われらの願いを受け入れてくださった。ついに新しい支配者《しはいしゃ》、新しい王を見つけることができたのだ。ずいぶん長く待たされた」アデルフォスがオームストーンの腕《うで》を高々《たかだか》と上げ、長老たちからパラパラと拍手《はくしゅ》がおこりました。

市民《しみん》たちが拍手しているあいだに、ルンペルスティルツキンはダイダロスを脇《わき》に引っ張《ば》って行き、海の見えるテラスに出ました。

「先ほど話していたおそろしいもののことを、もっと話してくれ。心配事ではあるが、私にはとても興味《きょうみ》がある」ルンペルスティルツキンが言いました。

「そのことですが……」ダイダロスが応《こた》えました。「我《わ》が王国は呪《のろ》われています」

「呪われている？」ルンペルスティルツキンが聞きました。「どんな呪いなのかな？」

「呪われております。あなたのご主人さまは、毒杯《どくはい》をつかんだも同じです」

「くわしく話してくれ」ルンペルスティルツキンが言いました。

ダイダロスは海岸から少し離《はな》れた黒い島を指さしました。

「数年前のことになります。我々《われわれ》はあの島の王と絶《た》え間《ま》なく戦っておりました。とうとう我が国王は、平和のために取り引きをしました。九年ごとに、六人の若者《わかもの》と六人の娘《むすめ》を、ミノタウルスというおそろしい怪物《かいぶつ》の生《＊い》けにえに差し出すことになったのです。その怪物はあの国の女王が産《う》んだ子で、半分は人、半分は雄牛《おうし》の姿《すがた》をしています。この私があの島に迷宮《めいきゅう》を作り、怪物は今もそこに住んで生《い》けにえを待っているのです」

「それで新しい王が必要なのかね？」ルンペルスティルツキンが聞きました。

「そうです。前の王は、恥《は》ずべき取り引きと、人々の憎《にく》しみにたえられなかったのです。しばらく前に王は逃《に》げてしまいました」

「次に生《い》けにえをささげるのはいつかね？」

「それが、もうすぐなのです。新しい王は、この取り引きを名誉《めいよ》ある形で終わらせることができるのでしょうか」


しばらくして、館《やかた》にもどったオームストーンは、ドラゴンの宝《たから》をほとんど全部袋《ふくろ》から出し、ベッドに広げました。まるで黄金《おうごん》の毛布《もうふ》のようです。その上に横たわって、オームストーンは高笑いし、何百枚ものコインのなかを転げ回りました。ルンペルスティルツキンは、その様子《ようす》を、頭《かぶり》を振《ふ》りながら見ていました。

「今度は新しい王国が手に入った」オームストーンは黄色い歯《は》を見せて、細長い顔が割《わ》れるような笑みを浮《う》かべました。

「陛下《へいか》、その王国のことですが」ルンペルスティルツキンが何かを言いかけました。

「すぐに言い直してもらおう。私はもう単《たん》なる『陛下《へいか》』ではない。もう一度言っておくが、『国王陛下』だ」

「申しわけございません、国王陛下」ルンペルスティルツキンが深々《ふかぶか》と頭を下げました。

「市民《しみん》の一人から聞き出した、この王国のことでございますが、あなたさまが知っておかれるべきことと存《ぞん》じます。暗くおそろしいことですが、あなたさまのお気に入ることではないかと存じます」

「もったいぶらずに、とっとと話せ」オームストーンはベッドに座《すわ》り、黄金《おうごん》のコインを指のあいだからジャラジャラと滝《たき》のように落としました。

ルンペルスティルツキンは深く息を吸《す》いこみ、ダイダロスから聞いたばかりのことをオームストーンに話し始めました。

翌朝《よくあさ》、新しい計画で頭がいっぱいのオームストーンは、ルンペルスティルツキンとつぎはぎ顔の男を連れて、王宮《おうきゅう》を見にいきました。前の王さまが逃《に》げてから九年間も、だれも住んでいなかった宮殿《きゅうでん》です。建物は暗く、衛兵《えいへい》はだらけてやる気がないようでした。なんとかしなければならないのは明《あき》らかです。オームストーンは、強力な衛兵隊長のアデルフォスを使ってこの連中《れんちゅう》をたたき直そうと考えました。

アデルフォスとほかの二人を伴《ともな》って、オームストーンはすぐに地下の宝物庫《ほうもつこ》に下りていきました。王宮の黄金《おうごん》がすべてしまってあるところです。宝物庫の鉄格子《てつごうし》のあいだから、鎖《くさり》でつながれた何かが暗闇《くらやみ》でうごめいているのが見えました。前かがみの、大きくておそろしい姿《すがた》をしたものです。

「あれは何かね？」オームストーンがアデルフォスに聞きました。

「海賊《かいぞく》から黄金を守る守衛《しゅえい》です」アデルフォスが答えました。

「おそろしい姿だな」

「国王陛下《へいか》、どんな残忍《ざんにん》な海賊でも追い払《はら》えるおそろしさです」

オームストーンは、カギを開けさせ、つぎはぎ顔の男を黄金の部屋に入らせました。つぎはぎ顔の男は、ランプを持って背中《せなか》を丸めてなかに入りましたが、いったん入ってしまうと、丸天井《まるてんじょう》が高かったので、背をのばして立つことができました。その生きものは、男の半分ほどの背丈《せたけ》しかなく、暗い片《かた》すみにうずくまっており、光を避《さ》けて顔をおおいました。ランプの明かりが、長いあいだかくされていた黄金《おうごん》の器《うつわ》に反射《はんしゃ》して、生きものはうめき声をあげました。つぎはぎ顔の男が、なだめるような声を出すと、なぜか生きものは静かになりました。二人はたちまち気持ちが通じ合ったようです。

「怪物同士《かいぶつどうし》のよしみだな」オームストーンが低い声で言いました。

オームストーンとアデルフォス、そしてルンペルスティルツキンもなかに入りました。

怪物は立ち上がって、よろよろと部屋のすみに歩いていきました。

「なんという神話《しんわ》の怪物なのかね?」オームストーンが聞きました。

その声で、怪物がこちらを向き、鎖《くさり》につながれた両手を高く上げて、血も凍《こお》るような声でほえました。手を顔から離《はな》したので、オームストーンは怪物の顔をはっきり見ました。

「おとぎ工房《こうぼう》で、この生きものに似《に》た彫《ほ》り物を見たことがあります」ルンペルスティルツキンが言いました。「この宮殿《きゅうでん》にふさわしい、大昔のおそろしい怪物です」

「なるほど」オームストーンが言いました。「黄金《おうごん》を全部、上の王の間《ま》に運べ」と、オームストーンが衛兵《えいへい》たちに命じました。「その怪物《かいぶつ》には、仕事を与《あた》える。そうすれば、そやつはやっと日光と新鮮《しんせん》な空気を味わうことができる」

「仕事でございますか?」ルンペルスティルツキンが聞きました。

「そうだとも。重要《じゅうよう》な仕事だ。私がここで一番おそれているものは、いったいなんだと思うかね?」

ルンペルスティルツキンは、《たとえば私でしょうか》と言いたかったのですが、がまんしました。自分の出番《でばん》はそのうちにやってくるからです。

「陛下《へいか》、さっぱり見当《けんとう》がつきません」

「当然《とうぜん》、トゥルーハートたちの追跡《ついせき》だよ」オームストーンが言いました。「その身の毛もよだつ生きものを、つぎはぎ顔のこいつに監視《かんし》させて、自由にしてやるのだ。なんといっても、こいつは、もう、その怪物と気持ちが通じたようだ。この二人を利用すれば、父親を探《さが》しにやってくる、英雄気取《えいゆうきど》りのちびのトゥルーハートに、わなを仕《し》かけられるというものだ」

＊チュニック…古代ギリシア・ローマ人が着た、ひざの上まで届《とど》くそでなしの上着《うわぎ》。

＊トーガ…下着のチュニックの上にはおる大きな布《ぬの》。古代《こだい》ローマやギリシアで男性が着た正式な服装《ふくそう》。

＊ダイダロス…ギリシア神話《しんわ》に登場《とうじょう》する人物。巧《たく》みな職人《しょくにん》、工人《こうじん》、発明家《はつめいか》。

＊生《い》けにえ…生きものを生きたまま神へのささげものとすること。

15 落ちて、落ちて

いったい何が起きたのか、トムは初めのうちよくわかりませんでした。急に暖《あたた》かい風が耳元《みみもと》を吹《ふ》き過《す》ぎていくうるさい音で我《われ》に返ると、トムは、白い大理石《だいりせき》の壁《かべ》に沿《そ》って、くるくる回りながら落ちていくところでした。ジョリティがすぐそばを飛んでいます。トムは親友《しんゆう》の目を見ました。ジョリティはあわてふためいて、目には恐怖《きょうふ》の色が浮《う》かんでいます。トムは空中でもう一度ひっくり返り、頭が下になって地面《じめん》が見えました。さっきまで遠くに見えていた、あの金色の地面が、どんどん近づいてくるのがはっきり見えます。トムはさけび声をあげましたが、風にかき消されてしまいました。

「ジョリティ、さようなら」トムは心のなかで言いました。そして、弓《ゆみ》から放たれたばかりの矢のように、どんどん速く落ちていきました。とてもこわいのですが、不思議《ふしぎ》なことに、とても興奮《こうふん》していました。こんな感じは初めてです。そして、トムは気を失ってしまいました。

飛行船《ひこうせん》の黒い気球《ききゅう》が、温かい午後の風にゆれ動いていました。まぶしい太陽の下で、白いどくろの絵が、不気味《ぶきみ》に光っています。不時着《ふじちゃく》してから数日たっているので、空気が少しずつ抜《ぬ》けてはいましたが、まだほとんど元《もと》の形のままです。

気球の丸みをおびた天井《てんじょう》が、突然《とつぜん》へこみました。トムが衝突《しょうとつ》したのです。ほこりや花粉がまい上がり、鮮《あざ》やかな色の鳥の群《む》れが、イトスギの暗い木立《こだち》のなかから、甲高《かんだか》い鳴き声をあげていっせいに飛び上がりました。トムは一度空中高くはね上がり、一回転してまた気球のやわらかいクッションに落ちました。もう一度はね返りましたが、今度はさっきほど高くはありません。気球全体がぶるぶるふるえ、やがてトムの落ちてくる前の状態《じょうたい》にもどりました。

ジョリティが飛んできて、気球に止まりました。トムは気球の布《ぬの》の上に大の字に倒《たお》れていて、まったく動きません。ジョリティが近づいてのぞきこみました。近くで見ると、トムは目を閉《と》じて細《こま》かくふるえているように見えます。かつぎ棒《ぼう》の包みが両腕《りょううで》にからまっています。突然《とつぜん》トムが起き上がって笑い出しました。「フーッ、もう一度やりたいよ！」

「もう一度だって？」ジョリティが驚《おどろ》いて言いました。「トム、もう一度やりたいだって？　見てごらん。あんなに高いところから落ちたんだよ。なんて幸運なんだ。飛行船《ひこうせん》の気球《ききゅう》がここになかったらどうなっていたか、考えただけでぞっとする。君のお母さんのつくったイチゴジャムを、地面に落としたみたいになっていたにちがいない」

「でも、そうはならなかった」トムは気球の上に立ち上がって、ゆらゆらしながら言いました。それから、笑いを浮《う》かべて、巻《ま》きついているかつぎ棒《ぼう》の包みをときほぐしてから、ぐらぐらする気球の上を歩き、ロープを伝《つた》って地面に降《お》りました。


「トム、これがなんだかわかってるだろう？」ジョリティが言いました。

「ああ、わかるよ。はるばるここにやって来たのは、まちがいじゃなかった。でも、まさかオームストーンの飛行船に救《すく》われるとは思わなかったな。僕《ぼく》たちより少し前に着いたにちがいない。さあ、行こう」トムが言いました。「僕は父さんを救い出して、悪者をやっつけるんだ」トムは、イトスギの木から丘《おか》を回って下の谷まで続いている、くねくねしたほこりっぽい白い道を歩き始めました。

「まあね、この道を行くしかないだろうな」ジョリティがトムの肩《かた》に止まって言いました。

「ほかに道はないし」

トムは太陽に照らされて熱くなった道を歩き出しました。道の一番手前に、石に深《ふか》く刻《きざ》まれたきれいな文字が見えました。「アルカディア」とトムが声に出して読みました。

「ここはアルカディアっていうところなんだ」

「そうだね、トム」ジョリティは肩から飛び上がって、少し先を飛んでは、トムが追いつくのを待ちました。「おとぎの国」での最初の長い旅のときと同じです。

「なんだか昔を思い出すね」ジョリティが言いました。

「うん、でもこんなに暑くはなかったな」トムが言いました。


オームストーンやビッグ・ジャックが、この白い道を通ったという印はないかと、トムは目をしっかり見開いて歩きました。しかし、とくに何にも見当たりません。白いほこりは、風に吹《ふ》かれたりこすれたりして、あとが消されてしまっています。足あとのようなものはありましたが、はっきりそうだとは言えません。でも、風景《ふうけい》はよく見えました。下の方に急な斜面《しゃめん》の丘《おか》や山々が見え、ずっと遠くの地平線《ちへいせん》に、すんだブルーの海と沖《おき》の黒い島が見えました。とても美しいところで、北側の国とはまったくちがいます。アルカディアは暖《あたた》かく、花とハーブの香《かお》りに満《み》ちているのです。道の両側は、鮮《あざ》やかな色の野の花でおおわれ、花がらのじゅうたんを敷《し》いたようです。

突然《とつぜん》ジョリティがそばに飛んできて、大声で言いました。

「トム、止まって。動かないで」

トムは片足《かたあし》を上げた変なかっこうで止まりました。

「トム、足の下を見てごらん」

トムは一歩下がって下を見ました。地面が小さく盛《も》り上がり、その真んなかで何かが光っています。かがんで拾い上げると、金貨《きんか》でした。ジョリティがトムの肩《かた》に降《お》りてきました。トムは手の平《ひら》にのせた金貨を見せました。ずしりと重い、ゆがんだ形の金貨です。

片側にはドラゴンの浮《う》き彫《ぼ》りがあり、反対側には不思議《ふしぎ》な文字が刻《きざ》んであります。

「ルーン文字だ」とジョリティが言いました。

「ルーン文字？」トムにはわかりません。

「さっきまで僕《ぼく》たちのいた、北の国で使われていた文字だよ。トム、きっと盗《ぬす》まれたドラゴンの宝《たから》だ」

トムは金貨《きんか》を肩《かた》かけカバンに大事にしまいました。

「たぶん父さんが僕たちに道を教えるために、わざわざここに落としていったんだ。これで一枚集めた。あとは残りの宝を集めるだけだ」トムが言いました。

「そろそろ暗くなってきた。僕には、だんだん影《かげ》がしのび寄《よ》ってくるのがわかる。どこか寝《ね》る場所を探《さが》したほうがいいな」ジョリティが言いました。


トムとジョリティは、オークの木立《こだち》の涼《すず》しい木陰《こかげ》で夜を過《す》ごすことにしました。そばに女の子の像《ぞう》が立っていて、木々のあいだでは小鳥がやさしく歌っています。

「とってもきれいな所だね」トムが言いました。「景色《けしき》も香《かお》りも美しいし、それに、鳥の声を聞いてごらんよ。なんて美しい声だろう」

「ナイチンゲールっていう鳥だよ、トム。『おとぎの国』の南の方にもいるけど、鳴き声を聞くことはあんまりないね」

「オームストーンはここで何をするつもりだろう」トムが言いました。

「君たちの家族全員に仕返しするつもりじゃないかな」ジョリティが心配そうに言いました。

「でもどうやって？　兄さんたちは今ごろ『めでたし めでたしの島』にいて、安全だよ」

「そうだけど、でも君のお父さんは捕《とら》えられているし、君も今ここにいる。君たち二人をひどい目にあわせることはできるし、それだけでも本当に悪《あく》らつだ」

「この国では、物語はどんなふうにつくられるの？」トムが聞きました。

「トム、僕《ぼく》にはわからない。ここに来たのは初めてなんだ。予言者《よげんしゃ》がいたり、神のお告《つ》げがあるってことは知っている。いろんなおそろしい神話《しんわ》の生きものもいるらしい。それに、物語は文字で書かれるんじゃなくて、語り伝えられるんだ。それぐらいしか知らない。それから、英雄《えいゆう》たちもいるよ」

「僕《ぼく》もこの国の物語で、英雄になれるかもしれないね」トムが明るく言いました。

「ああ、君はもう英雄になってる。だからかえって心配なんだ」ジョリティが言いました。


次の朝、かなり歩いてから、トムは道端《みちばた》のふさふさした緑の草むらに座《すわ》って、かつぎ棒《ぼう》にくくりつけた包みのなかを探《さぐ》りました。足元《あしもと》にからまり合っているハーブのむせるような香《かお》りのせいで、トムはとてもおなかがすいていたのです。「ここにはなんにも食べるものが入っていないや」と、トムはくしゃくしゃな頭を振《ふ》りながら、空から下りてきたジョリティに言いました。「でも、ドラゴンの洞《どう》くつから盗《ぬす》まれた金貨《きんか》を十枚《じゅうまい》も見つけた。父さんのビッグ・ジャックが、僕たちに見つけさせるつもりで落としていったんだと思うよ」

「きっとそうだね」ジョリティが言いました。「もう少し行くと小さな町がある。そこで軽い食事をする店とか、何か食べる物があるかもしれない。金貨一枚あれば、朝食がたっぷり買えるだろう」

「この金貨《きんか》は使えないよ」トムが言いました。「ほかの方法で払《はら》わなくちゃ」

またしばらく歩くと、群《む》れを連れた羊飼《ひつじか》いの少年が木陰《こかげ》に座《すわ》って笛《ふえ》を吹《ふ》き、やさしい調《しら》べをかなでていました。トムが通りかかると、羊飼いは手を振《ふ》って呼《よ》びかけました。「若《わか》い旅の人、いっしょにパンを食べないか」

トムは道から少し離《はな》れた丘《おか》を登っていきました。ジョリティはあとから飛んできて、木の枝《えだ》に止まりました。

「僕《ぼく》の名前はドルコン」＊羊飼いが言いました。

「僕はトム。こっちは友だちのジョリティ」トムは木の上のカラスを指さしました。

「二人でどこから来てどこへ行くの？」ドルコンが聞きました。

「僕たちは都まで行って、僕の父を探《さが》します。僕はトゥルーハート家という冒険《ぼうけん》一家の者です」

「お座《すわ》りよ、勇敢《ゆうかん》な少年冒険家《ぼうけんか》のトム・トゥルーハート。いっしょに朝食を食べよう」

オリーブと平たいパンと、丸くて白いヤギのチーズが、ブドウの葉にのっていました。ジョリティは高い木の枝《えだ》から、トムと道とを見張《みは》っていました。

「あの都に、お父さんを探《さが》しに行くんだって？」ドルコンが聞きました。

「そうだよ」トムはオリーブが苦くておいしいかどうかわかりませんでしたが、ヤギのチーズは好きでした。「僕《ぼく》の父は勇敢な冒険家で、巨人《きょじん》を退治《たいじ》した人なんだ。でも、今は王さまの捕虜《ほりょ》になっていると思う」

「巨人を退治したって？　それはすごいことだね。ここにも巨人の話があるけど、その巨人は金色の真《しん》ちゅうでできていて、*タロスっていう名前なんだ。ここからそれほど遠くない島で、宝《たから》を守っているよ」

「そうなの？　真ちゅうの巨人って、どのくらい大

きいの？」

「うわさでは、山よりも大きいって。巨人《きょじん》は島を歩きまわっている。退治《たいじ》した人は、地上では宝《たから》を手に入れ、天上では星座《せいざ》になれるんだ」

「なんという島なの？」

「僕《ぼく》が知っているのは、名前のない島だっていうこと。でも、君のような少年にとっては、おそろしい秘密《ひみつ》のある、おそろしい所だ。そこに行こうなんて、考えない方がいい」

「どうして？」トムが聞きました。

羊飼《ひつじか》いの少年は、遠くの丘《おか》のむこうの、明るい海を見て、短い悲しい曲をかなでてから、また話し出しました。「ときどき、六人の若者《わかもの》と、六人の若い娘《わかむすめ》がそこに連れていかれて、二度ともどってこないんだ。おそろしいことがおこるんだよ。それにちょうど今がそのときなんだ。間《ま》もなく若者たちが選ばれる。王さまが選ばなければならないんだ。それから全員が黒い帆《ほ》をはった船で連れていかれる」

「王さまが選ぶって？」

「ああ、そうだよ。王さまの役目《やくめ》だ。あんまりつらい役目だから、前の王さまは、そんなことをするくらいならと、九年前に逃《に》げ出してしまった」

「僕《ぼく》、もう行かなくちゃ」トムは立ち上がって上着のほこりを払《はら》いました。「朝食を分けてくれて、ありがとうございました」

「出かける前に」ドルコンが言いました。「頼《たの》みたいことがあるんだけど」

「僕にできることなら」トムが言いました。

ドルコンは腰《こし》につけた袋《ふくろ》から、小さな蝋《ろう》の板を取り出しました。一枚の木の葉で包んで、野の花の花束《はなたば》でくくってあります。

「見てのとおり、僕は羊飼《ひつじか》いで、このオリーブの木の下で笛《ふえ》を吹《ふ》き、羊の群《む》れの面倒《めんどう》を見ている。群れを離《はな》れることはできない。でも、届《とど》けものをしたいんだ。木陰《こかげ》に座《すわ》りながら、僕は詩《し》を書いた。僕のかわりに、それをある人に届けてくれないかな」

「やってみるよ」トムが答えました。「どこに届ければいいの?」

「君の行く道からそう遠くない所だよ。あのね、僕はニンフ*に心を奪《うば》われてしまったんだ。そのニンフが見つけて読んでくれるように、これを、ある茂《しげ》みのなかに置いてほしいのさ」

「僕《ぼく》の兄さんたちみたいだ。みんなお姫《ひめ》さまに心を奪われてしまったんだよ。ニンフって、お姫さまのような人？」

「そんな感じだよ」ドルコンはほほ笑みながら言いました。「ここから少し行くと、黒い木がまん丸に植わっている木立《こだち》があって、せせらぎの音がかすかに聞こえるはずだ。木立の真んなかの平たい石の上に、この詩を置いてくれ。そこにいるあいだに、水筒《すいとう》に水を入れるといいよ。とっても甘《あま》い水だから」

「そうするよ」トムは小さな包みを受け取りました。

ジョリティが飛んできて、トムの肩《かた》に止まりました。

「トム、出発するかい？」

「うん。なるべく早くあの都に行ったほうがいいと思う」

「気をつけて行くんだよ。あんまり急いで英雄《えいゆう》になっちゃいけないよ」ドルコンが言いました。「都までの道は危険《きけん》かもしれない。ペテン師とか、怪物《かいぶつ》、海賊《かいぞく》、山賊《さんぞく》、盗賊《とうぞく》なんかがいっぱいいる。剣《つるぎ》から手を離《はな》さずにね。お父さんが見つかりますように。神さまが守ってくれますように」

「ありがとう」トムはさっき来た坂道を下り、ジョリティは危険《きけん》を探知《たんち》するために先を飛びました。

トムは途中《とちゅう》で走ろうと思ったのですが、あんまり暑かったので、できるだけ早足で歩くだけにしました。しばらくは木陰《こかげ》の道で、野の花が縁取《ふちど》る草むらの上を歩きました。

間《ま》もなくトムは、むこうからやってくる旅人たちに出会いました。

「いい朝ですね」トムは明るくあいさつしました。

「あまりよくもないね」ワイン色の上着を着た男の人が言いました。「怪物《かいぶつ》が野放《のばな》しになっている」

「ええ、そうよ。ぼうや、気をつけなさいね」洗濯物《せんたくもの》を背負《せお》った親切《しんせつ》そうな女の人が言いました。

「怪物ですって？」トムが聞き返しました。

「ああ、君、そうだとも。怪物だ」さっきの男の人が言いました。「呪《のろ》われたおそろしい怪物が、町の近くにいるという話だ。俺《おれ》たちはわざわざ確《たし》かめるつもりはないからね」

「本物の英雄《えいゆう》じゃないと戦えないわ」女の人が言いました。「だれか知らない？　冒険家《ぼうけんか》が言いました。

「僕《ぼく》は冒険家《ぼうけんか》です」トムが言いました。「冒険一家、トゥルーハート家のトムです」

「本物の冒険家じゃなくちゃ、この怪物《かいぶつ》にはかなわない。悪気《わるぎ》はないがね」男の人は、疑《うたが》わしそうにトムを上から下まで見ました。「君は、手遅《ておく》れにならないうちに引き返した方がいい」

「トゥルーハート家の者は、絶対《ぜったい》に引き返しません」トムは勇敢《ゆうかん》に、でもちょっと不安そうに言いました。

ジョリティが肩《かた》に止まってトムに言いました。「自信たっぷりなのはいいけど、戦うかどうか決める前に、その怪物を見たほうがいいんじゃないか？」

「ここにも怪物がいた」男の人がカラスのジョリティを指さして言いました。「不吉《ふきつ》な予言《げん》に出てくる鳥だ」

「さあ、さあ、こんな所にぐずぐずしちゃいられないよ」女の人が言いました。「残念《ざんねん》だわ。とても役《やく》に立ちそうな若者《わかもの》なのに。あんたみたいな子がいたら、洗濯物《せんたくもの》を絞《しぼ》るのを手伝ってもらえるのに」

「僕《ぼく》は冒険家《ぼうけんか》です」トムが言いました。「洗濯物絞《せんたくものしぼ》りの手伝いではありません」

男の人と女の人は、とぼとぼと歩き始めました。女の人が振《ふ》り返ってトムに手を振りながら言いました。「気をつけてね。幸運を祈《いの》ってるわ」やがて二人の姿《すがた》は見えなくなりました。

「君が先に飛んでいって、怪物《かいぶつ》らしいものがいるかどうか教えて」トムが言いました。

ジョリティが飛び去り、トムは一人で道を歩き続けました。

そのときトムは、まん丸の円になった黒い木の茂《しげ》みを見つけました。ドルコンの言ったとおりの場所です。トムが道を外《はず》れて近づくと、茂みのなかから確《たし》かに水のせせらぎが聞こえます。それに、円の真んなかに平たい石が見えました。

きっとここだ、とトムは思いました。肩《かた》かけカバンからあの小さな蝋《ろう》の板を取り出し、そっと石の上に置きました。それからせせらぎの音のするほうに行くと、葉っぱの茂みにかくれた岩のあいだに、細く水が流れていました。その水が黒っぽい小さな泉《いずみ》を作っています。トムはコケの生《は》えた岩のあいだにひざをついて、その水を少し飲み、のどをうるおしました。ドルコンの言ったとおり、おいしい水です。トムは、ジンジャービールの入っていた石のつぼに泉《いずみ》の水をくみ、ふたをしてかつぎ棒《ぼう》の包みにもどしました。

そのとき、ぼろを着た長い白ひげの老人《ろうじん》が、茂《しげ》みの奥《おく》の暗《くら》がりから現《あらわ》れ、両手を上げてトムに言いました。「おまえはこの水を飲んだ。旅の少年に幸いあれ」

「ありがとうございます」トムが言いました。「僕《ぼく》には幸運が必要です。暑い道を歩くのは大変ですが、水を飲んで気分がずっと良くなりました」

「この水は旅人ののどのかわきをいやすだけではない。気分が良くなるだけではなく、それ以上のものをもたらすであろう」老人《ろうじん》が言いました。「迷路《めいろ》と雄牛《おうし》に気をつけよ」老人は不思議《ふしぎ》なことを言いました。

「おじいさん、いったいどういうことですか？」トムが聞きました。「あなたはどなたですか？」

「わしは予言者《よげんしゃ》じゃ。わしにはすべてが見とおせる。未来を言い当てる。わしは金色の巨人《きょじん》を見たし、暗黒《あんこく》の王も、黒い帆《ほ》を持つ船も見た」老人はおじぎをして、また茂みのなかにもどっていきました。

「この水は、ほかに何をしてくれるのですか？　あなたの言葉はなぞのようです」トムは大きな声で呼《よ》びかけました。さっぱりわからなくて、トムはなんとなく不安になりました。でも答えはありません。老人はもう行ってしまったようです。

老人《ろうじん》は、「おとぎの国」の森の賢人《けんじん》にちょっと似《に》ていました。トムに文字や計算を教えてくれた賢人です。もしかしたら、この国にも森の賢人がいるのかもしれません。

トムはかつぎ棒《ぼう》を肩《かた》にのせ直し、町に向かって歩き出しました。歩きながら、泉《いずみ》の水を飲んだおかげで、何か変わったことがあるかもしれないと、いろいろ試《ため》してみました。立ち止まって空中に飛び上がったり、うす暗い木陰《こかげ》をのぞきこんだりしましたが、別に今までより高く飛び上がれるわけでもないし、ふだんよりはっきりものが見えるわけでもありません。今までと何も変わらないので、トムは正直がっかりしました。そこでトムは、老人の言ったことはなんの意味もない、と思うことにしました。

＊ドルコン…ギリシア神話《しんわ》のなかでは、シチリア島の羊飼《ひつじか》い、名工、ダフニスとして登場《とうじょう》する。ニンフの求愛《きゅうあい》を断《ことわ》ったので、目を見えなくされた。

＊タロス…ギリシア神話に登場する。名工、ダイダロスが作った、自動人形《じどうにんぎょう》あるいは、怪物《かいぶつ》。この物語では、真《しん》ちゅうの巨人《きょじん》。

＊ニンフ…ギリシア神話に登場する妖精《ようせい》の一種《いっしゅ》。若《わか》くて美しい女性の姿《すがた》をしている。

16　一つ目の怪物《かいぶつ》

だんだん都に近づいているのは、音でわかりました。暑い空気を伝《つた》って、恐怖《きょうふ》の声やどろくようなうなり声が聞こえてきたのです。女の人が「助けて！」とさけんでいます。ジョリティが急に飛んできて、羽をばたばたさせながらトムの肩《かた》に止まりました。

「ジョリティ、びっくりするじゃないか。急に肩に降《お》りてくるなんて」トムが言いました。

「ごめんよ、トム。でも、君が僕《ぼく》の見たものを見たら、もっとびっくりするよ。ほんとにおそろしいものだから」そのとき、ゴロゴロと雷《かみなり》が鳴りました。


二人が丘《おか》の上まで行くと、下にきれいな町が広がっていました。白い館《やかた》や緑の庭は、熱い太陽に照らされて眠《ねむ》そうです。二人の頭上《ずじょう》には、大きな灰色《はいいろ》の雲がむくむくとわき上がってきました。

町の広場の端《はし》を、たくさんの人が不安そうに取り囲んでいました。その中心に、何かが見えます。とても大きな男が前かがみになって、大きなハンマーを巨大《きょだい》な鉄床《かなとこ》*に打ちおろしています。

「トム、僕《ぼく》の言ってることがわかったろう？」ジョリティが言いました。

「うん、わかった。でも、何をしてるんだろう？」

「見ててごらん」ジョリティが言いました。

男は大声でほえ、体を起こして鉄床から光るものを取り上げ、腕《うで》を広げて上に投げました。その腕から、巨大な稲妻《いなずま》が空に上《のぼ》っていきました。稲妻は町の上空に上がって、渦巻《うずま》く灰色《はいいろ》の雲に衝突《しょうとつ》し、雲のなかに入っていきました。男が通りに集まった人々に顔を向けると、みんなが後《あと》ずさりしました。悲鳴《ひめい》があがり、空ではおそろしい雷《かみなり》が鳴りました。そして、稲妻が雲から落ちてきました。金色に光るぎざぎざの稲妻です。その明かりで、トムは初めて男の顔を見ました。額《ひたい》の真んなかに目が一つしかありません。

「あれはいったい何？」トムが聞きました。

「トム、あれは、一つ目巨人《きょじん》のキュクロプス*だ」

キュクロプスはまたほえて、ハンマーを打ちおろし、次の稲妻《いなずま》を取り上げて雲に向かって放り上げました。またしてもすさまじい雷が鳴り、空から稲妻が落ちてきて、建物に衝突《しょうとつ》し、炎《ほのお》が上がりました。

「あいつを止めに行かなくちゃ」

トムが言いました。「さあ、行こう」

トムはジョリティを肩《かた》に乗せたまま、急いで丘《おか》をかけ下りました。そして、あちこちに身を寄《よ》せ合って、なんとかかくれようとしている町の人たちに近づいていきました。

「ぼうや、そっちは危《あぶ》ないわ。私たちとここにいなさい」

親切そうな女の人が言いました。

「俺《おれ》たちを救《すく》う英雄《えいゆう》はいないのか？」となりの男の人が言いました。「必要なときにはいないんだから。銅像《どうぞう》とか花びんの絵のなかでは喜んでポーズをとるくせに、いざこういうときになると……」男の人は頭《かぶり》を振《ふ》りました。

また雷《かみなり》が鳴りました。そのあとはまぶしい稲妻《いなずま》と悲鳴《ひめい》です。

「僕《ぼく》は冒険家《ぼうけんか》です」トムが言いました。「冒険一家、トゥルーハート家の者です。何かお役《やく》に立てると思います」

「神々が送ってくれたのか、それともあのおそろしい新しい王《おう》さまに送られてきたのかね？」男の人が聞きました。

「まだ子どもじゃありませんか。見ればわかるでしょうに」親切な女の人が言いました。

「この少年は、いくつも勇敢《ゆうかん》な手がらを立ててきたんだ」ジョリティが、おそれおののいている二人を黒い目で見つめながら言いました。二人は驚《おどろ》いて後《あと》ずさりしました。

「鳥がしゃべった」男の人が言いました。「魔術《まじゅつ》だ。不吉《ふきつ》だ。この男の子も呪《のろ》われている」男の人は顔をそむけました。「こいつらを見るんじゃない」

ジョリティは屋根《やね》の上まで飛び上がり、トムは町の中心に向かって歩き出しました。背《せ》の高いがっしりした男がトムの少し後ろを、こっそりつけていました。男の顔はフードでおおわれていて、陰《かげ》になって見えません。トムがこわがる人々のなかをぬって進んで行くと、男はそのあとをじわじわとついてきます。

フードをかぶった男が、トムを後ろから押《お》し、前に突《つ》き出しました。トムは群衆《ぐんしゅう》の腕《うで》や足がからまり合ったなかから、何もない広場に押し出されました。人々は潮《しお》が引くようにさーっと後ろに下がり、トムは人気《ひとけ》のない砂浜《すなはま》に一人取り残されたように、ぽつんと小さい姿《すがた》をさらしました。稲妻《いなずま》があたりを照らし、トムの影《かげ》が道路の白い敷《し》き石にのびました。

キュクロプスが巨大《きょだい》な頭を回し、トムがたった一人で立っているのに気がついて、低いゴロゴロというなり声をあげました。一つしかない目がトムをにらみつけ、その場に釘《くぎ》づけにしました。トムは立ちすくみました。燃《も》え上がる炎《ほのお》と午後の太陽の熱さを感じ、背《せ》中《なか》に汗《あせ》がしたたり落ちるのがわかりました。《これが伝説《でんせつ》の怪物《かいぶつ》なんだ。北の国のドラゴンよりおそろしいやつだ》トムは、ドラゴンの絵はいろいろ見たことがありましたが、こんな怪物を見るのは初めてでした。

怪物は怒《いか》りの目をトムから離《はな》さずに、一歩近づきました。トムのまわりや後ろの群衆は、だまったままで、石だたみをじりじりと後《あと》ずさりするサンダルの音がするばかりです。キュクロプスがまた一歩前に出ました。ジョリティが建物の上からまい降《お》り、怪物《かいぶつ》の頭のまわりを飛び回りました。キュクロプスがカラスをたたき落とそうとしましたが、ジョリティはあわやのところで逃《のが》れました。

建物の屋根《やね》に向かって飛びながら、ジョリティがトムに呼《よ》びかけました。「トム、気をつけて」

こわごわ取り囲んでいた群衆《ぐんしゅう》が、ジョリティの声でざわめきました。トムの耳に、「魔《ま》法使《ほう》いだ」というささやきが聞こえてきました。

トムはしっかりキュクロプスを見つめていました。足がふるえているのが自分でもわかりました。こんなに小さくて、一人ぼっちで、どうしたらいいのでしょう。

トムは目の前に長くのびた自分の影《かげ》を見ました。影は石だたみの上にのび、ふるえています。その影《かげ》が、まっすぐキュクロプスを指さしてとがめているように見えます。

地面《じめん》にテラコッタ*のつぼがいくつか転《ころ》がり、こぼれた油が水たまりに流れて、虹色《にじいろ》に渦《うず》巻《ま》くしま模様《もよう》になっています。トムははっとしました。何かをしなければなりません。トムは怪物《かいぶつ》から目をそらさず、ゆっくりとかつぎ棒《ぼう》を下に置いて、またゆっくりと立ち上がりました。そして剣《つるぎ》に手をかけ、ゆっくりとさやから抜《ぬ》きました。剣は火花を放ち、沈《しず》みかけた太陽の光でわずかにかがやきました。刃《やいば》に白い光が波打《なみう》つのを見た群衆《ぐんしゅう》が、またざわめきました。今度は「英雄《えいゆう》だ」というささやきが聞こえました。

「英雄だ」トムは自分に言い聞かせました。「そうなるかどうかは僕次第《ぼくしだい》なんだ。兄さんたちのように勇敢《ゆうかん》になるのも、ならないのも、僕次第だ」

トムは怪物キュクロプスに一歩近づきました。剣を両手で持ち、体の前にまっすぐにかまえています。怪物が飛びかかってきて、自分から剣に串刺《くしざ》しになってくれればいいのにと思いました。群衆はまた静かになりました。若《わか》い英雄の卵《たまご》が一つ目の怪物とにらみ合っているのを見て、緊張《きんちょう》した空気が張《は》りつめました。でも、群衆はむしろ楽しみ始めたようです。ジョリティが屋根から飛び降《お》りて、キュクロプスのまわりを飛び回りました。キュクロプスは、パシッと鞭《むち》のような音をたてて稲妻《いなずま》を投げつけましたが、ジョリティには当たらず、木の屋根に当たって屋根をふるわせました。一瞬《いっしゅん》、炎《ほのお》が上がり、群衆がさけび声をあげました。

キュクロプスはトムに背《せ》を向けて、巨大《きょだい》なハンマーを取り上げ、何かをたたき始めました。トムは剣《つるぎ》をかまえたまま、何が起こるのか、どうしたらいいのかわからずにつっ立っていました。キュクロプスがまたトムの方に顔を向けたときには、手に刀《かたな》を持っていました。稲妻《いなずま》を鍛《きた》えてつくった刀のようです。怪物《かいぶつ》は両手で刀を持ち上げ、トムに近づきました。トムがとっさに後《あと》ずさりしたとたん、刀から飛び出した稲妻が、トムの脇《わき》をヒュッと通り抜《ぬ》けて群衆《ぐんしゅう》に向かい、群衆からまた恐怖《きょうふ》の悲鳴《ひめい》があがりました。

次の稲妻はトムの頭の上を通り越《こ》して一軒《いっけん》の家の壁《かべ》に当たり、大音響《だいおんきょう》をあげました。キュクロプスのねらいは正確《せいかく》ではありませんでしたが、稲妻は強力で、当たると炎《ほのお》があがりました。トムは剣《つるぎ》を体の前でたてにかまえ、稲妻《いなずま》や火花を何度もはじきました。

キュクロプスが頭を持ち上げ、左右に振《ふ》ったかと思うと、ほえ声をあげました。きたならしい歯《は》がはっきり見えます。怪物《かいぶつ》はもうトムのすぐ近くにいるので、臭《にお》いがしました。火と熱い金属《きんぞく》と火花の臭《にお》いです。ジョリティは怪物の真上で輪を描《か》き、安全な距離《きょり》を保《たも》ちながら、怪物がうるさがるぐらい近くを飛びまわりました。

「トム、こいつは一つ目だから、うまく追跡《ついせき》できないんだ」ジョリティはくっついたり離《はな》れたりして飛びながら言いました。

キュクロプスは両手で稲妻の刀《かたな》を持って飛び上がりましたが、ジョリティが高く飛んで逃《の》がれたので届《とど》きません。怪物はジョリティに向かって低くうなり、歯《は》をガチガチ鳴らしました。そして、怒《いか》りのほえ声をあげて、また巨大《きょだい》な鉄床《かなとこ》に向かいました。

トムはほとんど無意識《むいしき》に、こわくて心臓《しんぞう》が破裂《はれつ》しそうになりながら、目を閉《と》じて突進《とっしん》しました。かがやく剣を振り下ろすと、何かにぶつかりました。鉄床です。

たちまち衝撃《しょうげき》がありました。爆発音《ばくはつおん》がして、雷《かみなり》のようなごう音におびえた群衆《ぐんしゅう》は、また悲鳴《ひめい》をあげて後《あと》ずさりしました。キュクロプスの鉄床《かなとこ》が真っ二つになっています。トムが目を開けると、目の前に半分になった鉄床が転《ころ》がっていました。

町の人々が歓声《かんせい》をあげました。キュクロプスが振《ふ》り向いてトムを見ました。割《わ》れた鉄床をまたぎ、稲妻《いなずま》の刀《かたな》をかまえてトムに迫《せま》ってきます。怪物《かいぶつ》が刀を振ると、刀のエネルギーでバチバチと音がして、まぶしい火花がトムのそばを飛んでいきました。火花が地面に降《ふ》り注ぎ、こぼれた油に火がつきました。あっという間《ま》に群衆《ぐんしゅう》に向かって火が走り、悲鳴をあげながらますます後ずさりしていく群衆のなかから、「火事だ！」とさけぶ声がしました。

怪物に向けたトムの剣《つるぎ》は、稲妻の刀の一撃《いちげき》であっという間《ま》に払《はら》われ、地面《じめん》を滑《すべ》っていきました。キュクロプスがまた何かわめき、トムは剣の落ちている所まで後ろ向きに走りました。怪物はトムに背《せ》を向けて、半分になった鉄床を拾い上げ、群衆に向かって放り投《な》げました。鉄床は群衆《ぐんしゅう》の頭上《ずじょう》を通り越《こ》して地面に衝突《しょうとつ》し、粉々になりました。

火の輪《わ》がトムを取り囲みました。トムは地面に置いてあった弓《ゆみ》と矢を拾い、矢をつがえてきりりと引き絞《しぼ》りました。怪物めがけて放った矢は、見事に命中《めいちゅう》しましたが、キュクロプスは虫に刺《さ》されたように振《ふ》り返っただけでした。トムは二《に》の矢を射《い》ましたが、稲妻《いなずま》の刀《かたな》で払《はら》いのけられてしまいました。弓矢《ゆみや》だけではだめなのです。トムはまた後《あと》ずさりしました。キュクロプスは群衆《ぐんしゅう》に向かってまた雷《かみなり》を落とし、稲妻を投《な》げつけました。トムはキュクロプスが火を避《さ》けていることに気がつきました。火で混乱《こんらん》しているようにも見えます。ジョリティの言うとおりだ、とトムは思いました。一つ目では距離《きょり》がわからず、怪物《かいぶつ》には何もかも平らに見えるのです。

トムは肩《かた》かけカバンからお父さんの残してくれたトゥルーハート家の布《ぬの》を取り出し、急いで二つに裂《さ》きました。半分を矢の先に結びつけ、それを火にかざすと、布に火がつきました。トムは矢をつがえてキュクロプスにねらいを定め、放ちました。炎《ほのお》は弧《こ》を描《えが》いて怪物に向かい、目の近くに命中《めいちゅう》しました。その矢が落ちて、怪物が着ている粗《あら》い革《かわ》の上着に火がつきました。キュクロプスは悲鳴《ひめい》を上げ、片手《かたて》で目をおおい、あお向けに倒《たお》れました。

すると群衆の端《はし》のほうから、もう一人の巨人《きょじん》がぬっと現《あらわ》れました。フードをかぶった大男です。でも男の顔の見える部分だけで、トムには、あのオームストーンの手下《てした》のおそろしいつぎはぎ顔の男だとわかりました。大男はキュクロプスの上着の火を消しました。トムがもう一本矢を放ちましたが、つぎはぎ顔の男が手で払《はら》いのけてしまいました。トムはまた矢を射《い》ました。群衆《ぐんしゅう》が歓声《かんせい》をあげました。キュクロプスは稲妻《いなずま》の刀《かたな》を落としました。その刀《かたな》は、石だたみに溶《と》けてなくなっていくように見えました。トムの影《かげ》がまた急に濃《こ》くなり、地面にうずくまっているキュクロプスを指さしてとがめるような形になりました。

つぎはぎ顔の男が傷《きず》ついた怪物《かいぶつ》を助け起こし、二人は一瞬《いっしゅん》並《なら》んで立ちました。二人とも同じような背丈《せたけ》と体格《たいかく》です。キュクロプスが刀を拾おうとしましたが、刀は完全に溶けてなくなり、北の国のドラゴンのような焼けたイオウの臭《にお》いだけが残っていました。

トムを囲んでいた火も消えていました。群衆は、思いもよらないキュクロプスの敗北《はいぼく》にわきかえりました。そして、「英雄《えいゆう》だ！」という声が、何度も聞こえました。だれかがキュクロプスに野菜《やさい》を投げつけると、ほかの人たちもまねしました。つぎはぎ顔の男が、自分のマントで背中《せなか》を丸めた怪物をおおってやったので、おそろしい顔がむき出しになりました。その顔を見て、群衆は息を飲みました。投げつけられた野菜が一つ、また一つと頭に当たり、前かがみになった怪物は空に向かって何かをわめきました。つぎはぎ顔の男は、ゆっくりと、キュクロプスを連れてその場を離《はな》れていきます。群衆は広場から人気《ひとけ》のない道へと去っていく二人に向かって、どなったりやじったりしました。

群衆《ぐんしゅう》がトムのまわりに押《お》し寄《よ》せました。

トムはだれかに肩車《かたぐるま》されて運ばれるのを感じました。

「この子はまちがいなく英雄《えいゆう》だ！」とだれかがさけびました。

「*ゼウスの神が送ってくださった！」と別のだれかが大声で言いました。

トムはやっとのことで地上に下り、「僕《ぼく》の友だちはどこ？」と呼《よ》びました。

カラスが降《お》りてきて肩に止まりました。

「ジョリティ、キュクロプスを助けた男を見た？」

「見たとも、トム。君は弓矢《ゆみや》でよく戦ったね」

「ごらんよ、あの鳥がしゃべっている」興奮《こうふん》した群衆の一人が言いました。

「あの鳥は男の子に応《こた》えている。さっきも二人で話しているところを見たよ」と別のだれかが言いました。「あの子は本当に神々から送られた子だ」

しばらくのあいだ、トムはまわりの興奮も何もかも無視《むし》して、ジョリティの首を指先でやさしくなでていましたが、やがてジョリティに言いました。

「さあ、行こう。もう先に進まなくちゃ」

＊鉄床《かなとこ》…鍛冶《かじ》や金属《きんぞく》加工をするときに使う台。ハンマー台。

＊キュクロプス…ギリシア神話《しんわ》に登場《とうじょう》する一つ目の巨人《きょじん》で、金属製品を作る鍛冶という技術《ぎじゅつ》を得意《とくい》とする。

＊テラコッタ…イタリア語で「焼いた土」という意味。屋根《やね》、レンガ、陶器《とうき》などに使われる素焼《すや》きの焼き物。

＊ゼウス…全宇宙《ぜんうちゅう》、全天候《ぜんてんこう》、神々、人類《じんるい》を支配《しはい》する天空神《てんくうしん》。ギリシア神話に登場する。

17

王宮《おうきゅう》での悪だくみ

オームストーン王は、いつもの邪悪《じゃあく》な笑いを浮《う》かべながら、王宮の王座《おうざ》の間《ま》を眺《なが》め回していました。宮殿《きゅうでん》の地下の暗い宝物庫《ほうもつこ》にかくしてあった金《きん》を見つけるやいなや、オームストーンは身のまわりに集められるだけの金を集めました。部屋中が、黄金《おうごん》の光とその反射《はんしゃ》で、光りかがやいています。金の皿《さら》、ゴブレット*、鏡《かがみ》、それに、部屋の真んなかのテーブルに置かれた箱に積み上げてあるのは、ドラゴンから盗《ぬす》んだ宝《たから》の金貨《きんか》です。

オームストーンが笑いを浮かべているのは、黄金が美しいからばかりではありません。兵士に命じて、ビッグ・ジャックを、前に閉《と》じこめた館《やかた》より、もっと監視《かんし》の厳《きび》しい王宮の地下牢《ちかろう》に移《うつ》してしまいましたし、じゃまなトゥルーハート家の連中《れんちゅう》も、きれいさっぱり片《かた》付《づ》けてしまう計画を、ルンペルスティルツキンといっしょに考えついたからです。オームストーンは今、一番高級な王さまのマントをまとうのに忙《いそが》しく、忠実《ちゅうじつ》なルンペルスティルツキンはその衣装《いしょう》のひだを整《ととの》えていました。

「ご主人さま、私がまたお姫《ひめ》さまたちに会えるようにするというお約束ですよ」ルンペルスティルツキンが言いました。

「いかにも、そうしてやろう」オームストーンがずるがしこく言いました。「連中《れんちゅう》をつかまえる手助けに、おまえもいっしょに行くがよい。あの兄弟は、全員、黙《だま》らせる必要がある」

「出かける前に捕虜《ほりょ》の様子《ようす》を見てくる」オームストーンはルンペルスティルツキンに、待つように、と言いつけました。

「陛下《へいか》、お早くおもどりください」ルンペルスティルツキンが呼《よ》びかけました。

オームストーンはビッグ・ジャックがつながれている地下牢《ちかろう》に下りていきました。宮殿《きゅうでん》の一番下の真んなかにある岩の牢屋《ろうや》です。鉄格子《てつごうし》の前に、妖精《ようせい》が変身したライオンが寝《ね》そべっています。オームストーンが近づくと、ライオンは頭を上げて低くうなり、体をのばしてあくびをし、牙《きば》を見せました。ジャックは岩の壁《かべ》に鎖《くさり》でつながれています。オームストーンは地下牢の格子《こうし》のあいだから、しばらくジャックを眺《なが》めていました。

「おまえの一族《いちぞく》にはがまんがならない。間《ま》もなくそのがまんにも、限界《げんかい》がくる」オームストーンは冷たくそう言いながら、親指《おやゆび》と人差《ひとさ》し指をくっ付けて「がまんも限界でこれほどの薄《うす》さだ」と、ジャックに見せました。

ジャックは何も言わず、暗い顔で牢屋《ろうや》の床《ゆか》を見つめていました。

「約束があるのでもう出かけるが」オームストーンはしゃべり続けました。「その約束で、おまえの野蛮《やばん》なばか息子《むすこ》たちも、その妻《つま》となった愚《おろ》かな姫《ひめ》たちも、ついにおしまいになるのだ」

「おお」ジャックは顔を上げ、冷静《れいせい》な目でオームストーンを見つめました。メガネの奥《おく》に鮮《あざ》やかなブルーの目がありました。「では息子たちは、とうとう結婚《けっこん》したのか。それは喜ばしい。うれしい知らせだ」

「言うことはそれだけか？」ジャックに冷静な目で見つめられて、オームストーンはうろたえながら言いました。

「そのことを、あなたはどうして知ったのですか」ジャックが静かに聞きました。

「私には私の方法がある」オームストーンが言いました。「気《き》の毒《どく》だが、おまえも一族《いちぞく》といっしょにしまつされることになる」

「しまつ？」ジャックの声が上《うわ》ずりました。

「なにしろここは『神話《しんわ》と伝説《でんせつ》の島』だ」オームストーンが言いました。「氷《こおり》の地と灼熱《しゃくねつ》の地、血と土の国、いにしえの信仰《しんこう》と物語の国だ。おう、その上、すばらしく不幸な物語の国でもある。血の犠牲《ぎせい》もあるだろうし、なくてはならない。私が必要とすることを完全に満たしてくれる物語が一つある。その物語の結末《けつまつ》はどうなることか」

「もちろん、ここには英雄《えいゆう》もいる」ジャックが言いました。

「私なら、そんなものはあてにしないね」オームストーンが言いました。「だれのことを考えているのかね？　あのちびのトムぼうやかね？」オームストーンは例のゾッとするような笑い声をあげ、見張《みは》りのライオンもそれに合わせてほえました。ジャックは耳をふさいだので、牢屋《ろうや》の扉《とびら》がガチャンと閉まる音は聞こえませんでした。

オームストーンがいなくなってから、ジャックは床《ゆか》に座《すわ》り、ポケットからねじった紙をいくつか取り出して、小さな布《ぬの》の袋《ふくろ》といっしょに、岩のすき間《ま》に押《お》しこみました。

オームストーンが牢屋《ろうや》の扉《とびら》を閉めたとき、だれかの声がまわりの壁《かべ》に響《ひび》きました。

「ご主人さま、急いでください」

「なんと無礼《ぶれい》な言い方だ」オームストーンは怒《おこ》って、階段《かいだん》の上に向かってさけびました。

「お許《ゆる》しください、陛下《へいか》、王さま、我《わ》が君」ルンペルスティルツキンの声です。「水平線《すいへいせん》に帆影《ほかげ》が見えるという報告《ほうこく》が入ったものですから。私がたくらんだとおり、見事に航路《こうろ》をそれた海賊船《かいぞくせん》が、間《ま》もなくやってきます」

「おとぎ工房《こうぼう》の手紙を、『ベンボウ提督《ていとく》の宿《やど》』にいる『カギ手』*の海賊船長に送るというのは、おまえのずるがしこい考えだった。妖精《ようせい》の金一粒《ひとつぶ》が、悪党《あくとう》の手に渡《わた》れば――受け取ればの話だが――わいろの効《き》き目はたいしたものにちがいない。悪党が海図《かいず》に小細工《こざいく》すれば、義足《ぎそく》の海賊の方はだまされて、連中《れんちゅう》をまっすぐここに連れてくる……。まもなく連中は、私の思いどおりに動くことになる。兵隊たちは持ち場についているな?」

「そのはずです、王さま。それで、私はもうすぐお姫《ひめ》さまたちに会えるのですね?」ルンペルスティルツキンは子犬のような顔でオームストーンを見上げました。

「では、港に行く。ついてこい。そんな顔で私を見るな。気持ちが悪い」オームストーンは木の精《せい》のわきをサッと通り抜《ぬ》け、小さな木の精は、ご主人さまのあとから、大理石《だいりせき》の廊《ろう》下《か》を小走りについて行きました。

「陛下《へいか》、教えていただきたいのですが」ルンペルスティルツキンは話題を変えようと必死《ひっし》になって言いました。「陛下、いえ、王さま、キュクロプスのやつは、そとに出てどうしているでしょうか」

「わなだよ。勇敢《ゆうかん》なちびの英雄《えいゆう》をとらえるわなとして役《やく》に立つ」オームストーンは残忍《ざんにん》な笑い声を上げました。

「それに、王さま、じゃまなやつらを片付《かたづ》けるのにも、いい方法ですね」

「おう、まさにそうだ」オームストーンが言いました。

二人は、王宮からジリジリ照りつける太陽の下に出ました。「ああ、ここはなんて暑いんだろう。北の国の青々とした冷たい松の森が恋《こい》しい」ルンペルスティルツキンは、低い声でぶつぶつ言いました。

衛兵《えいへい》隊長のアドルフォスが二人に敬礼《けいれい》し、王宮からそとに出る階段《かいだん》を、並《なら》んで下りました。三人は日の照る細い道を、港に向かいました。通りにはだれもいません。王さまとお付きの二人が町を通り過《す》ぎるあいだ、ときどき窓《まど》のシャッターがキーッと開く音がしたり、バルコニーの植木《うえき》の大きな葉が横にずれたりしました。町の人々は安全な家のなかにかくれて、黙《だま》って見守っているのです。何かが起こりそうだと、息をひそめています。おそろしいことが起こりそうなのです。

＊ゴブレット・・・台付きの大きなコップのこと。

18 海賊船《かいぞくせん》、現《あらわ》れる

港にはものものしく武装《ぶそう》した兵隊がおおぜい、建物や波止場《はとば》の物陰《ものかげ》にかくれています。

「国王陛下《へいか》、ごらんのとおり、兵の準備《じゅんび》はできております」アドルフォスがオームストーンに一礼《いちれい》して言いました。「船の帆《ほ》が見えますでしょうか。一隻《いっせき》だけですが、変わった形の船です」

衛兵隊長《えいへいたいちょう》が指さした方向に、三本マストの船が見えました。どくろと交差した二本の骨《ほね》の印が付いています。

「あの船の船長は、かなり航路《こうろ》をそれてしまったようだな」オームストーンがにやりと笑いながらルンペルスティルツキンに言いました。「連中《れんちゅう》はきっとびっくりぎょうてんすることだろう。着いた港が自分たちの思っていた所とちがうとわかったときの、連中の顔を見るだけでも、あの『カギ手』の海賊《かいぞく》にわいろを払《はら》ったかいがあるというものだ。ここは連中の目指《めざ》していた港とはちがうのだからな」

「ちがいますとも、国王陛下《へいか》。そのほうがいいのです」ルンペルスティルツキンが言いました。

船の脇腹《わきばら》からまぶしい炎《ほのお》が噴《ふ》き出し、雷《かみなり》のような音がしたと思うと、巨大《きょだい》なカギ爪《づめ》で空気が引き裂《さ》かれたような音がして、大きな煙《けむり》がわき上がりました。

「伏《ふ》せろ！」とオームストーンがさけびましたが、衛兵《えいへい》隊長は突《つ》っ立ったままで、上を通り過《す》ぎた大砲《たいほう》の弾丸《だんがん》が、木造《もくぞう》の屋根《やね》を砕《くだ》き、粉々になった木端《こっぱ》が空中に飛び散るのを、ぼう然《ぜん》と見ていました。

「あれは何と言う武器《ぶき》ですか？」隊長は衝撃《しょうげき》を受けて、おそれおののきながら言いました。

「おお、ゼウスの神よ。あれは神々の送った火にちがいない」隊長は両ひざをついて、息も絶《た》え絶《だ》えに言いました。「あいつらは、いつもの海賊《かいぞく》とはちがう」

「気にするな。かくれろ」オームストーンが言いました。

大砲のおどしは、それきりでした。船は港に入り、見るからにおそろしげな船員たちが上陸《じょうりく》してきました。汚《きたな》らしいならず者や、荒《あら》くれのごろつきたちです。みんなが、まわりの建物を見て、けげんそうな顔をしています。荒くれたちの頭《かしら》は、片目《かため》に眼帯《がんたい》をした義《ぎ》足《そく》のむさくるしい男で、肩《かた》には鮮《あざ》やかな色のオウムを止まらせています。「野郎《やろう》ども、落ち着け。見慣《みな》れない場所だが、たっぷりちょうだいできそうだぜ」頭が大声で言いました。船員たちは、火打石銃《ひうちいしじゅう》やカトラス短剣《たんけん》、短刀《たんとう》、火縄銃《ひなわじゅう》などの武器《ぶき》を体の前でかまえて、おどしながら、港の入り口のなめらかな石だたみを進んできました。

「だーれもいねえじゃねえか」両耳に金の耳輪《みみわ》をした海賊《かいぞく》が言いました。「ゴーストタウンだ」別の一人が言いました。海賊たちは一かたまりになって立ち止まり、宮殿《きゅうでん》に続く上《のぼ》り坂の両側に並《なら》ぶ立派《りっぱ》な大理石《だいりせき》の建物を眺《なが》めました。何もかもが壮大《そうだい》で、太陽の光でまばゆい白さにかがやいています。

そのとき、ドラムが打ち鳴らされ、大きな低音が石の建物のまわりに鳴り響《ひび》きました。甲高《かんだか》い狩《か》り用のホルンの音がそれに応《こた》えて、古代《こだい》のファンファーレを荒々《あらあら》しく吹《ふ》き鳴らし、そのあとにドラムの音がまたとどろきました。それから、建物の影《かげ》がいっせいに動き出したかのように、突然《とつぜん》、武装《ぶそう》した大軍《たいぐん》が海賊たちを取り囲み始めました。港いっぱいに広がった軍《ぐん》は、刀《かたな》や槍《やり》を持ち、かぶとや胸当《むねあ》てをキラキラさせて、だんだん囲みを縮《ちぢ》めてきました。

「野郎《やろう》ども」義足《ぎそく》の頭《かしら》が、金歯《きんば》をぎらつかせて言いました。「わけがわかんねえが、どうやら航路《こうろ》を外《はず》れっちまったらしい。相手はおおぜいだが、根性《こんじょう》を見せろ……ウガァ」

頭《かしら》はカトラス短剣《たんけん》を振《ふ》り上げ、船員の一人が武装兵士に向かって火縄銃《ひなわじゅう》を発射《はっしゃ》しました。お返しに、明るくつややかな青い空のどこからともなく、矢が雨あられと降《ふ》ってきました。海賊《かいぞく》たちは地面に伏《ふ》せ、おそろしさにますます身を寄《よ》せ合いました。一方、槍《やり》や盾《たて》を持った兵士たちは、トランペットとドラムの音に合わせて行進し、着々と囲みを縮めていきました。

「野郎ども、武器《ぶき》を捨《す》てろ」義足の頭が言いました。「多勢《たぜい》に無勢《ぶぜい》だ」

荒《あら》くれの海賊たちはブツブツ言いましたが、たちまち全員が、刀《かたな》や槍をつきつけられて、武装した古代《こだい》の軍隊の猛々《たけだけ》しい兵士たちと向かい合うことになりました。

オームストーンは港に入る広場を横切り、堂々《どうどう》と歩いてきました。王さまが通り過《す》ぎるときに、兵士たちは、波がくずれるようにいっせいにおじぎをしました。オームストーンはおじけづいた海賊《かいぞく》たちの前に立ち、「立て」と言いました。海賊たちはおずおずと立ち上がり、こわごわあたりを見回しました。「私はこの国の王である」オームストーンが言いました。それからしばらく黙《だま》っていましたが、ひげぼうぼうの汚《きたな》らしい海賊たちからはほとんど反応がありません。

「ひかえよ。おまえたちはいやしい海賊で、我《わ》が宮殿《きゅうでん》の宝《たから》を奪《うば》いに来たのだな。まちがいあるまい」

「ここがどこかもわかんねえんだぜ。目的地はここじゃねえ。俺《おれ》たちゃ、スペインの港を目指《めざ》してたのよ。そいつはまちげえね

え」海賊《かいぞく》の頭《かしら》が言いました。

「海賊がやってくることはわかっていた。おまえたちは海賊で、海賊は常《つね》に宝《たから》を盗《ぬす》むものと決まっている」

「いつもじゃねえぞ」義足《ぎそく》の頭が言いました。「ときにはうもれたお宝を掘《ほ》り出して、持ち主に返してやる。だいたい、だれに向かっていやしい海賊呼《よ》ばわりしてるんだ?」

「もちろん、おまえたちのことだ」オームストーンが言いました。「うもれた宝とな?」

「そうよ、ドブロン金貨《きんか》やペソ銀貨《ぎんか》のことよ」頭がけげんそうな顔をしました。

肩《かた》に止まった鮮《あざ》やかな色の鳥が、「ペソ銀貨、ペソ銀貨」とさけびました。

「おまえに一つだけ選ばせてやろう」オームストーンが言いました。

「何と何だ?」

「一つは死……」オームストーンは取り囲んでいる兵士たちを指さしながら言いました。

「もう一つはドブロン金貨だ」

取り囲んだ兵士たちが、金属《きんぞく》の音を響《ひび》かせて、鋭《するど》い刃《やいば》を海賊たちののど元《もと》に近づけました。

義足《ぎそく》の頭《かしら》は、手下《てした》たちを見てくり返しました。「聞いたか、野郎《やろう》ども、アー？　俺《おれ》たちに選べとよ。金貨《きんか》か死か、どっちかだ」

「選択《せんたく》じゃねえな」手下の一人が言いました。

「ペソ銀貨《ぎんか》」鮮《あざ》やかな鳥がさけびました。

「王さま、ありがとよ。よーく考えたすえ、俺たちは金貨の方をとる。もっとも、誇《ほこ》れるこっちゃねえ。おまえさんは知らんだろうが、俺たちにも守るべき掟《おきて》ってもんがあるんだ」

「そうだろうとも」オームストーンが言いました。「かしこい選択だ。まさに。さあ、宮《きゅう》殿《でん》まで護衛《ごえい》付きで来るがよい。そして、私の言うことを、よーく聞くのだ」

19 めでたし めでたしの島

日が沈《しず》みかかり、海は温かく静かでした。ラプンツェル、シンデレラ、ジニア姫《ひめ》、眠《ねむ》り姫、白雪姫《しらゆきひめ》、そして長男ジャックの妻《つま》のジル（悪い魔法《まほう》で荷車《にぐるま》引きの馬に変身させられていたことがありました）の六人は、「めでたし めでたしの島」の海辺《うみべ》を散歩《さんぽ》していました。さざ波が泡《あわ》をたてて、白くやわらかな砂《すな》を洗《あら》う波打《なみう》ち際《ぎわ》を、片手《かたて》に美しい結婚式用《けっこんしきよう》の靴《くつ》を持ち、もう一方の手で日よけのパラソルをさして歩いています。暖《あたた》かな夕方です。お姫さまの夫たち、冒険家《ぼうけんか》のトゥルーハート兄弟は、一列に並《なら》んで座《すわ》り、美しいあこがれの花嫁《はなよめ》たちを誇《ほこ》らしげに眺《なが》めています。ジャックがジルに手を振《ふ》ると、ジルは小さなかわいい靴を振って応《こた》えました。

「馬の蹄鉄《ていてつ》とはちがうでしょうね」ジニア姫がジルの靴に向かってうなずきながら、いたずらっぽく言いました。

「ほんとうに」ジルは自分がほかの花嫁たちとちがって、お姫さまでないことに、まだひけ目を感じていました。

「パカ、パカ」白雪姫《しらゆきひめ》が言いました。「パカ、パカ」

「まあ、みなさん、ジルをいじめちゃだめじゃないの」ラプンツェルはそう言いながら、目を細めてまぶしい海の向こうを見ました。黒い船の影《かげ》が、急速《きゅうそく》に近づいてくるのが見えます。「あれは何？」ラプンツェルが言いました。

「私の目にまちがいじゃなければ」白雪姫が言いました。「海賊船《かいぞくせん》じゃないかしら」

「そんなはずはないわ」眠《ねむ》り姫が言いました。「『めでたし めでたしの島』のそばですもの」

花嫁《はなよめ》たちは足を止めて、パラソルの下から海のかなたを見ました。船はどんどん海岸に近づいてきます。もう疑《うたが》う余地《よち》はありません。一番高いマストにはためいている大きな黒い帆《ほ》に、白いどくろと交差した骨《ほね》がくっきりと見えます。船は今にもパラダイス・ビーチに横付けしそうです。

兄弟のなかで、長男のジャックが最初に船に気がつきました。ジャックは立ち上がり、海を指さして言いました。「おかしいぞ。あんなに大きな古い海賊船が、この海岸に向かってくるなんて」

「まったく、おかしい」ジャコットが言いました。「それになんと、俺《おれ》たちは武器《ぶき》が何もない」

「船はまっすぐ俺たちに向かって、この海岸を目指《めざ》しているぞ」ジャクソンが言いました。

「気に入らないな」ジャッキーが言いました。

「同感だ」ジェイクが言いました。「そんなことは起こるはずがない。ルール違反《いはん》だ」

「それじゃ、ぐずぐずするな」じゃっくが言いました。

兄弟はいっせいに立ち上がって、白い砂《すな》を煙《けむり》のようにまい上げながら、砂浜《すなはま》をかけ下りました。花嫁《はなよめ》たちと合流《ごうりゅう》するやいなや、ジャッキーが言いました。「だれか一人城《しろ》にもどって、武器を取ってきた方がいいんじゃないか?」

「もう遅《おそ》いわ。ほら」ラプンツェルが船を指さして、ため息交じりに言いました。

海賊船《かいぞくせん》は、電光石火《でんこうせっか》の勢《いきお》いで、もう浅瀬《あさせ》に錨《いかり》を下ろしていました。ひげもじゃの海賊たちが、舳先《へさき》に立って火縄銃《ひなわじゅう》やピストルをトゥルーハート兄弟と花嫁たちに向けています。

それよりもっとおそろしげな武装《ぶそう》した海賊たちが、海辺に降《お》りて波を泡《あわ》だてながら迫《せま》ってきます。

トゥルーハート兄弟は、もろ手を挙げて降参《こうさん》するか、戦うか、どっちかです。

ジニア姫《ひめ》がパラソルをパチンと閉《と》じて、突然《とつぜん》ワーッとさけびながら、勇敢《ゆうかん》に水際《みずぎわ》を突進《とっしん》していきました。レースのパラソルを剣《つるぎ》のようにかまえています。ほかの花嫁《はなよめ》も、パラソルを武器《ぶき》にして、あとに続きました。

兄弟たちも突《つ》っこみました。波打ち際《ぎわ》は大混戦《だいこんせん》です。花嫁たちは海賊《かいぞく》に猛然《もうぜん》とおそいかかり、パラソルでたたきのめし、バンダナをかぶった頭《あたま》をなぐりつけ、金の耳輪《みみわ》を引っ張《ぱ》り、カトラス短剣《たんけん》をかわしたり払《はら》いのけたりしました。海賊たちはあっけにとられました。反撃《はんげき》を受けるとは思っていなかったのです。ましてやお姫

さまたちです。屈強《くっきょう》な兄弟たちは、十分《じゅうぶん》休んで元気いっぱいでしたから、たちまち数人の海賊《かいぞく》を、大きなこぶしで水際《みずぎわ》にぶっとばしました。

「これでも食らえ、小汚《こぎたな》い悪党《あくとう》め」大きな金の耳輪を数本つけた海賊をたたきのめしながら、ジャックがさけびました。

船からだれかがさけびました。「野郎《やろう》ども、いいか、殺すなよ。生《い》けどりにしろってぇお望《のぞ》みだ」

ジャックが自分をおさえていた海賊を振《ふ》り払って船を見上げると、声の主《ぬし》は、肩《かた》に鮮《あざ》やかな鳥を止まらせ、片腕《かたうで》に松葉杖《まつばづえ》を抱《かか》えていました。兄弟も花嫁《はなよめ》たちも、しばらくのあいだ、力の限り勇敢《ゆうかん》に戦いました。花嫁たちはパラソルを振り回し続けましたが、なにしろ武器《ぶき》がなくてはかないません。とうとう海賊たちは、兄弟と花嫁たちをおさえつけて、海岸に一列に並《なら》ばせました。海賊たちは、やすやすとそうしたわけではありませんでした。何人かは傷《きず》ついた頭《あたま》をさすっていましたし、なによりもプライドが傷つきました。パラソルしか持っていないサマードレスを着た若《わか》い女性にたたきのめされたのですから。

間《ま》もなく、義足《ぎそく》の海賊の頭《かしら》が、松葉杖をつきながら波打ち際《ぎわ》を歩いてきました。肩に止まったオウムが、「ペソ銀貨《ぎんか》、ペソ銀貨」とさけびました。そのときジャックは、頭《かしら》の後ろから歩いてくる小さな姿《すがた》に気がつきました。くしゃくしゃな頭《あたま》に木の葉のリースをかぶり、曲がった小さな棒《ぼう》を持っています。

「なんてこった」ジャックが言いました。「なるほどそうだったのか」

「何が?」おそろしげな海賊《かいぞく》から逃《のが》れようともがきながら、ジルが聞きました。

「あいつが関係しているにちがいない」ジャックは、小さな木の精《せい》の方を向いてうなずきました。

お姫《ひめ》さまたちがいっせいに息を飲みました。「ルンピー、あなたなの?」ジニア姫がさけびました。

「ルンピーはどうでもいい」頭《かしら》が言いました。「俺《おれ》たちはおどされて、海賊の誇《ほこ》りに反しておまえたちをつかまえに来た。おまえたちの古い知り合いのところに連れていく」

「オームストーンのやつだ」ジャッキーが言いました。

「ウガァ、そいつだ。王さまよ」頭が言いました。「おめえたちを連れて帰らんと、人質《ひとじち》に残してきた俺のかわいい手下《てした》どもの半分がしばりあげられて、しばり首になって港の桟《さん》橋《ばし》からぶら下がる」それから頭はルンペルスティルツキンに合図《あいず》しました。「さあ、やってくれ」

ルンペルスティルツキンは、愛するお姫《ひめ》さまたちが、美しいサマードレスを着て一列に並《なら》んでいるのを見て、うれしくてボーッとしていましたが、そこで杖《つえ》を上げました。でも、とまどって、杖がふるえました。

そのわずかなすきに、ジャックは自分を押《お》さえつけていた小がらな海賊《かいぞく》を振《ふ》り切り、殺《さっ》気立《きだ》った目つきで、よろけながら波打ち際《ぎわ》を前に進みました。そしてルンペルスティルツキンに向かって両腕《りょううで》をのばしましたが、つかまえる前に、あっという間《ま》に鉄の手錠《てじょう》と鎖《くさり》が手首と足首にバチンとはまり、ジャックは波打ち際にばったり倒《たお》れてしまいました。その直後に、兄弟たちも花嫁《はなよめ》たちも同じように鎖でつながれてしまいました。

「まだこりないのね」ラプンツェルが鎖《くさり》につながれた手を振り上げてルンペルスティルツキンに向かってさけびましたが、木の精《せい》は黙《だま》って答えません。ただほほ笑んで、恥《は》ずかしそうにマントのえりに首を引っこめました。トゥルーハート兄弟は海賊に押《お》したり引いたりされながら波打ち際《ぎわ》を歩き、海賊船《かいぞくせん》の下に集められて、不自由な手足で縄《なわ》ばしごを上《のぼ》り、甲板《かんぱん》に出ました。

ぬれてボロボロになった兄弟は、甲板に一列に並《なら》ばせられました。「ここは神聖《しんせい》な『めでたし めでたしの島』だ。おまえたちはここを侵略《しんりゃく》することはできない。すぐに俺《おれ》たちを解放《かいほう》しろ」ジャコットが大声で言いました。

「あの王さまにゃあ、おめえたちのルールも俺たちのルールも通用しねえ」海賊《かいぞく》の頭《かしら》が言いました。「俺も後味《あとあじ》が悪い。俺たちゃ海賊だが、こいつは汚《きた》ねえ仕事だ。なんの誇《ほこ》りもねえ。ウガァ」

「ペソ銀貨《ぎんか》、ペソ銀貨」頭の肩《かた》のオウムが言いました。

「しかしだ。金貨《きんか》がかかってる。それに俺のかわいい手下《てした》の命もな。あの王さまは、手下を何人も人質《ひとじち》に取りやがった。俺たちゃ手も足もでねえ。さあ、こいつらを下に連れて行け。あの港にもどるぞ」頭《かしら》が言いました。

「どこの港なの?」シンデレラが聞きました。

「『神話《しんわ》と伝説《でんせつ》の島』だ」ルンペルスティルツキンが小さな声で答えました。「かわいそうな美しい人、ここからずっと遠いところなんだよ」

20 怪物《かいぶつ》を退治《たいじ》して

トムはかつぎ棒《ぼう》を肩《かた》にのせて群衆《ぐんしゅう》から離《はな》れかけました。もうお父さんを探《さが》しにいかなければなりません。興奮《こうふん》した町の人たちは、トムに感謝《かんしゃ》してまわりに群《む》らがっていましたが、ようやく行く手を開けました。女の人が一人、トムの前に出てきました。

「あなたは、あのおそろしい怪物《かいぶつ》から私たちを救《すく》ってくれたわ」女の人が言いました。

「あいつを打ちのめしてやっつけた英雄《えいゆう》よ。あなたは本物の英雄だわ」

群衆が口々に「そうだそうだ」と言いました。

「君はキュクロプスから俺《おれ》たちを救った」別の声が興奮して言いました。

「そうだ、キュクロプスからだ」もう一人がくり返し、群衆が歓声《かんせい》をあげました。

「あんたが打ち負かしたあのおそろしい怪物は、あんたがいなかったら、俺たちの小さな町を破壊《はかい》していただろう」また別の人が言いました。

「英雄《えいゆう》だ」後ろから、またその後ろから声が上がりました。そして全員が「英雄だ」とさけびました。トムは群衆《ぐんしゅう》のなかを通り抜《ぬ》けようとしました。

「待ってくれ」だれかが呼《よ》びかけました。

トムはかまわず歩き続けました。みんながトムの肩《かた》をたたき、口々に「英雄《えいゆう》だ」とくり返しました。トムはやっとそこを通り抜けましたが、そのときまた男の人が呼びかけました。

「ここにとどまって、私たちの英雄になってくれないかね?」

「いいえ、すみませんが、それはできません」トムが答えました。「僕《ぼく》は英雄でも何でもありません。ただの少年冒険家《ぼうけんか》です。行方不明《ゆくえふめい》の父《ちち》を一生懸命《いっしょうけんめい》に探《さが》しているんです」

群衆は割《わ》れるような歓声《かんせい》をあげ、トムとジョリティはだれかの肩にかつぎ上げられました。ジョリティはトムの肩にしっかりつかまっていました。しばらくのあいだ、群衆は何度も歓声をあげながら、町を練《ね》り歩きました。

ジョリティはとうとうトムの肩から飛び上がり、日の光を受けながら、群衆の上をぐるりと飛びました。おそろしいつぎはぎ顔の男も怪物《かいぶつ》の姿《すがた》も見当《みあ》たりません。

「君は冒険家で、本当の英雄だ」トムをたたえる一人が言いました。

ジョリティがもどってきてトムに言いました。「さあ、トム、行こう。もう出発しなくちゃ」

「お若《わか》い英雄《えいゆう》、どうぞ私の館《やかた》に泊《と》まってくださいい。お祝《いわ》いのごちそうを召《め》し上がってください」群衆《ぐんしゅう》の一人が進み出て言いました。

「残念《ざんねん》ですが、それはできません。この先の都に用事があって、とても急ぐんです。あの町までどのくらいかかりますか?」トムが言いました。

「歩けば、少なくとも二日二晩《ふつかふたばん》かかります」さそった男の人が言いました。「それに、忠《ちゅう》告《こく》しておきますが、あの都までの道沿《ぞ》いには危険《きけん》が待っています」

「僕《ぼく》たちはもう十分《じゅうぶん》に危険な目にあいました。ご忠告、ありがとうございます」

トムはかつぎ棒《ぼう》を持ち上げました。

「お若い英雄、私たちを助けてくださって、本当にありがとう」男の人が言いました。

「あなたはどこから来たのですか?」

「僕は冒険一家《ぼうけんいっか》のトム・トゥルーハートです。『おとぎの国』から来ました」

「『おとぎの国』ですって?」男の人はけげんそうな顔をしました。「正直言うと、そんな国の名は聞いたことがありません。エペソスよりむこうですか？　フリギアの北の方でしょうか、それともスパルタの南の方でしょうか？」

「僕《ぼく》、そんな名前を聞いたことがありません」トムが言いました。

「どうやら我々《われわれ》は別々の世界に属《ぞく》しているようです」男の人が言いました。「あなたをよく見ると、着ているものも変わっている。このあたりの羊飼《ひつじか》いやヤギの番人《ばんにん》よりも質素《しっそ》な服なのに、すばらしい剣《つるぎ》を持っていらっしゃるようですね」

「トム」ジョリティが呼《よ》びかけました。「質問が多すぎるよ」そしてジョリティは、首をかしげてうなずいて見せました。

トムはその意味がわかりました。もう少し警戒《けいかい》したほうがよいと言っているのです。親切だからといって、だれでも信用してはいけないのです。とくにいろいろ聞きたがる人は。

「僕たちはもう行かなければなりません」トムは群衆《ぐんしゅう》に背《せ》を向けました。お別れに手を振《ふ》ると、また歓声《かんせい》があがりました。ジョリティは空中にまい上がり、先を飛びました。トムはかつぎ棒《ぼう》をさっそうと肩《かた》にのせて、町から出て行く道を歩き始めました。

*

＊エペソス、フリギア、スパルタ……古代《こだい》ギリシア時代に建設《けんせつ》され、商業都市《しょうぎょうとし》として繁栄《はんえい》した都市国家《としこっか》。

21 かがやく星空の下で

トムとジョリティは日暮《ひぐ》れまで歩き続けました。ここでは夜は一気に暗くなるのです。トムの故郷《こきょう》では、夕暮《ゆうぐ》れ時《どき》が長いのですが、この国ではそれがほとんどありません。夜空には雲一つなく、星がいっぱいです。家にいたときは、星とか星座《せいざ》にあまり気がつきませんでした。「おとぎの国」の空は、霧《きり》やもやがかかっていたり、厚い雲でおおわれたりしていることが多いので、夜空もぼんやりしていて星が見えないのです。暖《あたた》かい夜の道を歩きながら、トムは空を見上げて感激《かんげき》していました。なんてたくさんの星でしょう。真っ暗な空に、何千という、ピンでつついたような小さな光が、キラキラかがやいています。

「ねえ、ジョリティ、星がいっぱいだ。こんなにたくさん、こんなにはっきりと星が見える夜空なんて、僕《ぼく》、初めて見た」

「うん、すごいね、トム。ほら、星明かりだけで道が見える」

「それに、星がいろんな形を作っているんだ」トムが言いました。

「ほんと？」ジョリティが聞き返しました。

「うん。僕《ぼく》の指さしてる先を見てごらん。あそこの星の群《む》れは、*クマみたいに見える。わかる？」

「僕には見えないけど」

「見えるよ。もう一度よく見て。クマの頭がこっちを見下ろしていて、あの一直線に並《なら》んだ星がクマの背中《せなか》。あそことあそこにクマの脚《あし》が見えるよ」トムはもう一度空を指さしました。

「シセロが、星の群れに、昔の物語に出てくる英雄《えいゆう》の名前を付けたって言ってた」ジョリティがくちばしを空に向けながら言いました。「うーん、やっぱりクマには見えない。馬かな」

「昔の物語って？」トムが聞きました。

「伝説《でんせつ》とか神話《しんわ》とか、この国の物語のことだと思うよ」ジョリティが答えました。

「それじゃ、あのドラゴンとか、大オオカミのフェンリールなんかが、空のどこかで星になってるね。それにあのおそろしい怪物《かいぶつ》のキュクロプスも」トムが言いました。

「シセロが言ったのは、たぶん英雄《えいゆう》とか、神さまや女神《めがみ》たちのことだと思うよ」ジョリティが言いました。

「僕《ぼく》の父さんのビッグ・ジャックみたいな英雄かな。星座《せいざ》に父さんの名前をつけると思う？」

「そうするかもしれないね。もしかしたら、トム、君の名前をつけるかもしれないよ。君がお父さんを助けて家に連れて帰ったらね。そうしたら、本当にいい物語になるもの」

「ああ、僕、絶対《ぜったい》に父さんを連れて帰る」トムが言いました。

二人は道ばたで休むことにしました。屋根《やね》なんかいりません。暖《あたた》かな夜、物語の秘《ひ》められた星空の下で、トムは明るい星の群《む》れを結んで、英雄たちの姿《すがた》をたくさん思い描《えが》きながら、やがて眠《ねむ》りに落ちました。

＊クマ…ここでは、星座《せいざ》の「大ぐま座」のことを話している。

22
おいはぎにおそわれて

トムとジョリティは、太陽が熱くなりすぎる前に早々と出発しました。

トムは考えごとに没頭《ぼっとう》し、ジョリティは空高く飛んでいましたが、そのとき森の陰《かげ》から荒《あら》っぽい格好《かっこう》の男たちが出てきて道をさえぎりました。

トムは気づかずに、男たちにぶつかってしまいました。

「あわてるんじゃねえ」野太《のぶと》い声がしました。

トムはよろけて後ろに下がり、まわりを取り囲んで道をふさいでいるごろつきどもに、やっと気がつきました。男たちが前後左右から迫《せま》ってきます。ジョリティがそっとまい降《お》りてきて、近くの木に止まったのがちらりと見えました。

あたりは静かで、セミの鳴き声と、熱風《ねっぷう》に木の葉がそよぐ音だけが聞こえます。

しばらくして、トムがぶつかった男が口を開きました。「小僧《こぞう》、そんなに急いでどこに行くんだ?」

トムは一歩下がって言いました。「都に行く途中《とちゅう》です。さあ、道を開けてください」

「さあな。通してやれるかどうか。通行税《つうこうぜい》をちょうだいしないとならねえ。そのカバンのなかに何が入っているやら、棒《ぼう》の先にぶら下げているばかばかしいやつに何が包んであるやら。とにかく全部よこしな」

「それはできません」トムが言いました。

「できないのか、しないのか？」男が言いました。

「両方です」トムは自分でも驚《おどろ》きながら、挑《いど》むように言いました。

男は腰《こし》の刀《かたな》を抜《ぬ》き、同時にまわりの男たちもチャリンと刀を抜きました。

「おいおい、おいはぎだな」トムが言いました。

「お利口《りこう》なぼうやだ」男は大声を上げて笑い、ほかの男たちもそれにならいました。

「それで、小僧《こぞう》、おいはぎは何をするのかな？」

「知らないよ」トムはびくびくしながら、できるだけゆっくりと誕生祝《たんじょういわ》いの剣《つるぎ》の柄《つか》に手をのばしました。羊飼《ひつじか》いのドルコンの言ったとおりです。都までの道は危険《きけん》でした。

「それじゃ、小僧、おいはぎが何をするか、教えてやろう」男が言いました。「道ばたで礼儀《れいぎ》知らずの小僧《こぞう》に出会う。おまえみたいなやつらだ。そういう無礼《ぶれい》な小僧たちを暗がりに引っ張《ぱ》っていって、さびた斧《おの》やなまくらの小刀《こがたな》で、ゆっくり切り刻《きざ》んで、鍋《なべ》に入れて料理して、朝食にする。それがおいはぎのやることだ」

トムのような少年に、どんなにおそろしいことが待ち受けているかを、身の毛もよだつ言い方《かた》で説明したことに満足して、おいはぎはニヤリと口が裂《さ》けたように笑いました。おいはぎがトムに顔を近づけてよく見ると、トムは額《ひたい》から滝《たき》のように汗《あせ》を流していました。

「おいおい、このちびを見ろよ。もう料理されてるみたいだぜ。湯加減《ゆかげん》はどうだね、ぼうや？　さあ、お宝《たから》を渡《わた》せ」

「宝なんかない」トムが言いました。

「それはこっちが決めるこった。さあ、全部出せ」

トムはしぶしぶカバンの中身を道に広げました。たいしたものはありません。ファフニールからもらった、オオカミの毛皮《けがわ》付きのマントがたたんであり、あとは食べ物のくずと地図だけです。

おいはぎは荷物《にもつ》に近づいて、分厚《ぶあつ》いマントを突《つ》っつき、刀の先にひっかけて振《ふ》りました。

「見てみろ、あったかそうな冬のマントだ。こんな寒い朝に、こいつを着てないとは残念《ざんねん》だなあ、え、小僧《こぞう》」おいはぎがトムを見ると、焼けるような太陽の下で、ふるえながらますます汗《あせ》を流していました。おいはぎは大声で笑い、ほかの男たちもそれに続きました。

「小僧、こいつを着た方がよさそうだ。少しはあったかくなる。さあ、着ろ」おいはぎはマントをトムの足元《あしもと》に落としました。「もうおまえは料理され始めたんだから、続けようじゃないか」

トムはしぶしぶ重いマントを拾い上げて、厚い毛皮のえりを首のところで結びました。

「だいぶ楽になっただろう、え?」おいはぎは、暑苦しそうなトムを見てクスクス笑いながら言いました。

トムはマントの下で、刀《かたな》の柄《つか》に手をかけることができました。

「オオーッ、見ろよ、つぼだ。水か、もっと強いもんかな?」おいはぎの頭《かしら》らしい男は、石のつぼを取り上げて、明るい日の光にかざしました。そのとき、ジョリティが空からまい降《お》りてきて、おいはぎの分厚《ぶあつ》い手からジンジャービールのつぼをさらいました。

時《とき》を逃《のが》さず、トムは暑苦しい毛皮《けがわ》のマントの下から突然剣《とつぜんつるぎ》を抜《ぬ》き出しました。明るい光のなかで、剣《つるぎ》は鏡《かがみ》のようにかがやきました。おいはぎの頭《かしら》はたじたじと後《あと》ずさりし、大声で言いました。

「やっちまえ」頭が刀《かたな》でトムに切りつけましたが、マントではね返されました。トムが剣で払《はら》いのけると、頭の刀は、ヤギのチーズのように簡単《かんたん》に切れてしまいました。

「な、なんだ……」頭はびっくりぎょうてんして、毛むくじゃらの手に残った折れた刀を見ました。

マントのなかはとても暑かったのですが、トムの腕《うで》はエネルギーであふれ、力を感じていました。最初の攻撃《こうげき》の結果を確《たし》かめる間《ま》も置かず、トムはすぐ横にいた別のおいはぎに切りつけました。トムの剣で斧《おの》の柄《え》を

すっぱり切られたおいはぎは、すばやく手斧《ておの》でトムの肩《かた》をおそってきましたが、マントにはね返されてしまいました。トムは何も感じず、無傷《むきず》でした。おいはぎたちが何度も切りつけましたが、たちまち全部マントではね返されました。トムはおいはぎたちの囲みに切りこみ、剣《つるぎ》でおいはぎの武器《ぶき》を切り落としました。一撃《いちげき》する度に、ますます腕《うで》に力が入るように感じました。おいはぎたちは驚《おどろ》いて反撃《はんげき》に出ましたが、どんなにトムをたたいても切っても、なんにもなりません。マントがトムを守っています。トムは、羽根《はね》でくすぐられたぐらいにしか感じません。トムはくるくると動き回り、おいはぎたちの真んなかを猛《もう》然《ぜん》と突《つ》き進んで、通り抜《ぬ》けました。たちまちトムは、囲みを突き抜け、道の反対側からおいはぎを振《ふ》り返りました。みんな切られたり折られたりした武器《ぶき》を見下ろして、ぼう然《ぜん》と立っています。

一人が弓《ゆみ》に矢をつがえて放ちましたが、ほかの刀《かたな》や斧《おの》と同じように、トムのマントがやすやすとはじきました。トムはおいはぎたちにむかって剣を高く振り上げました。すると剣が明るい太陽の光を受けて、まばゆい火花を散らし、めらめらとかがやきました。おいはぎたちは目をおおいました。そこにジョリティが、ゆっくり輪を描《か》きながら飛んできて、トムの肩《かた》に止まりました。つぼは、オークの木の曲がったところにかくしてあります。

「おいはぎに死を与《あた》えよ」ジョリティはできるだけおそろしい大きな声でさけびました。とても効果的《こうかてき》な声でした。

おいはぎの頭《かしら》はトムの肩に止まった鳥から出てきた声を聞いて、口をあんぐり開けたまま目をこらしました。ほかのおいはぎは、おそろしさのあまり、一人、二人とひざをつきました。「魔法使《まほうつか》いだ」おいはぎの頭がやっと口をききました。折れた刀《かたな》でトムを指し、泥《どろ》だらけの顔が急に真っ青になりました。

おいはぎたちがばらばらに立っている所までトムが一、二歩進むと、おいはぎたちは一歩下がりました。トムは道に散らばっている、かつぎ棒《ぼう》の包みと肩《かた》かけカバンを指さしました。ひざまずいていたおいはぎの一人が、指さされたものを全部集めて、トムの足元《あしもと》に届《とど》くように、道の上を滑《すべ》らせてよこしました。トムが急いで中身を元《もと》どおりにしているあいだに、ジョリティがまた大声で言いました。「さあ、行け、立ち去れ、急ぐのだ」

おいはぎたちは、我先《われさき》に走りだし、トムとジョリティからなるべく離《はな》れようと逃《に》げ出しました。

悪人《あくにん》どもが全部いなくなってから、トムは小躍《こおど》りしました。トムが白い砂《すな》ぼこりを巻《ま》き上げて躍っているあいだ、ジョリティはその頭の上を飛び回りました。それからやっと、トムは分厚《ぶあつ》いマントをぬぎ、日にかざしました。

「そのマントは、やっぱりすごい魔力《まりょく》を見せたね」ジョリティが言いました。

「ほんとだ。ファフニールの言ったとおりだった」トムはていねいにマントをたたみ、肩《かた》かけカバンのなかにきちんともどしました。

「マントの力を見せつけられたときの、あのおいはぎたちの顔ときたら！　暑いのをがまんしたかいがあったよ。そもそも、あいつらが僕《ぼく》にこれを着せてくれたのがよかったな。でも、ジョリティ、僕、ちょっと涼《すず》まなくちゃ」

トムは大きなオークに囲まれた日陰《ひかげ》の草むらに歩いて行きました。暑い道に比べると、木陰《こかげ》は本当に涼しく感じました。奥《おく》に入って草むらの上に立つと、近くからせせらぎの音が聞こえてきました。花の香《かお》りや、すがすがしい緑のハーブの香りもします。「ジョリティ、つぼを取ってきてよ」トムに言われて、ジョリティはつぼをかくしておいた美しいオークの古木《こぼく》に飛んで行きました。

木立《こだち》の向こう側に、白い大理石《だいりせき》でできた、女の人の像《ぞう》が立っていました。トムが近づいてみると、そこには小さな花束《はなたば》がいくつも置いてあり、美しい野の花で飾《かざ》った蝋《ろう》の板もいくつかあります。みんな像の足元《あしもと》に並《なら》べられていました。ジョリティがつぼを持ってきたので、トムはつぼを包みにもどしました。ジョリティはトムの肩《かた》にもどりました。

「どうやらここは、神聖《しんせい》な場所みたいだね」ジョリティが言いました。「森のニンフか木の女神《めがみ》にお供《そな》え物がしてあるんだと思うよ」

「僕《ぼく》、昨日、ここと同じような所に行ったよ」トムが言いました。「ドルコンに頼《たの》まれた小さな包みは、ちょうどお供え物みたいな、こんな感じだった。ドルコンがニンフのために蝋《ろう》の板に詩《し》を書いたんだ。そこでこのつぼに水をくんだんだけど、ドルコンはその水がとってもおいしいって言ってた。それからとっても不思議《ふしぎ》なことがあったんだ」

「どんなこと？」

「木の陰《かげ》から、仙人《せんにん》みたいな老人《ろうじん》が現《あらわ》れた」トムは、また同じことが起こるのではないかと、そわそわあたりを見回しました。「その老人が、おかしなことをいろいろ言ったんだよ」

「たとえば？」

「たとえば、『この水は旅人ののどのかわきをいやすだけではなく、それ以上のものをもたらすであろう』それから、『迷路《めいろ》と雄牛《おうし》に気をつけよ』とか、『わしは予言者《よげんしゃ》じゃ。わしにはすべてが見とおせる。未来を言い当てる。わしは金色の巨人《きょじん》を見たし、暗黒《あんこく》の王も、黒い帆《ほ》をもつ船も見た』そして、木陰《こかげ》にもどっていったんだ」

「その場所は、どこだったの？」ジョリティが聞きました。

「木がまん丸に立ち並《なら》んでいるところで、キュクロプスと戦った場所の近くだった。その老人《ろうじん》は、家《うち》の近くの森にいる賢人《けんじん》みたいだった。家の……」トムは急に黙《だま》りこんで、地平《ちへい》線《せん》のかなたに目をやりました。「おとぎの国」のわかれ道のそばに立つきれいなペンキ塗《ぬ》りの家《いえ》と、お母さんの姿《すがた》がはっきりと目に浮《う》かんだのです。窓《まど》からそとを眺《なが》めているお母さんが、トムとお父さんのビッグ・ジャックが並《なら》んで、家の玄関《げんかん》を目指《めざ》して小道を歩いてくる姿を見つけた場面でした。お母さんが、「お帰りなさい」とニッコリほほ笑んでいました。

23 さらわれた花嫁《はなよめ》と花婿《はなむこ》

間《ま》もなく夜明けです。海賊《かいぞく》の頭《かしら》は、甲板《かんぱん》に立ってひとりごとを言いました。「まったく、海賊の誇《ほこ》りはどうしちまったんだ？」小型の望遠鏡《ぼうえんきょう》をとおして、右手に不気味《ぶきみ》な黒い島の海岸線が近づいてくるのが見えました。オウムは肩《かた》で眠《ねむ》っています。船長は一瞬《いっしゅん》、妖精《ようせい》の金でできたドブロン金貨《きんか》のつまった小箱を思い浮《う》かべました。こんな仕事をしたせめてもの代償《だいしょう》に、もらえるはずの金貨です。まさにオウムの口ぐせの「ペソ銀貨《ぎんか》」です。

船底《ふなぞこ》に、変わった積み荷があります。全部で十二人の若《わか》い男女です。反抗的《はんこうてき》でふきげんな六人の花嫁《はなよめ》と、たくましい六人の花婿《はなむこ》たちです。十二人とも妖精の鎖《くさり》でしばられて、みんなまとめて床《ゆか》に転《ころ》がされていました。

「一睡《いっすい》もできなかったな」ジャクソンが陰気《いんき》な声で言いました。

「飛行船《ひこうせん》に鎖《くさり》でしばりつけられていたときが、最悪《さいあく》だと思っていたのに……」ジャコットが言いました。

「あのときは、少なくとも船酔《ふなよ》いはしなかったわ」ジニア姫《ひめ》が言いました。

「こっちには見張《みは》りのオオカミがいないわ」ラプンツェルが言いました。

「オオカミより、あの男のほうがましだとは言えないな」ジャッキーは入り口に寄《よ》りかかっている大きな海賊《かいぞく》の見張りを見ながら言いました。これ以上持てないくらいたくさんの武器《ぶき》を持っています。口には光る短剣《たんけん》をくわえ、弾薬帯《だんやくたい》を両肩《りょうかた》から斜《なな》めがけにして胸《むね》の前で交差させ、腰《こし》には火打石銃《ひうちいしじゅう》を二丁《にちょう》、そのうえ、ひざには火縄銃《ひなわじゅう》を一丁のせ、両手に一本ずつ刀《かたな》を持っています。

「とにかく逃《に》げるチャンスはあまりないな」ジャックが言いました。

「ねえ、あなた、陸《りく》に上がったら、なんとか逃げ道を考えましょう」ジルが言いました。

「アーァァア、フーゥ」眠《ねむ》り姫があくびをしました。狭《せま》い所に鎖《くさり》でつながれているのに、それでもせいいっぱいのびをしました。

「だれかさんだけはよく寝《ね》たようだわね」シンデレラが皮肉《ひにく》っぽく言いました。

「まあ、まあ、みんな、落ち着こうじゃないか」ジェイクが言いました。「よく休んだ人がいるのはいいことだ。一人でも頭がさえていれば、あのひれつなオームストーンのやつが何をたくらんでいるか、見きわめられる」

「この船がこんなに臭《くさ》くなければ、まだがまんできるけど」ジニア姫《ひめ》が、いかにもいやそうに鼻にしわを寄《よ》せながら言いました。

「私は平気よ」ジルが言いました。「だって、慣《な》れているもの。何年も馬小屋で過《す》ごしましたからね」そしてジルはちょっと不自然なほど大きな声で神経質《しんけいしつ》に笑い、ほかのみんなも同じように笑いました。

「クズども、静かにしねえか」短剣《たんけん》をくわえた見張《みは》りの海賊《かいぞく》が、ふきげんな声を出しました。「港に着いたときにゃ、顔の反対側で笑うことになるだろうぜ」見張りの海賊は、パラソルの柄《え》で頭をなぐりつけられた痛《いた》さを忘《わす》れてはいなかったようです。

海賊船《かいぞくせん》が港に着くと、桟橋《さんばし》には旗がひらめき、興奮《こうふん》した市民《しみん》たちがおおぜい集まっていました。特別に設《もう》けられた王座《おうざ》には、王さまがふんぞりかえって座《すわ》り、「積み荷」が下ろされるのを待っていました。オームストーンはこの日のために新調《しんちょう》した衣装《いしょう》を着こんでいます。もうあの黒いビロードの服は着たくありませんでした。この明るい太陽とまぶしい青空の国には似合《にあ》わないからです。オームストーンは宮殿《きゅうでん》付きのお針子《はりこ》として、アリアド*ネという女の子を雇《やと》い、王さま用の衣装一式《いっしき》を縫《ぬ》わせたのです。金の布《ぬの》を金の糸で縫いあげた服です。こうして王さまは、金の旗やたれ幕《まく》に囲まれた、金の階段《かいだん》の上にある金の王座に、金色の衣装を着て座っていました。オームストーンは、自分のすばらしい姿《すがた》を思い浮《う》かべていました。王座の台座《だいざ》の下には、人質《ひとじち》になった海賊《かいぞく》たちが、ふくれっ面《つら》をして、みじめな姿で鎖《くさり》につながれていました。これまでの数日、この海賊たちは、死刑《しけい》の判決《はんけつ》を受けて、しめっぽい地下牢《ちかろう》に閉《と》じこめられていたのです。そこには、もう一人捕虜《ほりょ》がいました。海賊たちと同じ時代の同じ国から迷《まよ》いこんできた人で、夜にはおもしろい話を聞かせてくれるまっとうな人でした。

　船着《ふなつ》き場から王座《おうざ》まで、盾《たて》や槍《やり》で武装《ぶそう》した衛兵《えいへい》がずらりと並《なら》んでいました。オームストーンは、「積み荷」に対しても、もうすぐ貴重《きちょう》な黄金《おうごん》を要求してくるはずの、汚《きたな》らしい海賊《かいぞく》の一味《いちみ》に対しても油断《ゆだん》していません。《こいつらはもうすぐ、腰《こし》をぬかすぞ》オームストーンはそう考えると、ひとりでに笑いがこみあげてきました。太鼓《たいこ》がタン、タン、タンと打ち鳴らされ、次に衛兵《えいへい》の後ろの列から大きなラッパのファンファーレが響《ひび》きました。衛兵隊長が王座に近づき、王さまに耳打ちしました。「大切な積み荷の『獲物《えもの》』が上陸《じょうりく》しました」

オームストーンにも、間《ま》もなくそれが見えました。急な坂道を上《のぼ》ってきます。鎖《くさり》につながれた一団《いちだん》と、バラバラに歩いてくる武器《ぶき》を持ったむさくるしい海賊たち――そのどこかに、王さまの忠実《ちゅうじつ》な家来《けらい》の小さな木の精《せい》、ルンペルスティルツキンがいるはずです。《やつめ、うれしくてしょうがないだろうな》オームストーンはそう思いました。《気《き》の毒《どく》に、そう長いことうれしがってはいられないぞ》オームストーンはまた一人、ほくそ笑みました。一行《いっこう》が近づくと、オームストーンは立ち上がりました。きらびやかな黄金《おうごん》の衣《い》装《しょう》をまとい、いかにも王さまらしく両腕《りょううで》を上げると、群衆《ぐんしゅう》が歓声《かんせい》をあげました。

とうとうトゥルーハート兄弟を、またしてもつかまえたのです。兄弟は鎖《くさり》につながれ、手錠《てじょう》をはめられて並《なら》んでいます。

「よく来たな」オームストーンが言いました。金の衣装《いしょう》が日の光でまぶしくかがやき、手で目をふさごうとしたジェイクは、鎖で手首を引っ張《ぱ》られてしまいました。オームストーンの顔に、いやみな笑いが浮《う》かびました。「そうだろうとも。王の姿《すがた》はおそろしくも神々《こうごう》しい。ちがうかな?」

「ああ、ちがうね」ジャックがニヤッと笑いました。

「黙《だま》れ。『神話《しんわ》と伝説《でんせつ》の島』によく来た。本物の神話がつくられているところを、おまえたちのその目で見られるようにしてやろうと、ここに連れてきた。新しい物語だ。しかし、間《ま》もなくそれは、古代《こだい》の物語となるだろう。おまえたちはそのなかの重要《じゅうよう》な役割《やくわり》を果《は》たす。大変な名誉《めいよ》だぞ」

「父をどうした?」じゃっくが言いました。「この野郎《やろう》、父を傷《きず》つけるようなことをしたら、俺《おれ》たち全員が、一人ひとり、おまえを永久《えいきゅう》に追い続けてやる。俺たちは決して止めないし、決してあきらめないからな」

「威勢《いせい》がいいな」オームストーンが言いました。「おまえたちの父親は今のところ無事《ぶじ》だ。こうして我々《われわれ》がしゃべっているあいだもな。永久に追われるのはむしろおまえたちのほうだ。特に、私がおまえたちのために考えた筋書《すじが》きではそうなる。ハッ、ハッ、ハ」オームストーンは、いかにも王さまらしい笑い方《かた》をしました。

海賊《かいぞく》の頭《かしら》が、松葉杖《まつばづえ》を突《つ》きながら進み出ました。鮮《あざ》やかなペットのオウムが、金ぴかの豪華《ごうか》な衣装《いしょう》のオームストーンを見て、「ペソ銀貨《ぎんか》、ペソ銀貨」とさけんだので、トゥルーハート兄弟が声をあげて笑いました。

「おそれながら、王さまよ」頭が言いました。「言われたとおりの仕事をしましたぜ。海賊のやる仕事じゃねえが。『めでたし めでたしの島』から花嫁《はなよめ》と花婿《はなむこ》たちをかっさらうんざ、いばれる仕事じゃねえ。まあそれはいい。約束のドブロン金貨《きんか》をいただきてえ。それに、約束どおり、子分《こぶん》たちを自由にしてくれ。そうすりゃ、俺《おれ》たちも約束どおり出航するぜ」

「気《き》の毒《どく》だが、ドブロン金貨も宝物庫《ほうもつこ》の金も、一枚もやれんな。おまえたちは海賊だ。クズだ。もともとここに来たのも、盗《ぬす》みを働《はたら》き、略奪《りゃくだつ》するつもりだった。おまえたちは全員、しばり首になって旗ざおからぶら下がるのがちょうどいい」オームストーンはおもしろそうにそう言いながら、金の衣装《いしょう》の片腕《かたうで》を上げました。

武装《ぶそう》した衛兵《えいへい》たちが、鋭《するど》く光る刀《かたな》や槍《やり》をかまえて坂道の両側から整然《せいぜん》と前進しました。あわてた海賊《かいぞく》の一人が、火打石銃《ひうちいしじゅう》をかまえて、王さまをねらいました。ルンペルスティルツキンがすばやくずんぐりした腕を上げて、荒削《あらけず》りの杖《つえ》をその海賊に向けると、銃はたちまち地面に落ち、はずみで暴発《ぼうはつ》して、別な海賊の足に当たりました。

「いてえっ！」撃《う》たれた海賊は、持っていたカトラス短剣《たんけん》を落として、ぴょんぴょんとびはねました。

「野郎《やろう》ども！」海賊の頭《かしら》が、せっぱつまった状況《じょうきょう》を見て取り、さけびました。「裏切《うらぎ》られたぞ。ペテンにかけやがって。海賊の風上《かざかみ》にも置けねぇひどい悪党《あくとう》どもにしてやられた。俺《おれ》たちにゃ、少なくとも海賊の誇《ほこ》りってもんがある。こいつらにゃ、それもねえ」そして、頭《かしら》は、王さまを指さして言いました。「俺たちゃあ、いったん退却《たいきゃく》して傷《きず》をいやす。しかし、王さまとやらよぅ、俺たちゃ、今はやられても、まいっちゃいねえぞ。きっと仕返ししてやる。覚えてろ」

「さあね」オームストーンが言いました。「おまえたちは、この場所を二度と見つけられまい。私がにせの海図《かいず》を渡《わた》して、おまえたちをおびき寄《よ》せたのだからな。衛兵《えいへい》！　クズどもの鎖《くさり》を解《と》いて、海賊《かいぞく》どもを全員、船まで連れていけ」

鎖につながれていた海賊たちは解放《かいほう》されて、怒《いか》りくるいながら船着き場にもどっていきました。そのあいだ、群衆《ぐんしゅう》は海賊をやじり続けました。

「あいつらがいなくなってみると、さびしい気がするな。そんなに悪いやつらじゃなかった」ジャックが、残念そうにこっそり言いました。

＊アリアドネ：：ギリシア神話《しんわ》に出てくる若《わか》い娘《むすめ》で、元々《もともと》は女神《めがみ》だとも言われる。糸《いと》を使って、恋人《こいびと》のテーセウスが迷宮《めいきゅう》から脱出《だっしゅつ》する手助けをしたことで知られる。

24 オームストーンの高笑い

オームストーン王は満足でした。今日《きょう》もまた、記念《きねん》すべき忙《いそが》しい一日が終わったのです。すべてが計画どおりで、神話《しんわ》の一部はもう始まっています。キュクロプスを解《と》き放してわなを仕かけ、危険《きけん》な気配《けはい》があれば、警戒網《けいかいもう》にひっかかるようにしました。一つ目の怪物《かいぶつ》は、このあたりにいそうな英雄《えいゆう》とか、父親を探《さが》しているむこうみずのトム・トゥルーハートを、かぎ出してくれるでしょう。

オームストーン王は、宮殿《きゅうでん》の宝物庫《ほうもつこ》にあった黄金《おうごん》を、ほとんど自分の館《やかた》に移《うつ》していましました。衛兵《えいへい》や隊長、そして市民《しみん》のうるさい目を気にせずに、好きなだけ黄金を見たりさわったりできます。オームストーンは今、すばらしい海の景色《けしき》が見える一階《いっかい》の広い部屋に座《すわ》って、部屋につめこめるだけつめこんだ金貨《きんか》やインゴット*、皿《さら》、盆《ぼん》、ランプ、そのほかいろいろな物に囲まれています。みんな妖精《ようせい》の貴重《きちょう》な黄金でできています。金にうもれて動けないくらいですが、オームストーンはそれが気に入っているのです。館《やかた》から海とあの島が見えます。情《なさ》けないトゥルーハート兄弟と愚《おろ》かな花嫁《はなよめ》たちは、今ごろ、怪物《かいぶつ》のいる島で完全にしまつされてしまったにちがいありません。

新しい王が、この都*ではなく、ほかの国から十二人の生《い》けにえを連れてきたことを、市《し》民《みん》たちがどんなにありがたがったことか。そのこっけいさを考えると、オームストーンは笑いたくなりました。

それまでは、九年目ごとのくじ引きの時《とき》が近づくと、若《わか》い息子《むすこ》や娘《むすめ》を持つ親たちはおそろしさにふるえたものでした。十二人の若い男女が、生けにえとして選ばれるはめになるからです。生けにえを選ぶ年が近づくにつれて、おそれがだんだんふくれあがっていきました。前の王さまは、できるだけ公平《こうへい》に犠牲者《ぎせいしゃ》を選ぶ方法を考えましたから、結果《けっか》に文句《もんく》を言う者はいませんでした。六人の若者《わかもの》と六人の娘たちの運命が決まり、あの臭《くさ》くて暗い迷路《めいろ》のなかでの死が待っている――それだけだったのです。

オームストーンはもう一度、黄金《おうごん》を見回して満足な笑みをうかべました。

そのとき、扉《とびら》をひかえめにたたく音がしました。

「入るがよい」オームストーンは王さまらしく、もったいぶって言いました。

扉《とびら》を開けて入ってきたルンペルスティルツキンが、おじぎをしながら言いました。

「国王陛下《へいか》。見張《みは》りがもどりました」

その後ろに、つぎはぎ顔の男がぬっと立っていました。大きなフードをかぶっているので、顔が陰《かげ》になっています。男が両腕《りょううで》を上げてフードをぬぐと、青白い顔が、部屋の黄金《おうごん》の光をわずかに映《うつ》しました。男はご主人さまに向かってうなずき、おじぎをしました。

オームストーンは二人を招《まね》き入れ、黄金の水差《みずさ》しから黄金のゴブレットにワインを注いでごくりと飲み、フーッとため息をつきました。

「それで、何か報告《ほうこく》することがあるか?」

つぎはぎ顔の男がうなずきました。

「キュクロプスに挑《いど》む者がいたのか?」

男がまたうなずきました。

「負《ま》けたのか?」

男がまたまたうなずきました。

「だれだ、それは? 説明せよ。どんな男だった?」

つぎはぎ顔の男は、手の平を下にして、床《ゆか》の近くまで下げました。

「せっかくだが、それではほとんど何もわからん。フランクフルト博士《はかせ》だか何だか知らんが、何でおまえをまともに仕上げてくれなかったのやら。＊せめてだれかの使い古しの舌《した》をおまえの口に縫《ぬ》い付けてくれたらよかったのに。こびとだったのか？　どういう意味だ？」

つぎはぎ顔の男は首を横に振《ふ》りました。そして、オームストーンの近くにあるテーブルまで、よろよろと、しかし大股《おおまた》ですばやく近づきました。オームストーンは大きな体が突《とつ》然《ぜん》近づいてきたのでぎょっとして、思わず身を引きました。男は長くて太い青白い指をワインのビンに突《つ》っこみ、赤く染《そ》まったぬれた指を引っ張《ぱ》り出しました。そして、テーブルの上にたたんで置いてある白いナプキンに、下手《へた》なハートの絵を描《えが》き、またうなずきました。

「なるほど。予想《よそう》どおりだ。よしよし」オームストーンはナプキンに描《えが》かれた模様《もよう》を見下ろしながら言いました。

ルンペルスティルツキンがテーブルの端《はし》からナプキンを見て言いました。「ああ、国王陛下《へいか》、わかりました。もう一人のトゥルーハートです。最後の一人が、またしても英雄《えいゆう》になろうとしているわけですね」

「あんなはなたれ小僧《こぞう》のトム・トゥルーハートが、いったいどうしてここまで来られたのか、まったくもってわからん。ましてや、あのおそろしい怪物《かいぶつ》と戦って打ち負かすなど、考えられないことだ」オームストーンのふきげんな言い方《かた》には、すこしおそれがまじっていました。

「陛下、もちろん策略《さくりゃく》です。いろんな手を使ったのでしょう。あの子は、トゥルーハート家のほかの人間と同じく、ずるがしこい」ルンペルスティルツキンが言いました。

「ずるがしこい――おまえはそう言うが、あいつらはみんな、おまえも知ってのとおり、図体《ずうたい》ばかり大きいまぬけどもだ」

「そうでございますとも、陛下。あいつらはみんなまぬけです」ルンペルスティルツキンが言いました。

「情《なさ》けないキュクロプスのやつは今どこにいる?」オームストーンが聞きました。

つぎはぎ顔の男がルンペルスティルツキンに向かって、手まね、足まねしました。

「地下にもどって、宝物庫《ほうもつこ》につながれ、傷《きず》ついた目をいやしております」ルンペルスティルツキンが言いました。

「すぐに見張《みは》りに出るように言え」オームストーンがふきげんな声で言いました。「役目《やくめ》を果《は》たせと言うのだ。その英雄《えいゆう》気取りのやつが近づくのを見張るように言え」

しばらく一人になったオームストーンは、海に目をやり、地平線に浮《う》かび上がる運命の島を眺《なが》めました。

「ちびのトゥルーハート君、英雄気取りの冒険《ぼうけん》をしたいなら、一つくれてやろうじゃないか。ただし、その小さなばか面《づら》をここに出すことができれば、だがね」

オームストーンは突然《とつぜん》こぶしを握《にぎ》って、テーブルを強くたたきました。金のゴブレットや金の皿《さら》が、ジャラジャラ音をたてて飛び上がり、赤いハート形のしみがついたナプキンが床《ゆか》に落ちました。

＊インゴット…金属《きんぞく》を精製《せいせい》して一かたまりにしたもの。金ののべ棒《ぼう》のこと。

＊都…ここでは、時《とき》が大昔《おおむかし》にもどり、「南の国」は古代《こだい》ギリシアのお話になっている。古代ギリシアでは、市民《しみん》が暮《く》らす街を、都市国家《としこっか》と言ったが、ここでは「都」とした。

＊フランクフルト博士《はかせ》…正しくは、中世の怪奇《かいき》小説に出てくるフランケンシュタイン博士のこと。小説のなかでは、博士が人間の死体をつなぎ合わせて怪物《かいぶつ》を作る。このお話のなかに出てくる「つぎはぎ顔の男」はその怪物のこと。

第三話

迷宮《めいきゅう》の戦い

25 都の近くで

おいはぎにおそわれてからは、トムもジョリティも、前より用心するようになりました。曲がりくねった道を急ぎ足で歩くのは暑くてたまりませんでしたが、トムはがまんして、できるだけ速く歩きました。道端《みちばた》には松やイトスギなどの木が小さな森をつくっていたり、丸い輪になっていたりして、そのなかには必ず大理石《だいりせき》の像《ぞう》や小さな社《やしろ》がありました。

間《ま》もなく、先を飛んでいたジョリティは、目指《めざ》す都の白い大理石の建物や社を見つけました。どの建物にも金色にかがやく旗が立っていて、何かを祝《いわ》っているようです。

ジョリティはトムの所にもどって肩《かた》に止まりました。「トム、次の角を曲がると、もうすぐ都に着くよ。とても大きくてかがやいている都だ。旗がたくさん立っていて、お祭《まつ》りがあったか、これからあるみたいに見える」

「ジョリティ、僕《ぼく》から離《はな》れないで」トムは、角を曲がるといったい何があるのか、少し不安になりました。

都の入り口はさくでふさがれていて、その両脇《りょうわき》にチュニックとよろいを身に着けた衛兵《えいへい》が立っています。顔をすっぽりおおうかぶとをかぶっているので、トムには衛兵たちの表情を読むことができません。

トムが近づくと、衛兵たちは両側から槍《やり》を突《つ》き出してさくの前で交差させました。

「止まれ、よそ者」一人が大声で言いました。「都になんの用があるのだ?」

「僕は冒険家《ぼうけんか》です。この町で手柄《てがら》をたてようと思って来ました」トムが答えました。

「まともな方法でか、それともいかがわしい方法でか?」もう一人の衛兵が質問しました。

「もちろんまともな方法です。僕は本物の冒険家です」トムが言いました。

「フーム、どうもあやしい」最初の衛兵が言いました。「おい、子ども、どこから来た? おまえの服装《ふくそう》は変だ。それに、一人で旅をするには若《わか》すぎる。上の方《かた》がおまえを見て許可《きょか》を出すまでは、通すことはできない。今日《きょう》という日に、あやしい人間をこの町に入れたりしたら、私の首が危《あぶ》ない」

衛兵《えいへい》がもう一人の仲間に何かを急いでささやくと、仲間の衛兵はすぐにその場を離《はな》れて、急いでどこかに行きました。ジョリティは止まっていた近くの木の枝《えだ》から飛び立って、衛兵のあとを追いました。

迷路《めいろ》のような狭《せま》い通りの上を、ジョリティは暖《あたた》かい風に乗って飛んでいきました。衛兵が大きな建物に入っていくのが見えます。ところが、ほとんどすぐに出てきました。大きながっしりした男といっしょです。男の顔はマントのフードでかくれていましたが、ジョリティには、それがあのつぎはぎ顔の男だとすぐにわかりました。一つ目巨人《きょじん》のキュクロプスの番人であり、「暗い物語の国」から、オームストーンの影《かげ》のように、ずっとついてきた家来《けらい》です。

ジョリティは空中で回れ右して、トムの待っている入り口のさくの所にもどりました。でも、遅《おそ》すぎました。つぎはぎ顔の男は、カラスよりも速く移動して、ジョリティがトムに気をつけるようにと注意するまえに、さくの所に着いてしまったのです。

ジョリティは上空で様子《ようす》を見守るしかありませんでした。さくが開くとすぐに、かわいそうなことに、トムは逮捕《たいほ》されて、なかに入れられてしまいました。さくが元《もと》どおり閉まり、二人の衛兵《えいへい》は元のようにその両側に立ちました。トムはつぎはぎ顔の男に連れていかれてしまいました。

ジョリティは止まっていた場所から飛び上がり、混《こ》みあった狭《せま》い通りを引っ張《ぱ》られていくトムのあとを追いました。

26 宮殿《きゅうでん》の王座《おうざ》の間《ま》

オームストーン王は、国王が仕事をする王座《おうざ》の間《ま》の装飾《そうしょく》を、家来《けらい》に変えさせることにしました。そして、オームストーンの注文どおりに、部屋は毎日模様《もよう》替《が》えされました。壁《かべ》には最高の妖精《ようせい》の金ぱくがはられ、王座や家具《かぐ》も金ぱくでおおわれて、日の光が当たると部屋中にまぶしい光が反射《はんしゃ》しました。あまりのまばゆさに、召《め》し使いや衛兵《えいへい》たちには、王さまの姿《すがた》がまったく見えないことがありました。目の前の王座に腰《こし》かけている王さまの姿が、黄金《おうごん》の光に溶《と》けこんでいるように見えるのです。それこそが、オームストーンの望《のぞ》むところでした。自分がそこにいることで、家来たちの目がくらむようにしたかったのです。明るすぎる日には、よろい戸を下ろさないと、何がなんだか見分けがつかないほどでした。

トムが王座《おうざ》の間《ま》に連れてこられたのは明るい朝で、よろい戸が半分閉まっていました。明かりは半分なのに、部屋全体が金でできているような印象《いんしょう》を与《あた》えています。オームストーンは、金の衣装《いしょう》を着て、金の王座にかがやかしく座《すわ》っていました。トムが入ってくるのを見ると、オームストーンは背筋《せすじ》をのばして立ち上がり、王座の階段《かいだん》を下りてトムをむかえました。部屋の黄金《おうごん》の光と、王の金色の衣装が発するまばゆい光で、トムは目がくらみましたが、王がだれだかわからないほどではありませんでした。トムも背筋をのばして、おそれもせず立っていました。

「前に会ったことがあるかな？　トム・トゥルーハート君」オームストーンが言いました。

「会いましたね」トムが言いました。

「一度ならず、だね」オームストーンが言いました。

「そのとおりです、王さま」トムが言いました。

オームストーンは、トムが「王さま」と言ったときの声の調子《ちょうし》を考えました。《本気で敬意《けいい》を示《しめ》したのか、それとも皮肉《ひにく》をこめたのか？　このちびはやっと礼儀《れいぎ》をわきまえるようになったのか、それともろくでもない兄たちと同じ育ち方《かた》をして、しかも前より勇敢《ゆうかん》でおそれを知らない少年になったのだろうか？》

どちらとも判断《はんだん》できなかったので、オームストーンは今は考えないことにしました。

「この前会ったときは、おまえは親指《おやゆび》ほどの大きさだったように思うが」王座《おうざ》の近くの丸いすに座《すわ》っていただれかが、クスクス笑うのが聞こえました。その小さい姿《すがた》がだれなのか、トムにはすぐわかりました。ルンペルスティルツキンです。「そうだったのか」とトムは思いました。

「そうです、王さま」トムが言いました。

《また「王さま」と言った――尊敬《そんけい》をこめているようにも聞こえるが、果《は》たして本心だろうか？》

「それで、はるばる境界《きょうかい》の海を越《こ》えてここまでやってきたようだが、おまえのようなちびには大変な旅だったことだろう」

トムが口を開きかけましたが、オームストーンはそれをさえぎって話し続けました。

「聞くところでは、おまえの兄たちと愛らしい花嫁《はなよめ》の姫《ひめ》たちとの結婚式《けっこんしき》が、やっと計画どおりにとり行われたようだな」

ルンペルスティルツキンは、「花嫁の姫たち」というところで、傷《きず》ついた子犬のように小さくキュンキュンと声をあげました。

「今度はつつがなく、何もかもトントン拍子《びょうし》に運んだと聞く。花嫁《はなよめ》と花婿《はなむこ》たちは、あの、なんと言ったかな……そうそう、『めでたし めでたしの島』に出発したとか。バラの花びらにうもれて出かけたことだろう。なにしろ連中《れんちゅう》の好きな甘《あま》ったるい物語の終わりは、そういうことになっているのだからな。ハッピーエンド、そんな名前だったな。まあ、もちろん、私は今回その場にいなかったので、終わり方を変えることはできなかった。しかし、この国に着いてから、ああ、この場所の持つ意味をどう説明したものか……。太古《たいこ》の世界……そう呼《よ》んでいいだろう。骨《ほね》も凍《こお》るほどの寒さと血も沸騰《ふっとう》するほどの暑さ。ここは、根《こん》源《げん》の場《ば》……物語の根底《こんてい》にある要素《ようそ》の場だ。暗い、そして血ぬられた物語の場だ。太古の神々と魔術《まじゅつ》の場、生《い》けにえとそして……流血《りゅうけつ》の場。血だ。おびただしい血だ」

オームストーンは言葉を切って、細い割《わ》れ目のような口でトムに笑いかけました。

「父さんをどこにやった?」トムはかつぎ棒《ぼう》に寄《よ》りかかって、静かに聞きました。

「おや、よぼよぼでよれよれのあわれなお父ちゃんのことかね?『巨人殺《きょじんごろ》しのジャック』と異名《いみょう》をとったやつのことかね? 今はなんと、捕虜《ほりょ》の身だ。ここだけの話だが、あいつはこのごろ体が弱っている。私としては生かしておきたいが、どうやらあいつはもう盛《さか》りをすぎて、あわれな老犬《ろうけん》になり下がった。苦しみから解放《かいほう》してやるほうがいいかもしれんな。しかも早く。悲しそうな顔になったじゃないか。『ぼく、泣いちゃう』のかね?」

オームストーンは、赤んぼうの口まねをして、いやらしくからかいました。

トムはすばやく誕生祝《たんじょういわ》いの剣《つるぎ》に手をのばしましたが、さやはハバード*おばさんの戸棚《とだな》のように空《から》っぽでした。衛兵《えいへい》が剣も弓《ゆみ》も、矢も取り上げてしまっていたからです。

「威勢《いせい》がいいな、トム」オームストーンは感心《かんしん》したように言いました。「おまえの家族は、どうやらこりない性分《しょうぶん》らしい。おまえたちの武器《ぶき》はとっくに、この城《しろ》の武器庫にしっかりとしまってある。なんだね、そんなふうに怒《いか》りをむき出しにするとは、みそこなったよ。人には必ず命《いのち》の周期《しゅうき》があるということは、おまえにもわかるだろう。父親は息子《むすこ》にあとをゆずるものだ。しかし残念《ざんねん》ながら、おまえの父親の名声をつぐほどの息子はいない。それに、おまえもあのばかな兄たちもいなくなる。父親のはいている大きな七里靴《しちりぐつ》に足が合うまで、おまえたち兄弟が生きながらえることはないと思うがね」

トムはかつぎ棒《ぼう》に寄《よ》りかかって、オームストーンの話を静かに聞いていました。

「こっちがおまえが死ぬのを見届《みとど》けるさ」トムは静かに、ぴしゃりと言いました。

「おぅぅ」オームストーンがうめきました。「ぅぅぅ。こわくなってきたよ。もしかしたら、私はこわがるべきなのかもしれんね。*吟遊詩人《ぎんゆうしじん》や賛歌《さんか》の歌い手が、おまえのことを新しい英雄《えいゆう》とほめたたえて歌っているようだ。おまえは私のすばらしいキュクロプスを打ち負かそうとしたらしいな」

「わたしのキュクロプスだって？」トムは、父親のあとをつげなくなると言われたことと、武器《ぶき》をうばわれた怒《いか》りで、じりじりしながら聞き返しました。

「キュクロプスを、この城《しろ》の黄金《おうごん》の番人として使っていたのだが、おまえのようなちっぽけな英雄が現《あらわ》れたら、おびき出そうと思って町に送りだしたのだ。とくにおまえをな。私を失脚《しっきゃく》させようと計《はか》っているらしいからね。私の計略《けいりゃく》はうまくいっただろうが。おまえがいずれここに来ることはわかっていた」

「失脚させる？　何から？」トムはまぶしい黄金の部屋を見まわして、逃《に》げ道はないか、一人や二人は味方《みかた》になってくれる人がいるのではないかと、探《さが》しました。小さなルンペルスティルツキンのほかには、そのすぐ近くにトムより少し年上らしい女の子が、金色の光の反射《はんしゃ》を受けて王座《おうざ》の少し後ろに立っているのが見えました。光がまぶしくてよく見えませんでしたが、きれいな顔をして親切そうな目でトムを見ているような気がしました。

「ここは、なにしろ、『神話《しんわ》と伝説《でんせつ》の島』だ。不思議《ふしぎ》の島なのだ。北の国ではドラゴンに出会ったが、妖精《ようせい》の黄金《おうごん》を蓄《たくわ》えていた。その金は今、あるべき場所、つまり私の館《やかた》にしっかりとしまってある。私が金を盗《ぬす》んだことで、新しい神話か伝説が一つ、二つと始まったことだろう。あのドラゴンは、寒い村のあわれなばか者どもにどんな仕返しをしたことやら。いずれにせよ、話のなりゆきは、ひげ面《づら》の老いた吟遊詩人《ぎんゆうしじん》たちによって、あの冷えきった雪の荒地《あれち》のあちこちで歌われることだろう。あの黄金は全部私のものだ。私に奪《うば》われるはずのものだった。あの凍《こお》るような地に到着してからずっと、そのつもりもないのに、私は平安《へいあん》をかき乱《みだ》したようだ。この世の終わり、すべての終わりとなる〈ラグナレク〉を、この私が始めたのだ。かつてはしがない物語の書き手だったこの私が、いまは不幸な結末《けつまつ》を好む黄金の王となるとは、まことにかがやかしい結果《けっか》ではないか。あの寒い北の国の生活を、いったいだれが元《もと》どおりにして、だれが終わりのない冬を終わらせると言うのだ？この国の者にできはしない」

「僕《ぼく》がやるかもしれない」トムが言いました。

「おまえが？」オームストーンは大笑いしました。「おまえなんぞ、ドラゴンを見たことさえないのに。ドラゴンがおまえをこんがり焼いて夕食にするまでに、五分とかかるまい」

トムは唇《くちびる》をかんで、何も言いませんでした。時間をかせいでいたのです。

「ここは『神話《しんわ》と伝説《でんせつ》の島』だし、私は私らしく、すばらしい物語を新しく始めた。おまえにも楽しんでもらえることだろう。物語はこうだ。まずは黒い帆《ほ》を張《は》った二本マストの小さな船を思い浮《う》かべるのだ。弔《とむら》いの船、死人の船、または間《ま》もなく死ぬ者を乗せる船だ。さて、ここからそう遠くないところにある陰気《いんき》な島を思い浮《う》かべるのだ。その島を守る巨《きょ》人《じん》もだ。その島には昔の王の宝《たから》と迷宮《めいきゅう》がある。迷宮の真んなかでは、ある神話の怪物《かいぶつ》が待ち受けている。キュクロプスよりおそろしい怪物だ。九年ごとに、その怪物はこの国の人々の生《い》けにえを要求する。そこへ私がやって来て、よそから生けにえを連れてこさせた。この都と、この国の若者《わかもの》とを救《すく》うためだ。市民《しみん》たちは私に大いに感謝《かんしゃ》するだろう。今、この城《しろ》の地下牢《ちかろう》に、その生けにえをとじこめてある」

「なんてひどい話だ」トムは頭《かぶり》を振《ふ》りながら言いました。ジョリティのいる気配《けはい》はないかと、トムは不安な気持ちで窓《まど》を見ましたが、まぶしくてまだよく見えません。

「おや、だれを生《い》けにえに選んだか、あまり興味《きょうみ》がないようだね」オームストーンが言いました。「残念《ざんねん》なことだ。ぜひ、生けにえに会ってもらおう。囚人《しゅうじん》たちをすぐここに連れてこい」オームストーンは黄金《おうごん》の王座《おうざ》の両側に立っている衛兵《えいへい》に言いつけました。


やがて鎖《くさり》の音がして、六人の若者《わかもの》と、すらりとした六人の娘《むすめ》が衛兵に連れられて黄金の間《ま》にやってきました。トムは囚人たちが部屋に入るまで、見向きもしませんでした。関心とかあわれみを見せれば、オームストーンが喜ぶだけだと思ったからです。

すると聞き覚えのある声がしました。

「トム、えーっ、トム・トゥルーハート、おまえなのか?」

トムは急に首筋《くびすじ》が寒くなりました。お母さんがよく使う「だれかが自分の墓《はか》をふんだみたいな感じ」という古い言葉のように、ゾッとして、トムは鳥肌《とりはだ》が立ちました。

振《ふ》り返ったトムは、鎖につながれてよろめきながら、二列になって王座《おうざ》に近づいてくる囚人《しゅうじん》たちを見ました。ジャック、ジャコット、じゃっく、ジャッキー、ジャクソン、ジェイク、の六人の兄さんです。それに花嫁《はなよめ》たち、ジル、ラプンツェル、白雪姫《しらゆきひめ》、眠《ねむ》り姫、ジニア姫、シンデレラです。

トムは口をあんぐり開けて、めまいを感じながらみんなを見ました。心臓《しんぞう》がドキドキしています。「めでたし めでたしの島」で安全に楽しんでいるはずのみんなが、鎖《くさり》につながれたみじめな姿《すがた》で、またしてもオームストーンにつかまっているのです。

「トム君、これで君も興味《きょうみ》を持ったことだろう」オームストーンは、例の意地の悪い高笑いをしました。「ここにいる立派《りっぱ》な若者《わかもの》たちは、やがて神話《しんわ》の主人公《しゅじんこう》になる。『めでたしめでたし』の結末《けつまつ》は忘《わす》れることだな。明日になれば、全員、黒い帆《ほ》の船に乗って旅をする」

突然《とつぜん》ルンペルスティルツキンが声をあげました。「王さま、全員ですか？」木の精《せい》は、おそろしそうに、とまどいながら聞きました。

「ああ、全員だ」

「王さま、男だけではないのですか？」ルンペルスティルツキンはなるべく冷静《れいせい》に、なにげない調子《ちょうし》でそう言ったのですが、心はふるえ、動揺《どうよう》していました。

「おや、どこからそんな考えがでてきたやら」オームストーンは静かに落ち着いてそう言いましたが、顔には「黙《だま》れ、じゃまするな」と書いてありました。「いずれにせよ」とオームストーンが言いました。「ここでその話はやめよう。今は話すときではない」

「わかりました、王さま」ルンペルスティルツキンは突然《とつぜん》暗い顔になり、深刻《しんこく》な表情で言いました。

「先ほど言ったように、この者たちは間《ま》もなく、不可解《ふかかい》で複雑《ふくざつ》な迷宮《めいきゅう》のなかの迷路《めいろ》をよろめきながら歩くことになる。市民《しみん》であるダイダロスが設計《せっけい》し、前の国王が作った迷宮だ。聞くところでは、ダイダロスは見識《けんしき》のある市民《しみん》だそうだ。その迷宮で、この者たちは、さっき私が言った非常にめずらしい生きものに出会う。そのあと、この神話《しんわ》が完結《かんけつ》することになる。この物語がすっきりとしてすばらしいのは、結果的《けっかてき》に、この国における私の評判《ひょうばん》が高まるばかりだという点にある。この国の若者《わかもの》はだれも犠牲《ぎせい》にならず、だれもなげき悲しむことはない。おかげで、私はますます多くの黄金《おうごん》のみつぎ物をもらえることだろう」

「私がなげき悲しむ」ルンペルスティルツキンがはげしい口調《くちょう》でそうつぶやくのが、トムには聞こえました。そしてルンペルスティルツキンは真っすぐにトムを見ました。何かを訴《うった》えるような不思議《ふしぎ》な目つきで、トムに秘密《ひみつ》を教えるかのように、かすかにうなずいています。それがどういう意味なのか、トムにははっきりわかりませんでした。

「トム、頭のおかしいオームストーンの言うことなど聞くな」じゃっくが言いました。

「そいつは恥《はじ》知らずよ。何を言っても聞く耳を持たない大ばかよ。カエルの面《つら》に水だわ」ジニア姫《ひめ》が言いました。

「そいつったら、『めでたしめでたしの島』から私たちをさらわせたのよ」

「規則《きそく》という規則を無視《むし》して」ジルが言いました。

「義足《ぎそく》の船長と野蛮《やばん》な海賊《かいぞく》たちに俺《おれ》たちをさらわせて、ここに連れてきたんだ」じゃっくが言いました。

「僕《ぼく》、義足の海賊に会ったことがある」トムはそれ以外になんと言っていいかわかりませんでした。

「さあ、全員連れていけ」オームストーンは急に怒《おこ》った声を出しました。そして、「こいつも連れていくんだ」とトムを指さしました。「だが、こいつは、ほかのやつらとは別の牢《ろう》に閉《と》じこめておけ。こいつには別の案《あん》がある。『おとぎの国』からお出ましの、トーマス・トゥルーハート殿《どの》、君には失望《しつぼう》したよ。もう私になびいてもよさそうなものなのに。私の神話《しんわ》の筋書《すじが》きを喜んでくれるかと思えば、どうやらそうではないらしい。あいかわらずだ。それならしかたがあるまい」

オームストーンは「下がれ」というふうに黄金《おうごん》の衣装《いしょう》のそでを振《ふ》りました。トムは二人の衛兵《えいへい》につかまれ、おとなしく引っ張《ぱ》っていかれました。ほかのみんなと反対の方向に連れていかれるトムに向かって、お兄さんたちが口々に呼《よ》びかけました。

「トム、あきらめるんじゃないぞ」

「父さんを探《さが》して、オームストーンのばかをやっつけろ」

「トム、生きのびろよ」

「おまえが最後の生き残りになるかもしれないぞ、トム。トゥルーハート家の最後の一人だ。最後の冒険家《ぼうけんか》だ。それを忘《わす》れるな、トム。どんなときも真実《しんじつ》の心を忘れるなよ」

反対の方に連れていかれるお兄さんたちの声は、だんだん遠くなり、とうとうまったく聞こえなくなってしまいました。

トムが閉《と》じこめられた牢屋《ろうや》は、すべすべした石の壁《かべ》に囲まれ、鉄格子《てつごうし》のはまった小さな窓《まど》がありました。衛兵《えいへい》がいなくなってから、真《しん》ちゅうの扉《とびら》をゆすってみましたが、どうにかなると思ったわけではありません。扉はしっかりカギがかかっていました。狭《せま》い板切れのベッドに乗って、鉄格子からそとをながめましたが、広く青い空と、太陽に光る海が見えるだけです。水平線《すいへいせん》のかなたに、黒い島影《しまかげ》が見えました。トムは固いベッドに座《すわ》りこみ、ジョリティはどうしたのだろうと考えました。無事で、早く自分を見つけてくれればよいのにと思いました。時間が過《す》ぎていき、トムはお父さんのことを考えました。この城《しろ》のどこかに閉《と》じこめられているにちがいありません。お兄さんやお姫《ひめ》さまたちのことも考えました。海賊《かいぞく》たちにさらわれて境界《きょうかい》の海を渡《わた》って連れてこられたのは、なんのためだろう？　オームストーンのおもちゃにされるため？　でも、今の自分に何ができるのだろう？　なんにもできない、なんにも。今のトムは、石の牢《ろう》に閉じこめられた、武器《ぶき》も持たない小さな少年にすぎないのです。

窓《まど》からの光がだんだん弱くなってきました。そとを見ると、星がかがやいています。

《星座《せいざ》にトゥルーハート家のだれかの名前が付くことがあるのかなあ……》

トムはまたベッドに座《すわ》りました。一人ぼっちです。剣《つるぎ》も弓矢《ゆみや》も取り上げられ、ジョリティもどこかにいなくなってしまったようです。

《僕《ぼく》はあきらめないぞ。僕は絶望《ぜつぼう》なんかしない。だって僕は、トゥルーハート家の人間だもの》

トムは目をつむってベッドに横たわり、眠《ねむ》ろうとしました。うとうとと、かがやく星の渦巻《うずま》く夢《ゆめ》に入りこんだとき、突然《とつぜん》、牢屋《ろうや》の扉《とびら》をそっとたたく音が聞こえました。

＊ハバードおばさん…マザーグースのなかにある、歌の一つ『ハバードおばさん』の一節《いっせつ》に、この歌詞《かし》がある。「ハバードおばさん、犬に骨《ほね》をやるために戸棚《とだな》に行ったが、戸棚のなかは空《から》っぽ。犬はかわいそうに骨をもらえなかった」

＊吟遊詩人《ぎんゆうしじん》…吟遊とは、自作の詩を歌ってめぐり歩くこと。古代ギリシア時代に、吟遊詩人は英雄《えいゆう》の物語などを詩に書いて曲を作り、各地を訪《おとず》れて歌った。

27 予言者《よげんしゃ》

ジョリティは、トムがつぎはぎ顔の男に追いたてられて宮殿《きゅうでん》に入るのを見ていました。そこで、宮殿の上やまわりを飛び、暖《あたた》かい風に乗って浮《う》かびながら、どこか入り口はないかと探《さが》しました。窓《まど》の枠《わく》とか、どこかかくれてトムを見つけ出す場所はないかと探したのですが、宮殿にはほとんどそういう場所が見つかりませんでした。そこで、町や港を探《さぐ》って、オームストーンが何をたくらんでいるのかを見つけ出すことにしました。

狭《せま》い通りの上をかすめて飛んだり、建物の窓《まど》をのぞいたり、鉢植《はちう》えのゼラニウムに水をやる人々や、バルコニーに座《すわ》っている人たちのすぐそばを飛びましたが、この都には、なんだか変な雰囲気《ふんいき》が流れていました。何か大変なことが起こりそうなのです。木の精《せい》の勘《かん》で、ジョリティにはそれがわかりました。

あちこちの家の屋根《やね》やバルコニー、大理石《だいりせき》の手すりに止まって羽をつくろいながら、ジョリティは町の人たちが新しい王や、その計画《けいかく》について話すのを聞きました。盗《ぬす》み聞きされるのをおそれるように、だれもがひそひそ声で話をしています。断片的《だんぺんてき》な話をなんとかつなぎ合わせて、ジョリティはやっと、これから起こる出来事《できごと》を知りました。間《ま》もなく、明日の朝、それは起こります。おそろしい衝撃的《しょうげきてき》なことらしいのです。六人の若者《わかもの》と六人の娘《むすめ》に関わることで、それは、水平線《すいへいせん》のむこうに見える島で始まります。血の犠牲《ぎせい》が出るはずなのです。六人の若者と六人の娘という数がどうも気になります。もしかしたらと思うと、ジョリティは心配《しんぱい》で身ぶるいしましたが、まさかそんなことはあり得《え》ないと打ち消しました。

血の犠牲が起こるはずなのに、なぜかこの都の人たちはホッとしています。なぜなのか、ジョリティはだんだんわかってきました。一人の女の人はこう言いました。

「少なくとも私たちの娘や息子《むすこ》は助かったわ」

別の人はこんなことを言いました。「王さまは賢《かしこ》い。身代《みが》わりを見つけたのだから。それに、犠牲者を見つけるのに、汚《けが》らわしい海賊《かいぞく》を利用したのも賢いことだ。長年にわたって海賊にはさんざん苦しめられてきたが、これでやっと仕返しができる。一度ぐらい立場が逆《ぎゃく》になるのはいいことだ。しかし、それでも……ああ……」

こんなことを言う人もいました。「王さまは身代わりの若者《わかもの》たちを前から知っていたという話を聞いた。そして、その人たちを消し去るつもりらしい。なんでも昔の恨《うら》みをはらすためだとか。宮殿《きゅうでん》に勤《つと》める人から聞いた話だがね。あの王さまは残忍《ざんにん》で、狂《くる》っている」海賊《かいぞく》、血の犠牲《ぎせい》、島、恨み……ジョリティは頭が混乱《こんらん》しました。もっと情報《じょうほう》が欲《ほ》しいのに、だれにも聞けません。でも、あることを思いだしました。トムが話していたことと、特別な水のことです。トムが会ったという、「おとぎの国」の賢人《けんじん》シセロに似《に》た不思《ふし》議《ぎ》な老人《ろうじん》のことです。老人は予言者《よげんしゃ》で、未来のことがわかると言ったそうです。予言……ジョリティに必要なのは、それです。トムが今晩どこかに連れていかれることはないだろうと考えて、ジョリティはトムとキュクロプスが戦った町にもどることにしました。その町の近くに泉《いずみ》があるはずです。

その夜はことさら星が明るく、ジョリティは下に広がる山や谷、水の流れなどの風景《ふうけい》をはっきり見ながら飛ぶことができました。まもなくジョリティは、きれいな石の家や中央広場のある小さな町の上空にやってきました。町は眠《ねむ》っています。ジョリティは、町のむこうに広がる風景を横切って、低く輪を描《か》きながら飛びました。あたりはだんだん暗くなり、背《せ》の高いイトスギが風にゆれて音をたてていました。木立《こだち》がきれいな輪になっている場所を見つけ、ジョリティはさらに低く飛びました。

ジョリティが着いたところは、丸い木立の真んなかの平たい石の上でした。ジョリティは目を閉《と》じて、まわりから聞こえるいろいろな夜の音に耳をすませました。虫の声、フクロウや夜の鳥たちの声にまじって聞こえる水音を聞き取ろうと、ジョリティは木の精《せい》の感《かん》覚《かく》を研《と》ぎすませました。そして、ついに、ふるえる木《こ》の葉《は》の音やカエルの鳴き声、セミの声にまじって、かすかに水の流れる音を聞き取りました。暖《あたた》かな夜風に乗って、冷たい滝《たき》の音がします。

その音をたどって行くと、道からかなり離《はな》れた所に、岩にかくれるようにして流れている小さな滝を見つけました。星明かりで銀色《ぎんいろ》にかがやき、鏡《かがみ》のような黒い泉《いずみ》に流れ落ちています。ジョリティは水辺まで飛んでいき、木の枝《えだ》に止まりました。木の葉のから み合ったなかに丘《おか》があり、そこからぼんやりした温かな光が見えます。泉《いずみ》のむこうの滝《たき》の裏側に、木の枝《えだ》や葉にかくれて、ほら穴《あな》がありました。ジョリティは、低空飛行《ていくうひこう》で滝をかすめるように飛び、ほら穴の入り口にまっすぐ飛んでいきました。

なかには羊《ひつじ》の脂《あぶら》のランプが燃《も》え、長い白ひげの老人《ろうじん》が、岩壁《いわかべ》に寄《よ》りかかって座《すわ》っていました。毛布《もうふ》にくるまり、羊飼《ひつじか》いの曲がった杖《つえ》をひざに置いています。その前に小さなたき火が、細々《ほそぼそ》と赤く燃えていました。それでもたき火にはぬくもりがあります。老人はほら穴《あな》を歩いてくるジョリティを見て、話しかけました。

「小さなたき火じゃが、夜を温かくしてくれる。年老《としお》いた者はほとんど眠《ねむ》ることはないし、食べることもない。鳥よ、わしはおまえを見たことがある」

「そうですか」ジョリティはこの気高《けだか》い老人が、ごく自然に話しかけてきたことに驚《おどろ》きはしませんでした。

「おまえはキュクロプスを打ち負かしておった。そして少年がキュクロプスを破《やぶ》った。よい兆《きざ》しじゃ」

「そのとおりです」ジョリティが言いました。

「何か聞きたいことがあるのじゃな」

「そうです。僕《ぼく》は都から飛んできました。どうもよくわからないのです。都に住む人たちは、血の犠牲《ぎせい》とか、十二人の若者《わかもの》とか、迷宮《めいきゅう》のことを話しています。僕は少年のことが心《しん》配《ぱい》です。それに、王さまはその少年をとらえてしまいました」

老人はうなずいてジョリティを見下ろしました。

「さよう。何かがうごめいておる。新しい王は、若者たちを生《い》けにえにしようとしておる。わしはあるところまでは話してやれるが、全部ではない。なぜなら大部分はまだ物語に書かれていないからじゃ」

「それではどんな結末《けつまつ》になるか、まだわからないとおっしゃるのですか？」

「そうとも言えるし、そうでないとも言える。さまざまな方向に向かうことができる。物語とはそういうものじゃ。偶然《ぐうぜん》や出来事《できごと》、そして運命が決めていくことじゃ。たった一つのこと、たぶん小さなことじゃが、一つの望みがかなう、水を一杯飲む、盾《たて》に光が反射《はんしゃ》する、鏡《かがみ》をちらりとのぞく、一本の指が触《ふ》れる、そんなことが国の運命を決め、神の運命さえも決める。こんなふうに……」老人《ろうじん》はほら穴《あな》の壁《かべ》に寄《よ》りかかり、目を閉《と》じて語り始めました。

「一つの島がある。暗い島じゃ。金色の、巨人《きょじん》のタロスが島を守っておる。一人の王が、このわしの助言で、解《と》けないなぞの迷宮《めいきゅう》をこの島に築《きず》いた。なかはトンネルのような迷路《めいろ》になっており、おそろしい生きものがおる。神々の残忍《ざんにん》さから生まれた怪物《かいぶつ》で、半分は人、半分は雄牛《おうし》じゃ。ミノタウルスと呼《よ》ばれる。腐《くさ》った臭《にお》いのする迷路《めいろ》をうろつき、九年ごとに都の人々に生《い》けにえを要求するのじゃ。六人の若者《わかもの》と六人の娘《むすめ》たちがその迷宮《めいきゅう》に送られて殺される。ミノタウルスに立ち向かって戦う勇気《ゆうき》のあるものは一人としておらぬ。おお、黒い帆《ほ》を上げた船が見える。彼らはその船で島に行くのじゃ」

「僕《ぼく》にできることがあるでしょうか？」

「船を見つけてそのあとを追うのじゃ」そう言い終わると、老人はがっくりと頭をたれて、眠《ねむ》りこんでしまいました。

ジョリティが「ありがとうございます」と言っても、老人はそれ以上何も言いません。小さなたき火の燃《も》えさしの前で眠ってしまった老人を残して、ジョリティは都へともどっていきました。

28 ルンペルスティルツキンの決心

囚人《しゅうじん》たちが部屋から連れ出されたあと、オームストーンは王座《おうざ》から立ち上がってさっと部屋を出ていきました。ルンペルスティルツキンは、長い大理石《だいりせき》の廊下《ろうか》を、金色ずくめの王さまのあとから小走りでひょこひょこついていきました。

「ご主人さま、あ、申しわけございません。陛下《へいか》」ルンペルスティルツキンはあわてて言いなおしました。「とんでもない誤解《ごかい》があったのではないかと心配《しんぱい》です」

「誤解ではない」オームストーンは、歩調《ほちょう》をゆるめもせずに、返事を投げつけました。

「でも、国王陛下」ルンペルスティルツキンは食い下がりました。「確《たし》か、若者《わかもの》だけが島に送られるはずでした。若者だけが黒い帆《ほ》の船に乗るはずでした」

「物語を完結《かんけつ》させるには全員が必要なのだ」オームストーンが言いました。「全員が行くのだ」

「国王陛下、代わりの娘《むすめ》たちをだれか見つけられないでしょうか？　あなたは、一度はあの愛らしいお姫《ひめ》さまたちを花嫁《はなよめ》にすると私に約束したのです。またしてもあの人たちを失うのは、とても苦しくて耐《た》えられません」

「状況《じょうきょう》が変わったのだ。残念ながら、おまえは苦しまなければならない。もう話すことはない。私は館《やかた》に帰り、金のベッドで王の眠《ねむ》りにつく。朝になったら、トゥルーハートのやつらに、一人残らず別れを告《つ》げる。しかも最後の別れだ。おまえもその準備《じゅんび》をするがよい。おやすみ」

「おやすみなさい、国王陛下《へいか》」ルンペルスティルツキンはほとんど聞こえないほどの小さい声で言いました。ルンペルスティルツキンにとって、今こそ決定的瞬間《しゅんかん》でした。絶望《ぜつぼう》が限界に達していました。ほんのわずかな希望《きぼう》の光が見えていたのに、それが目の前でうばわれてしまったのです。

　取るべき道は決まりました。

　行動に移《うつ》すときです。あまりに長く待ちすぎました。最悪《さいあく》の事態《じたい》を前に、おそろしい苦しみが、どっとこみあげてきて、口のなかにまで広がるような気がしました。真っ黒なエネルギーが突然《とつぜん》ふきあがり、手に持った杖《つえ》がわなわなふるえて、いまにも爆発《ばくはつ》しそうでした。ルンペルスティルツキンはじっと廊下《ろうか》に立って、気持ちを静めようとしました。「まだだ」ルンペルスティルツキンはそっと自分に言い聞かせました。「時《とき》を待て。まだだ。しかし、もうすぐだ」

ルンペルスティルツキンは、新しい行動をとる決心をして廊下をもどっていきました。まずは犠牲者《ぎせいしゃ》たちをオームストーンにはむかわせ、それからオームストーンの望みが自分自身にはね返るようにするのです。そうすれば、オームストーンは完全におしまいになるはずです。

ルンペルスティルツキンは、長い地下の廊下を下りて行きました。武器庫《ぶきこ》に向かったのです。武器庫の壁《かべ》には武器が何列も並《なら》んでいて、兵隊が一人、見張《みは》りをしていました。何千という刀《かたな》や盾《たて》、斧《おの》、歩兵《ほへい》用の槍《やり》や騎兵《きへい》用の槍などが、整然《せいぜん》と並べられていました。

そのなかで、トム・トゥルーハートのちっぽけな武器だけが、ことさら目立ちました。それだけが別になって、床《ゆか》の真んなかの箱に無造作《むぞうさ》に積み重ねられていました。誕生祝《たんじょういわ》いの剣《つるぎ》はどこにでもあるようなものに見えました。弓矢《ゆみや》もかつぎ棒《ぼう》もカバンもいっしょに入っています。森で手作りしたみすぼらしい品物を見て、ルンペルスティルツキンは大きなため息をつきました。見ているうちに北の国の冷たい緑の森のことがなつかしく思いだされて、もう一度ため息をつきました。武装《ぶそう》した見張りの兵士が、ルンペルスティルツキンに気がつき、すぐに敬礼《けいれい》しました。

「囚人《しゅうじん》の武器を取りに来た」ルンペルスティルツキンは箱を指さして言いました。

「ここに保管《ほかん》するようにとのご命令でした」衛兵《えいへい》が言いました。

「王さまご自身が、私にすぐ取ってこいと命じられたのだ」ルンペルスティルツキンは背《せ》筋《すじ》をのばして、きっぱりと言いました。

「では、念《ねん》のため、新しい命令を確認《かくにん》しなければなりません」衛兵が言いました。

「その必要はない」ルンペルスティルツキンはそでにかくした小枝《こえだ》の杖《つえ》を衛兵に向けてほんのちょっと動かし、やすやすと催眠術《さいみんじゅつ》にかけました。

「喜んで国王陛下《へいか》のご命令に従《したが》います」衛兵《えいへい》は突然《とつぜん》そう言いました。「全部お持ちになれましょうか？」

「ああ、ありがとう。大丈夫《だいじょうぶ》だ」ルンペルスティルツキンは少し疲《つか》れを感じました。木の精《せい》は強力な魔法《まほう》の力を持っているのですが、無駄《むだ》に使うことはできません。本当に必要なときのために力を残しておかなければならないのです。これまで魔力《まりょく》を使いすぎたことはなかったのですが、たった今動き出した新しい筋書《すじが》きのために、持っている力を全部出し切らなければならないかもしれないのです……たとえ力を使い果《は》たしてしまうという危険性《きけんせい》があっても。

ルンペルスティルツキンはトムの武器《ぶき》や持ち物を両腕《りょううで》に抱《かか》え、廊下《ろうか》を歩き始めました。そして、もっと深《ふか》い地下への階段《かいだん》を下りていきました。

29 牢屋《ろうや》のなかのトム

トムは、はっきり目を覚まして起きあがりました。またトントンと扉《とびら》をたたく音が聞こえます。扉に近づき、つま先立ちをすると、やっとカギ穴《あな》からそとが見えました。廊下《ろうか》は、小さなランプのちらちらする光だけで照らされています。トムはうす暗がりのなかにいる人影《ひとかげ》を見つけました。だれなのかはわかりません。

「だれ?」トムが聞きました。

答えのかわりに、カチッという音と、金属《きんぞく》のこすれる音が聞こえ、次にもっと大きなカチッと言う音がして、ちょうつがいがきしみ、扉がゆっくりと内側に開きました。

トムは長い廊下に出ました。まわりを見てもだれもいません。石の廊下には、トムのかつぎ棒《ぼう》と剣《つるぎ》、弓矢《ゆみや》と旅行用のカバンが一かたまりになって、ほの暗い明かりに照らされていました。トムは上や下を見ましたが、まったく人影がありません。ぐずぐずしてはいられません。トムは剣を拾い上げました。腰《こし》のさやに収めるとき、剣が銀色《ぎんいろ》にかがやきました。

旅行用のカバンと弓《ゆみ》を肩《かた》にかけ、矢たてに矢を入れてから、トムはその場にまっすぐに立ち、息を吸《す》いこんで三つ数えました。それからかつぎ棒《ぼう》を拾い、廊下《ろうか》の奥《おく》にある石段《いしだん》に向かって歩き始めました。

出口を探《さが》すには上の階に行かなければならないことは、わかっていました。トムのいる階の廊下に沿《そ》って、いくつか扉《とびら》がありましたが、なかはシーンとして真っ暗です。番人もいません。ここは宮殿《きゅうでん》の一番下の忘《わす》れられた場所で、めったに人が来ない所のようです。らせん階段《かいだん》を上っていくと、別の廊下が延《の》びていました。七里靴《しちりぐつ》の半分の三里半《さんりはん》の靴《くつ》で、できるだけ音をたてないように、次のらせん階段を目指《めざ》して廊下を歩いていくと、階段の手前に扉が半分開いている部屋がありました。明かりが見えたので、トムはなかをそっとのぞきました。

そこは、トムの閉《と》じこめられていた牢屋《ろうや》とちがって、仕事部屋のようでした。棚《たな》に、金色の布《ぬの》が丸めて積み上げられているのが見えます。壁《かべ》には羊《ひつじ》の脂《あぶら》のランプが二つ三つ灯《とも》り、壁にはめこまれた小さな金の板に反射《はんしゃ》しています。糸車《いとぐるま》と、金の布が積み上げられた机《つくえ》があります。机の前に、扉《とびら》に背《せ》を向けて、黒髪《くろかみ》の女の子が座《すわ》っていました。明かりで黒髪がほとんど金髪《きんぱつ》に見えます。女の子は折りたたんだ布の上にかがみこんで、何か縫《ぬ》っています。

「こんばんは」トムが声をかけました。

女の子は驚《おどろ》いて振《ふ》り返りました。トムは、あの王座《おうざ》の間《ま》で見かけた女の子だということがすぐにわかりました。

「ごめんね。おどかすつもりはなかったんだけど」トムがあやまりました。

女の子は立ち上がってエプロンを払《はら》い、身なりを整《ととの》えました。エプロンのポケットが、ハサミや糸玉でふくれています。女の子は、持っていた針《はり》を、机の上の針刺《はりさ》しに刺しました。「あなたは、トム・トゥルーハートね」女の子は笑いをこらえているようでした。

「どうして僕《ぼく》の名前を知ってるの?」

「王座の間であなたを見たわ。おかしな名前なのね」そう言いながら、女の子は笑顔になり、プッと吹《ふ》き出しました。

「ごめんなさい。だって名前がおかしいんですもの。あなたは赤いハートの布《ぬの》を持った男の子……」女の子はかつぎ棒《ぼう》を指さしながら言いました。「キュクロプスをやっつけた勇《ゆう》敢《かん》な英雄《えいゆう》だわ」

「こんなに夜遅《よるおそ》く、ここで何をしているの？」

「王さまの服を縫《ぬ》っているの。私は王さまのお針子《はりこ》よ。王さまは、金のロ*ーブや金のク*ローク、金のチュニック、なんでも金のものを、次から次に欲《ほ》しがるの。この金の布の山を見てちょうだい」女の子は、天井《てんじょう》まで届《とど》くほど、棚《たな》に積み上げられた、かがやく布の山を指さしました。それから、「どうやって地下牢《ちかろう》から逃《に》げたの？」と聞きました。「私、あなたが牢屋《ろうや》に連れていかれるのを見ていたわ」

「僕《ぼく》にもわからない」トムが答えました。「扉《とびら》をたたく音で目が覚めて、そとに人影《ひとかげ》が見えたと思ったら扉のカギが開いたんだ。でも、そとに出てみたらだれもいなかった。代わりに僕の冒険《ぼうけん》用の剣《つるぎ》とか矢とか、ぜんぶ牢屋のそとの床《ゆか》に置いてあった」

「きっと神様があなたにほほ笑まれたのだわ、トム・トゥルーハート。あなたが勇敢だから」

「僕、ほんとは勇敢じゃない」トムが言いました。

「扉《とびら》を閉めたほうがいいわ」女の子はそう言って、ランプの明かりを暗くしました。

「だれかが見張《みは》りに回って来るかもしれないから。ときどき来るのよ」

「僕《ぼく》、いろいろやることがあるんだ」トムが言いました。「手遅《ておく》れになる前に、父さんと兄さんたち、それに花嫁《はなよめ》たちを助け出さないと。みんな、この城《しろ》のどこかに閉《と》じこめられているんだ」

「見張りがとっても厳《きび》しいから、あなた一人では無理だわ。勇敢《ゆうかん》なことは知っているけど、だれかの助けが必要よ」

「友だちがいるよ。ジョリティっていう名前のカラスなんだけど、今は離《はな》ればなれになってしまった。でも、きっとまた見つけるよ」トムは少し心細そうに言いました。

「あなたとカラスだけでは、守備隊《しゅびたい》全員を相手にするのは無理だわ」女の子が言いました。

「君が助けてくれるかもしれない」トムが元気に言いました。

「そうね、あなたを城《しろ》から逃《に》がしてあげられるかもしれないわ」女の子は布《ぬの》と針《はり》を見下ろして、「そうしてあげる」と言いました。それからニッコリほほ笑んで、「私の名前は、アリアドネ」と、エプロンをつまみ、腰《こし》をかがめてあいさつして、クスクス笑いました。

トムもおじぎを返しました。「僕《ぼく》は、もう知ってるみたいだけど、トム・トゥルーハートっていう名前で、冒険《ぼうけん》一家のトゥルーハート家の者です。君をこんな所から助け出してあげる」トムは縫物《ぬいもの》や道具《どうぐ》を指さして言いました。それからかつぎ棒《ぼう》を持ち上げて、「さあ、行こう。ぐずぐずしてはいられない」と言いました。

「このままのかっこうでは、そう遠くまで行けないわ。衛兵《えいへい》に見つかったら……上の階に行けば、必ず見つかってしまうわ……そうなったらおしまいよ。ちょっと待って。私にいい考えがあるの」女の子は机《つくえ》の上から、金の布《ぬの》を一巻《ひとま》き取り上げました。

二人はいっしょに階段《かいだん》を上《のぼ》り、一つ上の階に出ました。トムは金の布ですっぽりおおわれています。衛兵《えいへい》に見つかったら、トムはアリアドネの腕《うで》に抱《かか》えられ、王さまの金の服のふりをして運ばれるのです。二人はそこから二つ上の階まで急いで上り、角を曲がりました。アリアドネがのぞくと、そとに出る高い扉《とびら》の両側に、武器《ぶき》をもった衛兵が立っていました。トムはすぐにアリアドネの腕に抱えられ、できるだけじっとしていました。アリアドネは廊下《ろうか》を歩いていきました。

「どこへ行くつもりかね？」アリアドネが近づいていくと、衛兵の一人がたずねました。

「できたばかりの王さまの新しいローブを、すぐにお館《やかた》にお届《とど》けにいきます。明日の儀式《ぎしき》に必要なのです」

「それじゃ、見せてくれ」もう一人の衛兵が、仲間《なかま》にウインクしながら言いました。

「おじょうちゃん、それを着て、くるりと回って見せてくれよ」

「王さまがそんなことをお許《ゆる》しになると思いますか？　一番新しい秘密《ひみつ》の金のローブを、王さま以外《いがい》の人に見せるなんて。王さまにお目にかかって、お二人に見せてよいかどうか、伺《うかが》いましょうか？」

「いやいや、面倒《めんどう》は起こしたくない。アリアドネさん、こいつはあんたをからかっただけなんだ」

「通ってよし」もう一人の衛兵《えいへい》が、おどおどしながら言いました。

「そうでしょうとも」アリアドネは扉《とびら》を通り抜《ぬ》けて、テラスに出ました。トムが重くてしかたがありませんでした。

衛兵の一人がそとまでついてきて、アリアドネに呼《よ》びかけました。「おじょうさん、王さまに俺《おれ》たちのことを告《つ》げ口《ぐち》しないでくれるね？」

「しないわ。おやすみなさい」アリアドネは腕《うで》のなかのトムを落とさないように必死《ひっし》でした。

「おじょうさん、大丈夫《だいじょうぶ》かい？」

「大丈夫よ。ありがとう。おやすみなさい」

アリアドネはテラスの端《はし》まで歩きました。そこからは下《くだ》りの階段《かいだん》です。

「おやすみ、おじょうさん」

宮殿《きゅうでん》の下の暗い道までは、とても長い距離《きょり》に見えました。そこまで行けば、自由になれるチャンスにつながります。でも、道のりが長いばかりか、急な下り階段《かいだん》が続いています。アリアドネは下を見ただけで、めまいがして転《ころ》びそうになりましたが、危《あや》ういところでふみとどまりました。下を見ないようにしよう、とアリアドネは思いました。

「危《あぶ》なかったわ。転んであなたを落としてしまうところだった。まだ衛兵《えいへい》たちの目が光っているわ」アリアドネがトムにささやきました。「下を見ないようにすれば大丈夫《だいじょうぶ》。あなたを落とさないように、がんばってみる」

アリアドネは、二つの黒い目が自分たちを見ていることに気がつきませんでした。階段を一段下りると、不思議《ふしぎ》なことに、急に腕《うで》のなかのトムが軽《かる》くなったように感じました。もう一段、また一段と下りていくうちに、もう衛兵たちの目が届《とど》かないところにまで下りてきました。アリアドネは階段の下の方で立ち止まり、トムは体をくるんでいた金色の布《ぬの》から抜《ぬ》け出て、自分の足で立ちました。

「思ったより力持ちなんだね」トムが言いました。

「力はないわ。しばらくのあいだ、あなたが急に軽くなったように感じたの。不思議《ふしぎ》だわ。どうしてかわからない」アリアドネが言いました。

二人とも、小さなルンペルスティルツキンが、城《しろ》の階段《かいだん》をかけもどっていくのに気がつきませんでした。

トムは肩《かた》から金の布をはずし、たたんでカバンにしまいました。そして二人は、星が瞬《またた》く夜空の下をいっしょに歩いていきました。

歩きながらトムが言いました。「オームストーンは、僕《ぼく》の父さんと兄たちと花嫁《はなよめ》たちを、黒い帆《ほ》の船に乗せるつもりなんだ。僕は船を見つけて密航《みっこう》し、海の上か、みんなが連れていかれる先で助け出すよ」

「トム、連れていってくれるなら、私もいっしょに行くわ」アリアドネが言いました。

「王さまの金の服は、だれかほかの人に縫《ぬ》わせましょう」

港には、もっとたくさんの武装《ぶそう》した衛兵《えいへい》が巡回《じゅんかい》していました。町の建物のあいだを見回っている兵士たちのかぶとの羽飾《はねかざ》りが、歩くたびに上下にゆれるのが見えます。トムとアリアドネは、暗がりにかくれながら船着《ふなつ》き場《ば》や入《い》り江《え》をあちこち探《さが》し歩き、とうとう港の一番奥《おく》に、黒い帆《ほ》の船を見つけました。武装した船です。食料樽《しょくりょうだる》が、船から陸《りく》にかけられたタラップの上を転《ころ》がされ、船に積みこまれています。トムとアリアドネは、船に近づけるだけ近づき、出航の準備《じゅんび》を見張《みは》ることができるかくれ場所を探《さが》しました。港の建物のあいだに狭《せま》い路地《ろじ》があり、そこは明かりもなく、十分に暗い場所でした。

二人はその路地にいっしょに座《すわ》りました。暖《あたた》かな夜です。

「あなたのお兄さんたちは、あの島に連れていかれるのよ」アリアドネが言いました。

「そこで何が起こるの？」

アリアドネはすぐには答えませんでした。重い沈黙《ちんもく》がしばらく続きました。船板《ふないた》がきしむ音や荷を積みこむ男たちの世間話《せけんばなし》、それに船を洗《あら》う静かな海の音が聞こえるだけです。

「世にもおそろしいことが起こるの」アリアドネがやっと答えました。

「どういうことなの？」

「『迷宮《めいきゅう》』と呼《よ》ばれる、石でできた地下のトンネルがいくつも延《の》びている場所があるの。

ダイダロスという人がつくった迷路《めいろ》で、その奥《おく》では……そう、私がさっき言ったとおりよ」

「世にもおそろしいこと？」

「そうよ」

二人は壁《かべ》に寄《よ》りかかって座《すわ》り、荷物の積みこみが終わるのを待ちました。密航《みっこう》する機会《きかい》をうかがっていたのです。もし、そのときトムが路地《ろじ》から首をのばせば、帆《ほ》が上がって出航の準備《じゅんび》ができた船が見えたはずです。


波止場《はとば》が静かになりました。船員も荷運びの作業員《さぎょういん》もいなくなり、タラップの下に衛兵《えいへい》が一人立っているだけです。トムとアリアドネは、チャンスを待ちました。暗がりから衛兵を見張《みは》りながら、トムはどうしたら衛兵の気をそらして船に乗りこめるかを考えました。

ジョリティは港の上を低く飛んでいました。船着《ふなつ》き場《ば》には大小さまざまな船が停泊《ていはく》していますが、黒い帆《ほ》の船は一隻《いっせき》だけで、港の一番奥《おく》にありました。ジョリティはその船に向かって飛びました。一度、二度と船の上をかすめて飛び、それからマストに止まりました。羽を休めてまわりを見ると、羽飾《はねかざ》りのかぶとをかぶった衛兵《えいへい》が一人、タラップの下に立っていました。まわりの建物は闇《やみ》に包まれ、衛兵のほかは人影《ひとかげ》がありません。

ジョリティはしばらくじっとして暗闇《くらやみ》を見つめていました。すると、何かが動く気配《けはい》がしました。ジョリティと同じように、じっと様子《ようす》をうかがっているような感じです。ジョリティは、二つの建物のあいだの狭《せま》いすき間《ま》に目をこらしました。まちがいなく、だれかがかくれています。ジョリティは音をたてずに飛びたち、建物のあいだを低く滑《すべ》るように飛んで、暗い路地《ろじ》に降《お》りました。壁《かべ》に寄《よ》りかかって座《すわ》っている二つの影が見えました。一人が路地から顔を突《つ》き出しました。真っ黒な巻《ま》き毛がピンピン立っている頭と、心配《しんぱい》そうな青白い顔、それに茶色い革《かわ》のそでなしの上着《うわぎ》らしいものが見えます。トム・トゥルーハートだ、まちがいない。そう思った瞬間《しゅんかん》、ジョリティの「真実の心《トゥルーハート》」がうれしさに躍《おど》りました。ジョリティはそっと二つの影の近くに降りました。

「トム」ジョリティがささやくように呼《よ》びました。

「だれ？」トムの声です。「君なの？　ジョリティ？」

「そうだよ」ジョリティが二人の目の前に飛び出しました。

「ああ、ジョリティ！　会えてよかった！　この人はアリアドネ。宮殿《きゅうでん》から僕《ぼく》を救《すく》い出してくれた人だよ」

「初めまして、アリアドネ」ジョリティがあいさつしました。

「お話しができる魔法《まほう》の鳥ね」アリアドネがささやくように言いました。「でもおかしな名前だわ」アリアドネはクスクス笑いをこらえながら言いました。

「オームストーンはジャック、じゃっく、ジャッキー、ジャクソン、ジェイク、ジャコット、それに、シンデレラ、ラプンツェル、ジル、白雪姫《しらゆきひめ》、眠《ねむ》り姫、ジニア姫を地下牢《ちかろう》に閉《と》じこめているんだ」トムは一息《ひといき》に言いました。「海賊《かいぞく》を使って、『めでたし めでたしの島』からみんなをさらったんだ。だから、父さんだけじゃなくて、みんなつかまっている」

「六人の若者《わかもの》と、六人の娘《むすめ》たち……心配《しんぱい》したとおりだ」ジョリティが言いました。

「みんな、あの島で、犠牲《ぎせい》になるんだわ」アリアドネが言いました。

「知っているよ」ジョリティが言いました。

「知ってるって？」トムが聞き返しました。

「僕《ぼく》、予言者《よげんしゃ》を見つけたんだ。泉《いずみ》のそばにいた老人《ろうじん》のこと、覚えてる？」

「ああ、あの人。うん、覚えてるよ」

「それに、もう一つ」ジョリティが言いました。「島には宝物《たからもの》があって、タロスっていう金属《きんぞく》の巨人《きょじん》が守っている」

「僕の父さんは、『巨人殺しのジャック』っていうあだ名だ」トムが言いました。「オームストーンがつくった最初の巨人をやっつけたからだ。だから、オームストーンは、父さんをもっとおそろしい巨人と戦わせる筋書《すじが》きにしたんだな。僕たち、船に乗りこまなきゃ」

「大丈夫《だいじょうぶ》、うまい方法があるよ」ジョリティが言いました。「僕みたいに話をする鳥に、夜中に出会ったら、たった一人で番をしている衛兵《えいへい》はこわがると思わないか？」

＊ローブ……すそまで長くゆったりとたれる礼服。儀式《ぎしき》の場で、服の上に羽織《はお》る。

＊クローク……首のところでえりを結《むす》び、体をすっぽり包みこむそでなしの長い外《がい》とう。

30 オームストーンの夢《ゆめ》

その日の朝、オームストーンは一番上等《じょうとう》の金の服を着ました。それよりもすばらしい新しい一揃《ひとそろ》いを着るつもりだったのですが、届《とど》かなかったのです。宮殿《きゅうでん》のお針子《はりこ》のアリアドネが夜のうちに消えてしまったからです。そればかりか、トム・トゥルーハートもいなくなってしまったというのです。だれかがわざと、牢《ろう》から出して逃《に》がしたのです。もしかしたら、トムとお針子はぐるになっているのではないか、とオームストーンは思いましたが、その考えを打ち消しました。《いやな偶然《ぐうぜん》にちがいない。全員死刑《しけい》にしてやる。逃がしたやつを見つけたら、すぐに重い罰《ばつ》を与《あた》えてやる。しかし今は時間がない。ほかにやることがある。責任者《せきにんしゃ》の衛兵《えいへい》を厳重《げんじゅう》に処罰《しょばつ》するのは、一日や二日あとでもよい。トムはどうせすぐにつかまるだろう。せっかくのどす黒い楽しみをだいなしにはできない。トム以外のトゥルーハートのやつらを、ついに負《ま》かしてやる日なのだから》

オームストーンは、まぶしくかがやく黄金《おうごん》の朝食の間《ま》に座《すわ》りました。くだものまでも金ぱくでおおうように、家来《けらい》に言いつけておきましたから、黄金《おうごん》の皿《さら》にのっているブドウもザクロも、イチジクも、リンゴもナシも、みんなみがきあげられて、朝日にかがやいています。

完ぺきな朝です。水平線《すいへいせん》のかなたに黒い島が見えます。オームストーンは、物語の最後の場面をふと思い浮《う》かべました。迷路《めいろ》のどこか奥深《おくふか》い所で、トゥルーハートのやつらがおそろしい目にあう……。オームストーンは満足気にため息をつき、うすい金ぱくにくるまれたぶどうを一粒《ひとつぶ》口に入れ、今度は別な喜びでもう一度ため息をつきました。

ルンペルスティルツキンが遠慮《えんりょ》がちにドアをノックしました。

「入れ」オームストーンは金色のナプキンで口についた金ぱくをぬぐいながら言いました。

「国王陛下《へいか》、おはようございます」ルンペルスティルツキンは、床《ゆか》に頭がつくほど低くおじぎをしました。

「おろかな衛兵《えいへい》たちが言うには」オームストーンが言いました。「トムのちびめが逃《に》げたそうだ。あのお針子《はりこ》の小娘《こむすめ》が関《かか》わって逃《に》がしたのではないかと思う。なにしろ二人ともいなくなったのだからな。お針子《はりこ》は上等《じょうとう》の金のローブを私に届《とど》けるはずだった。しかし、このすばらしい日を、そんなことでだいなしにされてはならない」

「王さま、おおせのとおりです」ルンペルスティルツキンが言いました。「あの暗い島に若者《わかもの》たち全員を送るというお気持ちに変わりはございませんでしょうか？　美しい姫《ひめ》たちもでございましょうか？」

「変わりない。おまえもよくわかっておろう。全員だ。それにもう一人、あのろくでもない父親も送るのだ。私の記憶《きおく》では、巨人殺《きょじん》しで有名になったやつだ。私が最初につくりだした巨人の一人を殺した。さあて、こんどの巨人にどう立ち向かうやら。あいつにとっては最後の巨人になるだろう。巨人のなかの巨人、倒《たお》すことは不可能《ふかのう》な巨人だ」

オームストーンは例のいやな笑い声を上げました。

「王さま、地下にいるキュクロプスのことでございますか？」

「いや、ちがう。考えても見よ。むこうみずにも、あの島に上陸《じょうりく》する戦士《せんし》を待ち受けるのは、もっとおそろしい巨人だ。ありえないことだが、もしあいつがその巨人を倒《たお》した場合は、昔の王がかくした宝物《たからもの》が、それだけ早く我々《われわれ》の手に入ることになる」

「なるほど、そうでございますね」ルンペルスティルツキンが言いました。

「ずっと考えていたのだが」オームストーンが静かに言いました。「おまえは、木の精《せい》が使える魔力《まりょく》の範囲《はんい》なら、どんな願いもほとんどすべて、かなえられるはずだな？」

「さようでございます。妥当《だとう》な範囲であれば」

「おまえが私のために直接《ちょくせつ》に妖精《ようせい》の金をつくりだしたことはなかったし、これからもないであろう。しかし、私が自分自身《じぶんじしん》で金を作るという力を、おまえが私に与《あた》えることはできないだろうか。たとえばちょっと触《ふ》れるだけで。神話《しんわ》と伝説《でんせつ》の物語の筋書《すじが》きを全部変えるという、私の夢《ゆめ》をかなえるためには、ぼうだいな金が必要になるだろう」

「王さま、できるかどうかわかりません」ルンペルスティルツキンが静かに言いました。

「非常に強い呪文《じゅもん》が必要になることでしょう」ルンペルスティルツキンの頭のなかで、突《とつ》然《ぜん》はっきりした計画ができあがっていきました。

「今日《きょう》の大きな行事《ぎょうじ》のあとで、やってみましょう。でも、うまくいくかどうか、お約束はできません」

「うまくいくにちがいない」

オームストーンは興奮《こうふん》し、有頂天《うちょうてん》になって言いました。

31 暗黒《あんこく》と血と恐怖《きょうふ》の島

トゥルーハート兄弟と花嫁《はなよめ》たちは、鎖《くさり》につながれて、宮殿《きゅうでん》の牢屋《ろうや》からまぶしい朝の光のなかに引き出されました。全員がつながれた腕《うで》を体の脇《わき》にだらんとのばし、両足を少し開いて、まるで王さまの軍隊に入隊《にゅうたい》したばかりのだらしのない新兵《しんぺい》のようです。羽飾《はねかざ》り付きのかぶとをかぶった衛兵《えいへい》たちが、広場をぐるりと囲んで並《なら》んでいます。

オームストーン王は二人の屈強《くっきょう》な兵士を従《したが》えて、地下に向かって急いでいました。うす暗い地下の壁《かべ》に金色のケープがきらめいて、まるでキュクロプスの稲妻《いなずま》のように見えます。ペットの警備《けいび》ライオンが王さまを歓迎《かんげい》してうなり声を上げましたが、おどしているようなおそろしい声です。間《ま》もなくオームストーン王は、牢屋に着きました。ビッグ・ジャックは壁に寄《よ》りかかって座《すわ》っています。妖精《ようせい》の鎖が、よごれた床《ゆか》にだらりとのびていました。

「さて」オームストーンがビッグ・ジャックに向かってかみつくように言いました。

「おまえはもうおしまいだ。私のがまんもついに限界《げんかい》に達した。もうおまえに用はない。

今日《きょう》おまえを海のむこうに連れていき、おそろしいものと対決《たいけつ》させる。おまえにもまぬけな家族にも、もう私のじゃまはさせないぞ。おまえは神話《しんわ》のなかに消えるのだ。衛兵《えいへい》、こいつをほかの連中《れんちゅう》といっしょに連れていけ」

王さまの衛兵が、刀《かたな》や槍《やり》を振《ふ》りかざして牢屋《ろうや》に入りました。ビッグ・ジャックは立ち上がりながら、おそろしい顔をした警備《けいび》ライオンの頭をわざとポンポンたたきました。ライオンは背中《せなか》の毛を逆立《さかだ》ててほえ、怒《おこ》って鎖《くさり》を引っ張《ぱ》りながら、あたりかまわずかみつこうとしました。そのものすごさにだれもが気を取られたすきに、ジャックは、黒い粉の入った袋《ふくろ》を、壁《かべ》のくぼみからそっとズボンの尻《しり》ポケットにすべりこませました。


ビッグ・ジャックはまぶしい太陽の下に引き出され、まばたきしました。鎖につながれて並《なら》んでいる六人の息子《むすこ》たちの脇《わき》に、六人の美しい花嫁《はなよめ》がいるのが見えました。

大きなさけび声が上がり、怒《おこ》った六人の若者《わかもの》たちが、鎖につながれたまま前に出ようともがきました。息子たちを一人ひとり見ながら、ビッグ・ジャックは妖精《ようせい》の鎖を力の限り引っ張《ぱ》りましたが、どうしても息子たちに近づくことができません。息子たちも、鎖《くさり》を引っ張り、ねじ切ろうとしましたが、父親に近づくことはできませんでした。

「父さんが助けてやるからな」ビッグ・ジャックは、兵隊に連れ去られながら、息子たちに呼《よ》びかけました。

「大丈夫《だいじょうぶ》だよ」ジェイクが大声で言いました。「父さん、心配しないで。俺《おれ》たちが父さんを助けるから」

あわただしく広場に入ってきたオームストーン王が、「助けられるものか」とさけび、いつもの甲高《かんだか》い笑い声をあげました。兄弟はいっせいにオームストーンをののしりました。衛兵《えいへい》たちは兄弟を押《お》しもどし、刀《かたな》をのど元《もと》に突《つ》きつけて黙《だま》らせなければなりませんでした。

まばゆい黄金《おうごん》の衣装《いしょう》で立っているオームストーン王の後ろには、木《こ》の葉《は》の冠《かんむり》をかぶって革《かわ》のチュニックを着た、暑苦しそうなルンペルスティルツキンが立っています。木《き》の精《せい》はお姫《ひめ》さまたちに近づき、かわいそうにという表情で、一人ひとりの美しい顔を見上げましたが、お姫さまたちは木の精のことなど、まったく気にもとめない様子《ようす》でした。ぐったりと弱った姿《すがた》で連れられて行くビッグ・ジャックのほうが気になっていたからです。

「ごめんなさい」ルンペルスティルツキンは一人ひとりに小さな声であやまりました。ジルにも声をかけました。オームストーンに聞こえないように、なるべく小さな声で言ったのです。

お姫《ひめ》さまたちは、木の精《せい》を無視《むし》して、ただ首を振《ふ》っただけでした。

オームストーン王は金の舞台《ぶたい》から様子を見ていました。金のじゅうたんが、舞台の階段《かいだん》から港へ、そしてかがやく青い海に向かって敷《し》かれています。黒い帆《ほ》を張《は》った船が、上《あ》げ潮《しお》にゆれているのが見えます。大事な積み荷を待っているのです。

「間《ま》もなくだ」オームストーンがトゥルーハート親子に向かって言いました。「我《われ》らはあの島に出発する。そこで待ちうける運命が、おまえたちの最後を決めるのだ。『めでたしめでたしの島』とはちがうぞ。それどころか、暗黒《あんこく》と血と恐怖《きょうふ》の島だ。その島こそ、ああ、どの話を聞いても、本当におそろしいところなのだ。もしかしたら、暗黒の神々《かみがみ》が情《なさ》けをかけるかもしれないが、まあ、望みはない。一人だけ、おまえたちの一番下の弟、あの情けないトム・トゥルーハートだけがいない。小娘《こむすめ》といっしょに逃亡《とうぼう》した。おまえたちを運命にまかせて見捨《みす》て、小娘と二人でキンポウゲやヒナギクの花でもつみに行ったのだろう。あいつの本性《ほんしょう》がこれではっきりしたと言えるな。さあ、衛兵《えいへい》たち、こいつらを船に連れて行け」

「ちょっと待った」ビッグ・ジャックが大声で言いました。足首に巻《ま》かれた鎖《くさり》をギリギリ引っ張《ぱ》って、ビッグ・ジャックは前に進み出ました。「私の末息子《すえむすこ》のトムのことを、おまえに言っておこう。私は七番目の息子として生まれ、トムは私の七番目の息子だ。トムは七人目の息子の、そのまた七人目の息子ということになる。おまえなんぞには想像《そうぞう》もつかない能力《のうりょく》を持っている子だ」

「へんぴな森のつまらん迷信《めいしん》や信仰《しんこう》など、ここにいる私には通用《つうよう》しない」オームストーンはうすら笑いを浮《う》かべて言いました。

「ここは『根源《こんげん》の場《ば》』だ」

そう言い終わると、オームストーンは金のそでに通した両腕《りょううで》を上げ、衛兵《えいへい》に出発の合図《あいず》をしました。捕虜《ほりょ》たちを一列に並《なら》べて港に向かって行進させせよ、という合図です。そのとき、立ち並んだ旗ざおの一つに止まっていたカラスが、兵士と捕虜の行列《ぎょうれつ》のあとを追って飛んでいくのを、だれ一人気にとめませんでした。

32

黒い帆《ほ》の船

トムとアリアドネは、ジョリティが黒い帆《ほ》の船の方にもどってくるあいだ、物陰《ものかげ》にかくれて待ちました。船のデッキに上《のぼ》るタラップの下に、衛兵《えいへい》が一人だけ見張《みは》りに立っています。しかも、ジョリティが見たところ、半分眠《ねむ》っています。簡単《かんたん》におどかすことができそうです。ジョリティは音をたてずに、衛兵の上に飛んでいき、デッキの手すりに止まって、出せるだけ大きな声を出しました。

「予言者《よげんしゃ》の声を聞け」ジョリティは、おいはぎをおどかしたときと同じ声を使いました。

衛兵は振《ふ》り返って刀《かたな》を抜《ぬ》きましたが、だれもいません。波止場《はとば》は空《から》っぽで、ただ暗闇《くらやみ》があるだけです。

ジョリティがまた声を張《は》り上げました。「予言者はおまえに話しているのだ。そうだ、おまえだ。おまえはこの場を去り、二度ともどってくるな」

ジョリティのおそろしい声は、壁《かべ》にこだまし、港中に響《ひび》き渡《わた》りました。

衛兵《えいへい》は刀《かたな》を振《ふ》り上げて、声が聞こえてくると思った方角《ほうがく》に走りました。「出てこい、姿《すがた》を見せろ」と衛兵がさけびました。しかし、なんの気配《けはい》もありません。空《から》っぽな闇《やみ》があるだけです。衛兵は、刀をめちゃめちゃに振り回しながら、反対の方角に走っていきました。「切りそこねたぞ」ジョリティが大声で言いました。「それ、また外《はず》れた。おまえには決して私を切ることはできない。勝てはしないのだ……見えないのだからな」

トムとアリアドネは、衛兵が右往左往《うおうさおう》するのを、物陰《ものかげ》から見ていました。ジョリティはデッキに積んであった小さな陶製《とうせい》のランプを一つくわえて、音をたてずに飛び、衛兵の後ろに落としました。ランプは地面に落ちてくだけましたが、衛兵は自分の上に落ちてきたかのように驚《おどろ》いて飛び上がりました。ジョリティはすぐにデッキにもどり、もう一つランプをくわえてそーっともどってきました。そして、一個《いっこ》目のすぐそばに二個目のランプを落としました。衛兵はまた飛び上がりました。衛兵の驚き方があんまりおかしくて、トムは口を押《お》さえて、吹《ふ》き出したいのをこらえなければなりませんでした。

「すぐに立ち去れ」ジョリティが声をふるわせました。「この黒い帆《ほ》の船に乗る者には死が訪《おとず》れる。おまえにもだ」

衛兵《えいへい》は粉々になったランプを見下ろし、何も見えない暗闇《くらやみ》に目をこらしました。そしてタラップを離《はな》れ、港から町のほうへと一目散《いちもくさん》に逃《に》げていきました。

トムはアリアドネの手をとり、体をかがめて船まで走ってタラップを上《のぼ》り、甲板《かんぱん》に出ました。どこか、かくれる場所が必要です。甲板には大きな空《から》っぽの樽《たる》が十二個《こ》、置いてありました。おそろしい島に渡《わた》ったあと、樽がなんのために使われるかを考えると、トムはゾッとしました。

二人は樽によじ上ってなかに入り、ワインの澱《おり》のすっぱい匂《にお》いがする樽の底《そこ》にうずくまりました。

夜が明けるまで、二人は低い声で話をしました。トムは「おとぎの国」のことをアリアドネに話して聞かせ、お兄さんたちや花嫁《はなよめ》のことも話しました。アリアドネは『神話《しんわ》と伝《でん》説《せつ》の島』の世界のことを話しました。夜明けを待ちながら、二人は樽の壁《かべ》に背中《せなか》を押《お》しつけて座《すわ》っていました。

とうとう夜が明けて、樽《たる》のすき間《ま》から、雲ひとつない真っ青な空がのぞきはじめました。行進の足音と、太鼓《たいこ》の音、そして、王さまがやってくるときのラッパのファンファーレが聞こえました。間《ま》もなくトムたちのいる樽の近くの甲板《かんぱん》で、同じ足音がしました。のぞいたりすると危険《きけん》なので、トムはそとを見ることができませんでしたが、鎖《くさり》の音が聞こえ、お兄さんたちが全員並《なら》ばせられていることがわかりました。船着《ふなつ》き場《ば》を離《はな》れる船の動きを感じたとき、突然《とつぜん》、おおぜいの人が大歓声《だいかんせい》をあげるのが聞こえました。

「自分たちの息子《むすこ》や娘《むすめ》が島に送られずにすんだから、みんなが喜んでいるのよ」

アリアドネがささやきました。

トムは肩《かた》かけカバンをさぐって、トゥルーハート家の模様《もよう》の入った木綿《もめん》の布《ぬの》切《き》れを取り出しました。お父さんが、あの遠い寒い北の国で、アーンの木のお椀《わん》に入れて置いていった布です。

トムは布切れを樽のすき間《ま》からそっとそとに押《お》し出しました。布切れは海風に乗って運ばれていきました。

しばらく風にまっていた布は、甲板《かんぱん》に落ち、あちこち風に吹《ふ》かれて、ビッグ・ジャックの七里靴《しちりぐつ》のそばで止まりました。ビッグ・ジャックはすぐに気がつき、ブーツをちょっと持ち上げて、布をその下にかくしました。どこに置いてきた布かを、ビッグ・ジャックははっきり覚えていました。トムがそれを見つけて、残してきたヒントを読み取り、今は自分のすぐ近くにいると思うと、ビッグ・ジャックの顔にほほ笑みが浮《う》かびました。もうすぐ、トゥルーハート一家はまちがいなく反撃《はんげき》に出るでしょう。

ビッグ・ジャックは、トゥルーハート兄弟のつながれている列の、一番端《はし》に立っていました。全員が妖精《ようせい》の鎖《くさり》でじゅずつなぎにしばられ、マストにつながれていました。その頭上《ずじょう》で、はためく黒い帆《ほ》に半分かくれて、一羽の黒いカラスが下の様子《ようす》を一部始終見ていました。

オームストーン王とルンペルスティルツキンは、舳先《へさき》に立ち、熱い風が一吹《ひとふ》きするごとに近付いてくる島影《しまかげ》を見ていました。ルンペルスティルツキンは、船といっしょにゆれながら、オームストーンに屈《くっ》せず、きりりとして立っている美しいお姫《ひめ》さまたちを、ときどき盗《ぬす》み見ていました。兵士たちが甲板《かんぱん》にずらりと並《なら》び、オームストーンの警護《けいご》のオオカミも一匹《いっぴき》、ビッグ・ジャックを厳《きび》しく見張《みは》っています。トゥルーハート兄弟は、衛兵《えいへい》たちが刀《かたな》でいくらおどしても、ずっと鎖《くさり》を引っ張《ぱ》り続けていました。

王さま気取《きど》りのオームストーンが、舳先《へさき》からもどってきて、トゥルーハート一家にむかって話しました。

「私の願いは間《ま》もなくかなう。おまえたち全員に完ぺきな暗い結末《けつまつ》を用意した。私は、おまえたちが迷宮《めいきゅう》に送りこまれるのを見ているが、そのあとは、だれ一人としておまえたちを再《ふたた》び見ることはないのだ」

「どんな迷宮だ?」ジェイクが挑《いど》むように聞き返しました。「俺《おれ》たちが自由になったら、まず初めに苦しむのはおまえだぞ」

「無知《むち》な若者《わかもの》よ、それはちがうね。最初に苦しむのはおまえたちの父親、『巨人《きょじん》殺しのビッグ・ジャック』殿《どの》だ。私が最初につくりだしたすばらしい巨人を退治《たいじ》したお方《かた》に対して、私に考えられる限りの一番いい方法をごほうびに差《さ》し上げよう。あと数分後だ。おまえたちも間《ま》もなく見物することになる」

ビッグ・ジャックは声を上げて笑いたくなりましたが、黙《だま》っていました。威厳《いげん》を保ち、岩のようにじっとして、本心を見せませんでした。

兄弟たちはすぐに大声を上げ、鎖《くさり》をぐいぐい引っ張《ぱ》って前に出ようとしました。衛兵《えいへい》たち全員が全力で、やっと兄弟を押《お》さえました。

「父さんを傷《きず》付けたらどうなるか、警告《けいこく》したはずだぞ」兄弟がさけびました。

樽《たる》のなかのトムは、おそれたり怒《おこ》ったりしながら聞いていました。

「すきを見てここから出て、私たちにできることをしましょう」

アリアドネが言いました。

そのとき水夫《すいふ》の声がしました。「おおい、島だ。帆《ほ》を下ろせ」

33 黒い砂浜《すなはま》の巨人《きょじん》

船が浅瀬《あさせ》に錨《いかり》を下ろし、水夫《すいふ》たちがロープや鎖《くさり》を引いたり、船の帆《ほ》を下ろしたり、忙《いそが》しく働いています。ジョリティは帆を張《は》っている棒《ぼう》から飛び立って、ゆっくりと静かに羽ばたきながら、島に向かって飛んでいきました。船から完全に離《はな》れ、空高く飛び、島の内陸《ないりく》を調べました。

暗い島はゴツゴツした灰色《はいいろ》の火山岩《かざんがん》のようなものでできています。あちこちに雑草《ざっそう》のような緑が見えましたが、砂《すな》は黒い色です。死のためにつくられた闘技場《とうぎじょう》のように見えます。殺風景《さっぷうけい》な海岸を見下ろして、ジョリティは、なんというおそろしい死に場所だろうと思いました。島の中央に、天に向かって突《つ》き上げるような灰色の石の壁《かべ》があり、広場を形作っています。広場の一方には高い塔《とう》がそびえ、暗い入り口は扉《とびら》でおおわれています。ジョリティは塔《とう》の上に止まって船を振《ふ》り返りました。

もう小さな行列《ぎょうれつ》が船を出発していました。ビッグ・ジャックが二人の衛兵《えいへい》に連れられて、浅瀬《あさせ》の黒い砂《すな》の上を海岸に向かって歩いてきます。船からトランペットのファンファーレが聞こえます。それに続いて、身の毛もよだつような不気味《ぶきみ》な音が聞こえました。金属《きんぞく》のきしむ音、キーキーという甲高《かんだか》い音です。かわいた大きな金属の表面がこすれ合い、削《けず》り合うような音です。まもなく、大太鼓《おおだいこ》をハンマーでたたくようなドーンという音がして、もう一度同じ音がしました。ジョリティが陸の方を見ると、おそろしいものがそびえたっていました。あまりのおそろしさに、ジョリティは危《あや》うく塔《とう》から落ちそうになりました。

「ああ……」ジョリティはつぶやくように言いました。

それより少し前、船の上で、オームストーンはビッグ・ジャックの鎖《くさり》を切るように命令しました。ルンペルスティルツキンが杖《つえ》を向けると、妖精《ようせい》の鎖はするすると巻《ま》きもどされて、ビッグ・ジャックは自由になりました。

「はて？」オームストーンが言いました。「そういえば、その昔『おとぎの国』で、おまえはなんという名前だったかな？」

ジャックは黙《だま》ったまま、オームストーンを瞬《また》きもせずにらみつけ、一度のびをしてから、前かがみになって、さりげなく七里靴《しちりぐつ》の紐《ひも》を直しました。そのときに、トゥルーハート家の小さな布切《ぬのき》れをすばやく引っ張《ぱ》り出して、靴《くつ》のなかにかくしました。立ち上がって背筋《せすじ》をのばすと、ビッグ・ジャックは静かに、しかし挑《いど》むように言いました。「知ってのとおり、私は『巨人殺《きょじん》しのジャック』として有名だった」

それを聞いて、息子《むすこ》たちが大歓声《だいかんせい》をあげました。

「聞くところでは」オームストーンが言いました。「この島には神話《しんわ》に出てくる巨人がいるとか。タロスと呼《よ》ばれる巨人のなかの巨人で、金色の真《しん》ちゅうでできたどうもうな戦士《せんし》だ。ビッグ・ジャック、さあ、そいつと対決《たいけつ》するのだ。そして、息子たちが迷路《めいろ》に投げ入れられる前に死ぬのだ。少なくとも私は、おまえに英雄《えいゆう》としての死を与《あた》える。暗い地下の汚《きたな》らしい地獄《じごく》ではなく、太陽の下《もと》で死ねるようにしてやる」

ビッグ・ジャックは何も言いませんでした。

「あいかわらずだな。そこの二人の衛兵《えいへい》、こいつを陸に連れていき、運命にたち向かわせるのだ」オームストーンが言いました。

二人の衛兵《えいへい》はビッグ・ジャックをはさみ、船縁《ふなべり》から浅瀬《あさせ》に降《お》りて、波打《なみう》ち際《ぎわ》から黒い砂《すな》浜《はま》へと連れていきました。そのとき、オームストーンが、ファンファーレを鳴らす合図《あいず》をしました。トランペットが高々と鳴り響《ひび》き、島のあちこちにこだましました。曲がりくねった迷路《めいろ》のトンネルの奥《おく》にも響き、迷路の中心の暗い所で、腹《はら》をすかせた怪物《かいぶつ》の黒い影《かげ》が、長い眠《ねむ》りから覚めてうごめき始めました。

海岸では、金属《きんぞく》のきしむ不気味《ぶきみ》な音がして、巨人《きょじん》のタロスが突然《とつぜん》、姿《すがた》を現《あらわ》しました。その姿を見たとたん、二人の衛兵は口をあんぐり開けたまま、砂浜にのけぞって倒《たお》れました。そして、波打ち際を転《ころ》がるように船へとかけもどりました。

ファンファーレがぱったり止まり、オームストーンでさえ驚《おどろ》いて黙《だま》りました。目という目が、金属でできたそびえたつ巨人に注《そそ》がれています。

トムは樽《たる》の縁《ふち》からそとをのぞき、急にみんなの気持ちがそれたのに気がつきました。

「行こう。今がチャンスだ」トムがささやきました。アリアドネはトムに続いて樽からはい出し、二人は船縁《ふなべり》を伝《つた》って浅瀬《あさせ》に下りていきました。

船体《せんたい》をまわりこみ、波打《なみう》ち際《ぎわ》へと歩いていくあいだは、二人の姿は船でかくされていました。

砂浜《すなはま》に出ると、もうかくれる場所はほとんどありません。砂浜のところどころに灰色《はいいろ》の岩が突《つ》き出し、いじけたような海辺の草が生えているだけで、あとは黒い砂浜が広がっているばかりです。砂浜のむこうに灰色の石の壁《かべ》が見えます。トムとアリアドネは、体を丸めて岩陰《いわかげ》に身をかくしながら、砂浜を走りました。そして、トムはとうとう、タロスの姿《すがた》をはっきり見てしまいました。島を横切っている不気味《ぶきみ》な石の壁よりも高くそびえ立っています。

「ああ！」トムは思わず声をあげました。「あれを見て！　ビッグ・ジャックでも倒《たお》すのは無理だ」

「ああ、ゼウスの神《かみ》さま。私たち、あの怪物《かいぶつ》にみんな殺されてしまうわ」アリアドネが言いました。「あの巨人《きょじん》は、この島で昔の王さまの宝《たから》を守っているの。宮殿《きゅうでん》でみんなが話しているのを聞いたわ」

タロスは、ゆうに十八メートルはあります。かがやく金色の体ですが、本物の金でないことはすぐわかります。あちこち変色し、緑青《ろくしょう》が出ているからです。体のつなぎ目は水気でさびていて、黒い筋《すじ》が見えます。

片手《かたて》にかがやく巨大《きょだい》な刀《かたな》を、もう一方の手には槍《やり》を持って、巨人《きょじん》はわずかに体をゆらしました。黒い砂浜《すなはま》にむき出しになって、たった一人残されたビッグ・ジャックを見下ろして、品定《しなさだ》めしています。じっと立っている巨人の体が太陽をさえぎり、ビッグ・ジャックはその黒い影《かげ》のなかです。巨人は金属《きんぞく》のこすれ合うキーキーという音をたてながら、刀を持った腕《うで》を上げました。

ビッグ・ジャックは武器《ぶき》も持たず、タロスの巨体《きょたい》を感知《かんち》しようとして、じっとにらみ返していました。ビッグ・ジャックがタロスの脇《わき》に向かって走りました。タロスがすばやく振《ふ》り下ろした刀はジャックをそれて、地面に切りつけ、真黒な砂煙《すなけむり》がまい上がりました。ジャックは走り続け、タロスは向きを変えてジャックを追いかけました。たった一歩で、巨人はもうジャックを追い越《こ》し、二度目の一振《ひとふ》りは、ものすごい速さでジャックの目の前に落ちてきました。刀はごつごつした火山岩《かざんがん》に当たり、あたり一面に火花が散り、砕《くだ》けた岩が降《ふ》ってきました。トムとアリアドネが、砕けた岩の陰《かげ》から走り出てきました。

「トム！」ビッグ・ジャックがさけびました。「また会えてうれしいよ、トム。気をつけて。こいつは大きいからな」

金色の槍《やり》が二人のあいだの砂地《すなじ》にドスンと落ちてきました。トムはアリアドネを引き寄《よ》せて、槍の矛先《ほこさき》から守りました。そしてさやから剣《つるぎ》を抜《ぬ》きました。剣は日の光を反射《はんしゃ》して、まぶしくかがやきました。

「いい剣だ」ジャックが砂地に身を伏《ふ》せながら言いました。「おまえのために、だれが鍛《きた》えた剣だったかな？」

二人のあいだに、またしても巨人《きょじん》の刀《かたな》がドサッと振《ふ》り下ろされ、ビッグ・ジャックはすばやく砂地を転《ころ》がってかわしました。

「剣を振り回して、巨人をまどわせてくれ」ジャックが大声で言いました。

トムは剣を高くかかげて、砂浜をかけだしました。剣のまぶしい反射が巨人に当たりました。タロスは、目がくらんだように大きな金属《きんぞく》の頭を振り、よろめきながらトムの方に一歩近づきました。トムはすばやく後ろに下がり、アリアドネはそのすきに巨大《きょだい》な壁《かべ》の入り口に走って行きました。

「そうだ、いいぞ、トム」ジャックが大声で言いました。そして、突然《とつぜん》とび上がり、巨人の大きな金属《きんぞく》の脚《あし》にしがみついて上《のぼ》り始めました。タロスはビッグ・ジャックが脚を上ってくることに気づかないらしく、まっすぐにトムに向かっていきました。

巨人《きょじん》の振《ふ》り下ろす刀《かたな》は、黒い砂《すな》のあちこちに大きな穴《あな》をあけ、岩をうがちましたが、トムは右へ左へとしぶとくかわし、いつも刀より一歩先にいました。ジャックは巨人の太ももに片腕《かたうで》でしがみつき、もう一方の手で尻《しり》ポケットから小さな木綿《もめん》の袋《ふくろ》を取り出しました。そして袋のひもをかみ切り、巨人のひざに黒い粉をまきました。それから袋を口にくわえ、反対側の脚にとびつき、反対のひざにも黒い粉をまきました。さらに黒い粉をまきながら、ジャックは巨人の光る胴体《どうたい》を上り、金属の上着《うわぎ》に彫《ほ》りこまれた腰《こし》ひもにも粉をかけました。そしてもっと上まで上り、太い首にもぐるりと粉をまき、最後に残りの粉を袋ごと全部、刀の柄《つか》と、それを握《にぎ》っている真《しん》ちゅうの指のすき間《ま》に入れました。

それがすむと、ビッグ・ジャックは、刀を握《にぎ》っている巨人の腕から真ちゅうの上着のひだに飛び下り、金属の体を滑《すべ》り下りて、脚を伝《つた》い、再《ふたた》び地上にもどりました。タロスの巨《きょ》大《だい》な金属の足は、ジャックの頭からほんの数センチ先のやわらかい砂地《すなじ》をきしませ、ふみつけましたが、ジャックは砂の上を何度も転《ころ》がって巨人の足をかわしました。トムはかがやく剣《つるぎ》を振《ふ》り回し、ジグザグとびはねて、タロスの気をそらし続けていました。

「トム、こっちへ、早く！」ジャックがトムを呼《よ》びました。

トムが巨人《きょじん》の両足のあいだをかいくぐって走ってくると、ジャックはとび上がってさけびました。「トム、壁《かべ》まで行くんだ！」

ジャックとトムは、壁の入り口に向かって、砂浜《すなはま》をかけ抜《ぬ》けました。トムは、塔《とう》の上に止まっているジョリティと、入り口の陰《かげ》にかくれているアリアドネの姿《すがた》を見つけました。

タロスはひときわ大きな音をたてて金属《きんぞく》をきしませ、二人を追ってきました。

「トム、弓《ゆみ》の腕前《うでまえ》はどうだ？」ジャックが聞きました。

「悪くないよ」トムは息を切らしながら答えました。

タロスは壁の上にヌッと立ち、塔に切りつけました。ジョリティは空にまい上がりました。トムとビッグ・ジャックのまわりに大きな石のかたまりが降《ふ》ってきました。トムは矢たてから矢を一本抜《ぬ》き取り、ビッグ・ジャックは、ブーツにかくしておいたトゥルーハート家の小さな布切《ぬのき》れを取り出しました。

「トム、この小さなトゥルーハートの布切れがもどってきたのを見て、どんなにうれしかったか。この作戦《さくせん》が成功《せいこう》するかどうかは、おまえが「*火打《ひう》ち石」を持ってきたかどうかにかかっている」ビッグ・ジャックはタロスが動くときのきしむ音に負けないように声を張《は》り上げました。トムは肩《かた》かけカバンを探《さぐ》って*アンズを引っ張《ぱ》り出し、それから火打ち石を取り出しました。

「いい子だ」ビッグ・ジャックが言いました。

「シセロに持って行けって言われたんだ」

「さすがはシセロだ。あの人はものがわかっている」

巨人《きょじん》の槍《やり》が、突然《とつぜん》目の前の地面に突《つ》き刺《さ》さり、しばらくそこでワナワナとふるえていましたが、すぐに引き抜《ぬ》かれました。

ジャックはハートの模様《もよう》の布を、急いで矢の先に結びつけました。

「前にもやったことがあるよ」トムがさけびました。「キュクロプスを同じやり方でやっつけたんだ」

「トム、頭がいいぞ」ビッグ・ジャックはポケットから銀《ぎん》の小瓶《こびん》を取り出し、栓《せん》を抜《ぬ》いて中身をハートの布《ぬの》に振《ふ》りかけました。

「トム、さあ、火をつけて！」ビッグ・ジャックがせきこんで言いました。

トムは、タロスの影《かげ》がおおいかぶさり、刀《かたな》を持つ金属《きんぞく》の腕《うで》のきしむ音が何度も聞こえるのを意識《いしき》しながら、火打《ひう》ち石を打ち合わせました。巨人《きょじん》は刀を何度も振《ふ》り下ろしましたが、危《あや》ういところでビッグ・ジャックをそれました。火花は風にあおられて、なかなか思うようにに火がつきません。タロスが刀を高く振り上げました。火花がやっとハートの布に点火《てんか》し、布が燃《も》え上がりました。

「トム、今だ！」ビッグ・ジャックがさけびました。

トムはかくれていた入り口からそとに出て、弓《ゆみ》を肩《かた》の高さにかまえました。

「刀を持った手をねらうんだ」ビッグ・ジャックが言いました。

トムは慎重《しんちょう》にねらって、火矢《ひや》を放ちました。

＊火打《ひう》ち石…石英《せきえい》という石の一種《いっしゅ》。この石に鉄片《てっぺん》を打ちつけ、火をおこすことに使う。

＊「アンズを引っ張《ば》り出し」……マザーグーズに出てくる歌の引用。原文は「リトル・ジャック・ホーナーはクリスマス・パイを食べているとき、パイに親指を突《つ》っこんで、なかからアンズを引き出して、『僕《ぼく》はなんていい子なんだろう』と言いました」

34 船の上では

オームストーンは、まばゆい金色にかがやく姿《すがた》で、船の甲板《かんぱん》に立っています。兵士に命じて、トゥルーハート兄弟と花嫁《はなよめ》たちの鎖《くさり》を解《と》かせ、下船《げせん》の準備《じゅんび》をさせてありました。兄弟たちは海岸で何が起こっているのか、見ることができませんでしたが、オームストーンや兵士たちを低い声でののしったり、おどしたりするのを止めはしませんでした。オームストーンは、しばらくそれを無視《むし》することにしました。兵隊たちが厳《きび》しく見張《みは》っているからです。オームストーンは、タロスがビッグ・ジャックを見つけるのを待っていたのですが、そう長く待たずに、金属《きんぞく》の巨体《きょたい》が、刀《かたな》と槍《やり》をひっさげてドスンドスンと現《あらわ》れるのが見えました。

ビッグ・ジャックに付きそっていた衛兵《えいへい》は、金色の巨人《きょじん》が黒い砂浜《すなはま》を歩いてくるのを見たとたん、尻尾《しっぽ》を巻《ま》いて逃《に》げだしました。

「ばか者どもめ」オームストーンがルンペルスティルツキンに向かって言いました。

「あいつら二人も処刑《しょけい》してやる」

「そうですとも、陛下《へいか》、王さま」ルンペルスティルツキンが答えました。

「それにしても、見るからにものすごいやつではないか？」

「そのとおりでございます。王さま」

「あの巨人《きょじん》が本物の金でできていれば……」オームストーンがうっとりと言いました。

「それこそすばらしい見ものでございましょう」

しかし、オームストーンの夢見心地《ゆめみごこち》の楽しみは、たちまちはげしい怒《いか》りに変わりました。そのとき突然《とつぜん》、トムとアリアドネが海辺《うみべ》をかけていくのが見えたからです。オームストーンは金色のそでを上げて、浅瀬《あさせ》を指さしました。

「あいつらはどこから出てきたのだ？　武器《ぶき》をどうやって手に入れたのだ？」

「さっぱりわかりません、陛下」ルンペルスティルツキンが言いました。

「裏切《うらぎ》りだ。そうだ。裏切りだ」オームストーンはカンカンになって怒《おこ》りました。

「たかが子どものことです、陛下」ルンペルスティルツキンが言いました。「あいつらは、あの偉大《いだい》な巨人に刃向《はむ》かうことなどできやしません」

「そうだといいが」

目の前の黒い砂浜《すなはま》でくり広げられる戦いを見ながら、オームストーンはますます怒《いか》りをつのらせました。万が一タロスが倒《たお》されるようなことがあれば、全面攻撃《ぜんめんこうげき》の準備《じゅんび》をせよと、オームストーンが衛兵《えいへい》に命じたそのとき、トムが弓《ゆみ》に矢をつがえて岩陰《いわかげ》から姿《すがた》を現《あらわ》しました。

35 ビッグ・ジャックの計略《けいりゃく》

トムは、巨人《きょじん》、タロスの刀《かたな》を持った手を慎重《しんちょう》にねらいました。熱い風の向きや距離《きょり》を考え、腕《うで》を振《ふ》り下ろそうとする動きを計算しました。あまり時間はありません。巨人は今、一番高いところまで腕を振り上げていますし、矢の炎《ほのお》は、間《ま》もなく布《ぬの》も矢も燃《も》やしつくしてしまうでしょう。それに、トムはタロスから丸見えで、おそろしい刀の下《もと》にさらされているのです。

トムは火の矢を放ちました。矢は巨人に向かってのぼっていき、ちょうど巨人が真《しん》ちゅうの腕を振り下ろしたその瞬間《しゅんかん》、刀をつかんでいる黒い指と刀の柄《つか》とのすき間に、ずばりと命中《めいちゅう》しました。突然《とつぜん》炎が上がりました。タロスの金色の肌《はだ》に太陽が反射《はんしゃ》するかがやきよりも、もっとまばゆい炎です。あっという間に、炎の光はタロスの体中《からだじゅう》を走りました。まるでキュクロプスが投げ入れたような、金色の稲妻《いなずま》が走ったのです。

タロスの腕《うで》は、振り下ろす途中《とちゅう》で止まり、黒い粉が大爆発《だいばくはつ》して、体はバラバラになりました。刀《かたな》を持ったままの手が吹《ふ》っ飛び、空中を何度もくるくる回りました。巨大《きょだい》な胴体《どうたい》と槍《やり》を持った手が分かれ分かれになり、黒い砂浜《すなはま》を追いかけ合って、岩にぶつかりはね返り、とうとう水しぶきを上げて海に突《つ》っこみました。巨大な両脚《りょうあし》は、しばらくのあいだ、その場に立っていましたが、やがて砂浜に前のめりに倒《たお》れました。最後に、目をカッと見開いた巨大な頭が、トムとビッグ・ジャックの目の前の黒い砂の上に、ドスンと大きな音をたてて落ちてきました。

船からわめき声が聞こえました。オームストーンです。船首《せんしゅ》に立ち、怒《いか》りでふるえています。オームストーンは、すぐさま全軍《ぜんぐん》に上陸《じょうりく》を命じました。一番手《いちばんて》の軍隊が浅瀬《あさせ》を渡《わた》り、砂浜《すなはま》に向かって油断《ゆだん》なく進軍《しんぐん》してきます。

「父さん、言っておきたいことがあるんだ」

「早く言わないと、軍隊がやってくるよ」

「僕《ぼく》を牢屋《ろうや》から逃《に》がして、武器《ぶき》を取りもどしてくれたのは、ルンペルスティルツキンだと思うんだ」

「あの悪党《あくとう》か。あいつめ、いいことをした。あいつは役に立つかもしれない。さあ、トム、逃げろ」ビッグ・ジャックが言いました。「何も考えるな。とにかく逃げろ。おまえはいざというときの援軍《えんぐん》だと思って、つかまるなよ。アリアドネを連れて逃げるんだ」

「でも、父さん……」

「トム、父さんに向かって、『でも』なんて言葉はないんだよ」ビッグ・ジャックがトムの言葉をさえぎりました。「父さんの言いつけどおりにするんだ。そう、これが初めてだな、え、トム？　さあ、二人とも風のように逃《に》げるんだ。父さんは大丈夫《だいじょうぶ》だから。私といっしょに牢屋《ろうや》に放りこまれた海賊《かいぞく》たちが、とても親切《しんせつ》で、役に立つ情報《じょうほう》と黒い粉をくれた。その結果《けっか》は今見たとおりだ。さあ、行け、逃げろ。それから、トム……」

「父さん、なに？」

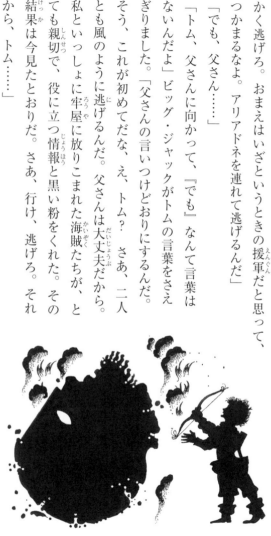

「真実《トゥルー》の心《ハート》を忘《わす》れるんじゃないよ、いいね？」

「もちろんだよ、父さん、忘《わす》れるもんか。父さんのすぐそばにいるからね」

トムはアリアドネの手を取りながら大声で言いました。そしてトムとアリアドネは、いっしょに走り出しました。目をむいている巨大《きょだい》なタロスの頭を回りこんで、高い石の壁《かべ》の横を通り、二人は手を取り合って走りました。


オームストーンは、武装《ぶそう》兵士に取り囲まれて、黒い砂浜《すなはま》にやってきました。トムは壁にかくれて、父親が連れていかれ、お兄さんや花嫁《はなよめ》たちといっしょに並《なら》ばせられるのを、安全な場所から見ていました。タロスの体の残《ざん》がいの転《ころ》がる砂浜《すなはま》に、全員が整列《せいれつ》させられています。

「さて、ビッグ・ジャックよ」オームストーンが言いました。「どうやら、おまえの息子《むすこ》の弱虫《よわむし》トムは逃《に》げたようだ。まあ、よい。我々《われわれ》がこの島を離《はな》れるときは、あいつは永久《えいきゅう》にここに取り残されて、死ぬだけだからな。海を渡《わた》る手段《しゅだん》はない。これで我々の冒険《ぼうけん》はおしまいだ。おまえはまたしても気高《けだか》い巨人《きょじん》をだいなしにしてしまった。おまえのあだ名は正しかったということだ。しかし未来の人間はだれもその勝利《しょうり》の物語を読むことはない。残《ざん》念《ねん》なことだ。おまえは、息子や不運な花嫁《はなよめ》たちといっしょに、まもなく食われてしまうのだからな。家来《けらい》たちが、おまえたちを迷宮《めいきゅう》のなかまで連れていき、その場に置き去りにする」オームストーンは、高い壁《かべ》と入り口を指さしました。「このなかから生きてもどった者はいない。この洞《どう》くつのなかでうごめく生きものに出会ったときは、おまえたちの浅知《あさぢ》恵《え》も勇気《ゆうき》もなんの役にも立たないだろう」

　オームストーンの声は、トムとアリアドネにも聞こえました。

「僕《ぼく》、どうにかしてみんなのあとをついて行くよ。そうしないといけないんだ」トムが言いました。

「きっとそうするだろうと思っていたわ。トム、私、こわいわ」アリアドネが心配《しんぱい》そうに言いました。

兵士たちは、再《ふたた》び鎖《くさり》につながれ、抵抗《ていこう》する冒険家《ぼうけんか》たちと花嫁《はなよめ》たちを、迷路《めいろ》の扉《とびら》まで連れていきました。ルンペルスティルツキンは、黒い砂浜《すなはま》に立ち、波打《なみう》ち際《ぎわ》でブーツが水につかるのもかまわず立ちすくんでいました。愛するお姫《ひめ》さまたちが、みんな連れ去られていくのです。もう二度と会えないのです。そんなことがあってはなりません。でも、ルンペルスティルツキンとお姫さまたちのあいだには、金《かね》で買収《ばいしゅう》された忠実《ちゅうじつ》な兵士たちが立ちふさがっています。木の精《せい》の魔法《まほう》を使ったところで、一度に全員を相手にするのは無理です。ルンペルスティルツキンは海岸を走り出しました。もしかしたら、一つだけできることがあるかもしれません。ルンペルスティルツキンは小枝《こえだ》の杖《つえ》をそでにかくして、迷路の入り口にやってきました。

ジャクソンが、兵士たちのあいだから顔をのぞかせているルンペルスティルツキンに気がつき、オームストーンに向かって、「お気に入りのネズミを連れてきたらしいな」と大声で言いました。

「かわいそうなルンピー、本気で私たちのことが好きなのよ」ジニア姫が言いました。

ルンペルスティルツキンは、目を閉《と》じて、こっそりと呪文《じゅもん》を唱《とな》えました。ルンペルスティルツキンが捕虜《ほりょ》たちに杖《つえ》を向けて呪文を唱えているあいだに、兵士たちは迷路《めいろ》の重い扉《とびら》を、やっとのことで開けました。

ブロンズの大きな扉がそとに向かって開くと、真っ暗な入り口が見えました。緑がかった煙《けむり》が、むかつくような腐《くさ》った肉の臭《にお》いとともに、迷路のなかから流れ出てきました。

「押《お》しこめ」オームストーンは、細い切れ目のような口を上等《じょうとう》の金色のそででおおいながら、命令しました。

兵士たちは、刀《かたな》と槍《やり》でおどしながら、扉の奥《おく》の暗闇《くらやみ》に向かって、一行《いっこう》を押しこみました。鎖《くさり》につながれたままの兄弟たちは、暗闇のなかで、足がもつれて倒《たお》れてしまいました。そのとき、臭《くさ》いトンネルのどこからか、おそろしいうなり声が聞こえてきました。

「ああ、怪物《かいぶつ》の声が聞こえる。食べ物をかぎつけたな。だいぶ長いこと待たされたのだろう。すぐにおまえたちを見つけるだろうよ。心配しなくとも獣《けもの》からかくれることなどできない。もう二度とおまえたちに会うことはあるまい。おまえたちの物語はおしまいだ。物語を演《えん》じる役者《やくしゃ》がいなくなるのだからな。ビッグ・ジャックは、息子《むすこ》たちはおろか、自分《じぶん》自身《じしん》を救えないのだからな。さらば。願わくばいさぎよく死にたまえ」

「このままではすまないぞ」ジャクソンがさけびました。「俺《おれ》たちは——」ジャクソンの言葉は、獣《けもの》のほえる声でかき消されてしまいました。

「奥《おく》まで押《お》しこめ！　扉《とびら》を閉めてカギをかけろ」オームストーンが腕《うで》を振《ふ》って命令しました。

兵士たちは隊列《たいれつ》を組んで槍《やり》と刀《かたな》を突《つ》き立て、捕虜《ほりょ》を迷路《めいろ》に押しもどしました。そのとき、オームストーンは、お姫《ひめ》さまたちの腕や足から鎖《くさり》が外《はず》れるのをはっきりと見ました。兵士たちが全員をさらに奥へと押しこみ、捕虜たちは悲鳴《ひめい》とともに暗い洞《どう》くつに消えていきました。兵士たちは迷路《めいろ》から出て、扉《とびら》を閉め、その一人が大きなブロンズのカギをかけました。あたりが突然《とつぜん》静かになり、黒い砂浜《すなはま》に打《う》ち寄《よ》せる波の音がときどき聞こえました。

「カギをできるだけ遠くに放《な》り投げるのだ」オームストーンが兵士たちに言いました。カギは高く、遠く放り投げられ、トゲトゲした草むらの奥《おく》に落ちました。高い塔《とう》に止まっていたカラスが、カギの落ちた場所をはっきりと見届《みとど》けて、そっと飛びたちました。

「そいつをつかまえろ」オームストーンはルンペルスティルツキンを指さしてさけびました。「杖《つえ》を取りあげるのだ」

ルンペルスティルツキンはたちまち武装《ぶそう》した兵隊に取り囲まれました。

「そやつを船に連れていけ」オームストーンは静かに言いました。

「でも、陛下《へいか》」ルンペルスティルツキンが逆《さか》らって言いました。「私が何をしたというのでしょう。あなたさまをお助けしただけです」

「たった今、見たぞ」オームストーンが言いました。「おまえは姫《ひめ》たちの鎖《くさり》を外《はず》して、自由にした。迷路《めいろ》に押《お》しこまれる直前にだ。私はこの目で見たぞ」

「陛下、宝物《たからもの》はどうなさるのですか？」ルンペルスティルツキンは必死《ひっし》で話題をそらしました。

「おまえが私に力を与《あた》えてくれるなら、もう古い宝《たから》を略奪《りゃくだつ》する必要はない。さあ、さっさと船に連れていけ」

オームストーンと整列《せいれつ》した兵士たちは、小さなルンペルスティルツキンを歩かせ、黒い帆《ほ》の船にもどりました。トムが出港《しゅっこう》する船を見つめていると、ジョリティが突然《とつぜん》まい降《お》りてきて、くちばしにくわえたカギをトムの足元《あしもと》に落としました。

「ほら、トム。このカギがいるだろうと思って。僕《ぼく》が何を言っても、君はこのおそろしい迷路《めいろ》に入るつもりなんだろう?」

「そうだ」トムが言いました。

「トム、迷路《めいろ》のなかから聞こえるあの声、聞いたでしょう? おそろしい声、身《み》の毛《け》もよだつ声だわ。それに、どうやったら海を渡《わた》って都に帰れるのでしょう?」

「アリアドネ、僕はなかに入らないといけない」トムが言いました。「都にもどることはあとで考えよう。トゥルーハート家の一人として、僕はまず、家族《かぞく》を助け出さなくちゃならない」

「トム、君はだんだん冒険家《ぼうけんか》らしくなっていくね」ジョリティが言いました。

「ちがうよ」ブロンズのカギを拾いながら、トムがジョリティに言いました。「僕はだんだんトゥルーハート家の者らしくなってきただけだ。さあ、行こう」トムは立ち上がり、カギを握《にぎ》りしめて、迷路の入り口に向かって坂道を走りだしました。

「トム、待ってちょうだい」アリアドネは、急いでトムを追いかけながら言いました。

36 迷宮《めいきゅう》

トムとアリアドネは、力を合わせてやっとブロンズの扉《とびら》を開けました。すると、腐《くさ》ったいやな臭《にお》いがあたりに漂《ただよ》いました。

「腐った死肉《しにく》だ」ジョリティがうなずきました。

トムが剣《つるぎ》を抜《ぬ》くと、その光で暗闇《くらやみ》のなかが見えました。

「父さん！」トムが呼《よ》びました。声は壁《かべ》にこだましましたが、答えはありません。ただ、どこか遠く下の方から、悲鳴《ひめい》が聞こえます。その声も壁にこだましました。

「下に行くよ」トムが言いました。

「僕《ぼく》も行くよ」ジョリティがトムの肩《かた》に止まりました。

「それじゃ、私もよ」アリアドネが言いました。

「だめ」トムが止めました。「アリアドネ、お願いだ。これは僕の戦いなんだから。僕はトゥルーハート家のみんなを助け出さなくちゃならないんだ。それが僕の物語で、僕の運命なんだ。アリアドネ、僕《ぼく》、君を傷《きず》つけたくない。君はもう十分に助けてくれた。安全なこの場所で待っててくれ。あとで君の助けが必要になるかもしれない。もし僕たちが助かったらだけど。でも、どうなるかはわからないんだから」

「迷宮《めいきゅう》のなかは迷路《めいろ》だらけなのよ。迷《まよ》って、もどる道がわからなくなるわ」アリアドネが言いました。

「なんとかするよ」トムは自信がありませんでした。

「待っててちょうだい。私に考えがあるわ」

アリアドネは上着のポケットに手を突《つ》っこんで、金の糸を一巻《ひとま》き取り出しました。トムが地下の小さい部屋でアリアドネに出会ったときに、縫《ぬ》っていた糸です。

「この糸の端《はし》を扉《とびら》に結びつければ」アリアドネが言いました。「歩きながら糸をほどいて、もどるときにはその糸をたどれば帰ってこられるわ。でもそれは……」

「それは？」トムが聞き返しました。

「それは、あなたが……やり遂《と》げたとき」アリアドネが小さな声で言いました。アリアドネが細い糸を扉《とびら》の大きな取手《とって》に結びつけているあいだ、三人は黙《だま》ったままでした。トムは巻《ま》き糸を持って洞《どう》くつに入りました。糸がほどけていきます。

「トム、うまくいってるよ」ジョリティが言いました。

「いいね」トムの声は、言葉とは反対に、よくないことばかりを考えているように聞こえました。下の迷路《めいろ》のどこかから、また悲鳴《ひめい》が聞こえ、それに続いてほえ声がこだましました。

「よし」トムはごくりとつばを飲みこみました。「それじゃ、ジョリティ、行こう」

「トム、気をつけてね」アリアドネが手を差し出して言いました。トムはその手を握《にぎ》りました。

「またすぐに会えるよ。約束する」トムが言いました。

「そうなるといいわね、トム。ほんとうに」


トムは入り口から奥《おく》に向かって歩いていきました。奥の壁沿《かべぞ》いの道は平らな岩場《いわば》で、その下に見える坂道は暗闇《くらやみ》に向かっています。お父さんやお兄さんたち、花嫁《はなよめ》たちが、刀《かたな》と槍《やり》を突《つ》きつけられて押《お》しこまれた所です。

　ジョリティは暗闇《くらやみ》のなかを飛び、トムは剣《つるぎ》を掲《かか》げて、らせん状の坂道を照らしました。

「まだ何もないよ」ジョリティの声がしました。トムは岩場から坂道に飛び下り、暗闇に向かって下《くだ》っていきました。

37

迷宮《めいきゅう》のなかの死闘《しとう》

トムは、剣《つるぎ》を高く掲《かか》げて、坂道を照らしながら下りていきました。進めば進むほど、暗《くら》闇《やみ》が濃《こ》くなり、暑さと腐臭《ふしゅう》が強くなっていきます。逆に剣のかがやきはだんだん弱くなってきました。やがて、トゥルーハート一家の混乱《こんらん》した声と、何かがうなったりほえたりする声が聞こえてきました。ジョリティが突然《とつぜん》もどってきて肩《かた》に止まりました。

「下は迷路《めいろ》だよ、トム。何が何だかわからない。みんなの声は聞こえるのに、どこにいるのかわからないんだ。声の聞こえる方向に飛んで行くと、そこは曲がり角で、そのあともまた曲がり角があって、どこまでもおそろしい暗闇が続いている。こんなに暗い所は初めてだ。トム、下に行ったら、十分注意しないといけないよ」

迷路の高い石の壁《かべ》は曲がりくねっていて、剣のわずかな光でやっと見えました。トムは左へ左へと曲がり、だんだん物音に近づいていきました。ジョリティはできるだけ先を、そしてできるだけ高く飛んでいきました。真《ま》っ暗闇《くらやみ》のなかでも、ジョリティは迷路《めいろ》の形がわかるのです。ジョリティがトムの肩《かた》にもどってきました。

「トム、君のやっていることが、まちがってないといいね」

「うん、ジョリティ、まちがってないといいね」トムが言いました。

行く手にかすかな光がゆれています。トムが次の曲がり角を曲がると、壁《かべ》にいくつもの影《かげ》が映《うつ》って、動いているのが見えました。トムの知っている姿《すがた》の影です。

トムはどうやら迷宮《めいきゅう》の中心に近づいたようです。臭《にお》いが一段《いちだん》ときつくなっていました。お父さんがみんなの前に立っている姿が、ボーッと見えました。お姫《ひめ》さまたちはもう鎖《くさり》にはつながれていません。長い髪《かみ》のおかげでラプンツェルが見分けられました。お兄さんたちの鎖を解《と》こうとしています。ほかの影も同じことをしています。お父さんが両腕《りょううで》を広げて、ほかのみんなを守ろうとしているのが見えます。でも、何から守ろうとしているのでしょう。答えはすぐにわかりました。

迷路の最後の曲がり角を曲がったところで、ビッグ・ジャックの前に、大きな男が立っているのが見えました。肩幅《かたはば》が広く、ボロボロの服から筋肉《きんにく》が盛《も》り上がっています。その背中《せなか》の下には尻尾《しっぽ》がたれていました。片手《かたて》に持った松明《たいまつ》の明かりで、巨大《きょだい》な雄牛《おうし》の頭が見えます。曲がった二本の角、太い首にかかるもじゃもじゃのたてがみ……。

「トム、オオカミの毛皮《けがわ》を着たほうがいい」ジョリティが言いました。「前にも役に立った」

トムはかがんで包みのなかを探《さぐ》り、北の国のオオカミのマントを見つけて肩に巻《ま》きつけました。同時にトムは、アリアドネといっしょに宮殿《きゅうでん》から逃《に》げたときに持ってきた、金色にかがやく布《ぬの》を引っ張《ぱ》り出しました。役に立つのではないかと思ったからです。トムはそれを腰《こし》に巻き、ベルトにその端《はし》をはさみこみました。それからトムは、壁《かべ》を背にして、迷宮《めいきゅう》の真んなかの、闘技場《とうぎじょう》ほどの広さの場所に向かって歩いていきました。トムの剣《つるぎ》が、赤黒い血の色を帯《お》びて光りました。

トムを最初に見つけたのは、ビッグ・ジャックでした。そして、「離《はな》れていなさい」というように鎖《くさり》につながれた手を上げました。雄牛《おうし》の頭の怪物《かいぶつ》、ミノタウルスもトムを見つけました。怪物がほえると、そのおそろしい口から、生臭《なまぐさ》いネバネバしたものが飛び出すのが見えました。怪物はギラギラ光る目を見開いて、新しい餌食《えじき》のトムを見ました。怪物が一歩トムに近づくと、松明《たいまつ》のわずかな明かりで、血のりの付いた鎧《よろい》や破《やぶ》れた上着、ぼろぼろの編《あ》み上げ靴《ぐつ》が見えました。怪物は巨大《きょだい》な両腕《りょううで》を上げ、口を開けてまたほえました。

その声は、迷宮《めいきゅう》をふるわせ、壁《かべ》の石がくずれ落ちてきました。

「トム、来るな」ビッグ・ジャックがさけびました。

ラプンツェルが立ち上がってトムを指さし、お兄さんたちも口々に同じことを言いました。

「トム、逃《に》げろ。おまえだけは助かれ。逃げるんだ！」

トムは逃げませんでした。ファフニールのくれたオオカミの毛皮が、おいはぎの攻撃《こうげき》から身を守ってくれたときのように、巨大《きょだい》なオオカミのフェンリールの魂《たましい》で、必ず自分を守ってくれると信じていました。

トムは暗い広場のほうに進みました。悪臭《あくしゅう》はますますひどくなっています。トムは、奥《おく》のほうに、おそろしいものが積み上げられているのをちらりと見てしまいました……腐《くさ》った死体、あばら骨《ぼね》、しゃれこうべ……。《僕《ぼく》の家族をそんな目にあわせてなるものか……僕の家族は肉じゃない、犠牲《ぎせい》のささげものじゃないんだ！》

トムは闘技場《とうぎじょう》のような広場の真んなかに出ました。ジョリティがすぐ脇《わき》に飛んできて、トムの肩《かた》に止まりました。

「今まででで最悪《さいあく》だな」ジョリティが神経《しんけい》をとがらせてトムの耳にささやきました。

ミノタウルスはまっすぐトムと向き合いました。巨大な頭を両肩《りょうかた》にうめるように下げ、鼻《はな》

息《いき》を荒《あら》げて片足《かたあし》で地面をけりました。

「攻撃《こうげき》してくるぞ、トム」ジョリティが言いました。

「そうだね。さあ、ジョリティ、離《はな》れてくれ」

カラスはトムの肩《かた》から飛び上がり、ミノタウルスの方に飛んでいきました。ミノタウルスは頭を上げ、手に持った松明《たいまつ》でカラスを払《はら》いのけようとしました。ジョリティには当たりませんでしたが、後ろの壁《かべ》に突然《とつぜん》、カラスの大きな影《かげ》が映《うつ》りました。

「剣《つるぎ》を父さんに投げろ。そして逃《に》げるんだ！」ビッグ・ジャックがさけびました。

トムはすぐさま剣を投げ、ビッグ・ジャックはその柄《つか》をつかみました。剣は、それを鍛《きた》えた本人の手に握《にぎ》られると、いきなり強い光を放ちました。金色の火花がはげしく飛び散り、目もくらむような光が、一瞬《いっしゅん》、闘技場《とうぎじょう》全体を照らし出しました。

トムはその場の様子《ようす》をはっきり見ました。お兄さんたちは花嫁《はなよめ》たちといっしょに、奥《おく》の壁にへばりついて、縮《ちぢ》こまっています。ビッグ・ジャックはたちまち剣で自分の鎖《くさり》を断《た》ち切りました。まぶしい光で目がくらんだミノタウルスの姿《すがた》も照らし出されました。みにくく、あわれな、そして悲しい姿です。怪物《かいぶつ》はトムに向かって突撃《とつげき》しましたが、勢《いきお》い余《あま》ってつまずき、怒《いか》り狂《くる》って振《ふ》り向き、燃《も》える松明《たいまつ》をトムに向かって振り回しました。そのすきにトムは、松明をかわして、逆《ぎゃく》に迷路《めいろ》にもどる方向に走り出しました。ミノタウルスが追ってきます。

トムの後ろから、荒《あら》い鼻息《はないき》とドスンドスンという足音が聞こえます。トムは、この暗闇《くらやみ》のなかで、ジョリティが自分のそばを飛んでいてくれますようにと祈《いの》りました。そのとき、トムの影《かげ》が、目の前の黒い地面に映《うつ》りました。誕生祝《たんじょういわ》いの剣《つるぎ》のまぶしい光が映し出す影でした。ビッグ・ジャックが二人を追って、狭《せま》いトンネルに入ってきたのです。ミノタウルスのほえる声が聞こえます。トムはトンネルの平らな壁《かべ》にぴったり体をくっ付けて振り向きました。

ビッグ・ジャックはミノタウルスの尻尾《しっぽ》をふみつけ、両手で剣を持って道をふさぎました。振り返ってほえる怪物《かいぶつ》に向かって、ビッグ・ジャックは剣を突《つ》き出し、獣《けもの》は雄牛《おうし》の頭を低くたれて、ビッグ・ジャックに襲《おそ》いかかりました。二人はすれちがい、剣は壁に当たって金色の火花を散らしました。ミノタウルスは反対側の壁にぶつかり、ほえて尻尾をぐいと引っ張《ぱ》りながら向きを変えました。そのときジョリティが現《あらわ》れて、まっすぐに雄牛の頭をねらって飛びました。ミノタウルスはジョリティをたたき落とそうとしましたが、カラスはすばやくかわして飛び上がり、そのすきにビッグ・ジャックは剣《つるぎ》で背中《せなか》に切りつけました。

ミノタウルスはほえながらくるりと振《ふ》り向き、ビッグ・ジャックに襲《おそ》いかかりました。ビッグ・ジャックが横にとんでかわすと、ミノタウルスは壁《かべ》に激突《げきとつ》しました。角《つの》が一本、少し折れて落ちるのを、トムははっきり見ました。怪物《かいぶつ》は何度もほえ、両手を上げて驚《おどろ》いたように折れた角をさわりました。ビッグ・ジャックは脇《わき》に寄って、トムに下がっているように合図《あいず》しました。ミノタウルスがまたしても頭を下げました。鼻から湯気《ゆげ》が立ち上《のぼ》るのが見えます。ビッグ・ジャックに襲いかかったミノタウルスは、ついにジャックをがっぷりとらえました。額《ひたい》でビッグ・ジャックを横倒《だお》しにして、空中に放り上げ、ほえました。

「父さん！」トムがさけびました。

「大丈夫《だいじょうぶ》だ！」ビッグ・ジャックがさけび返しました。

ミノタウルスの後ろで、鎖《くさり》につながれたお兄さんたちが、闘技場《とうぎじょう》の入り口をふさいでいるのが見えました。立ちふさがる兄弟に向かってミノタウルスが襲《おそ》いかかり、兄弟はひとかたまりになってあお向けに倒《たお》れました。お姫《ひめ》さまの一人が悲鳴《ひめい》をあげました。

ビッグ・ジャックは、剣《つるぎ》につかまってなんとか立ち上がりましたが、トムには、お父さんが弱ってふらふらしているのがわかりました。ジョリティがもう一度まい降《お》りて、黒い翼《つばさ》をバタバタさせ、できるだけミノタウルスの気をそらそうとして、頭のまわりを飛び回りましたが、今度はやすやすと追い払《はら》われてしまいました。トムは肩《かた》から弓《ゆみ》を下ろして矢をつがえ、怪物《かいぶつ》めがけて放ちました。矢は胸《むね》に突《つ》き刺《さ》さりました。次の矢は外《はず》れ、三本目はまた胸に当たり、血が流れるのが見えました。

「がんばれ、トム」鎖《くさり》につながれたお兄さんたちがさけぶのが聞こえます。次の矢をつがえる前に、ビッグ・ジャックがかがやく剣を前にかまえて、ぐいと進み出ました。トムはベルトから金色の布《ぬの》をはずし、両手で持って広げました。剣の光が金色の布に反射《はんしゃ》し、ミノタウルスは目がくらんで両腕《りょううで》で目をおおいました。ビッグ・ジャックが飛びかかり、しばらくのあいだ、ミノタウルスとジャックは、金色に反射《はんしゃ》する剣《つるぎ》の光と影《かげ》のなかで、ダンスをしているかのようにもみ合いました。トムが布《ぬの》を下ろすと、また暗くなり、最後の矢を放とうとしても、取っ組み合う姿《すがた》のどちらがどちらなのか、見分けがつきません。

狭《せま》い迷路《めいろ》のなかで、二人は転《ころ》げ回り、はね返り、ミノタウルスは、怒《いか》りで鼻息《はないき》を荒《あら》げてうなり続けました。やっとのことで様子《ようす》が見えたときには、ビッグ・ジャックが怪物《かいぶつ》の両《りょう》腕《うで》にしめつけられていました。ミノタウルスは、今にもお父さんを押《お》しつぶそうとしています。

誕生祝《たんじょういわ》いの剣が地面に落ち、光が弱まって、やがて消えました。ビッグ・ジャックはその横にぐったりと倒《たお》れました。ミノタウルスが勝利のほえ声をあげました。そしてトムに背《せ》を向け、もう一度ほえて、鎖《くさり》につながれたまま倒れているお兄さんたちに向かっていきました。ビッグ・ジャックはぴくりともしません。

トムは、おそろしい怪物の血だらけの背中を、ぼうぜんと見つめました。そのとき、手に持った金の糸巻《ま》きがぐいと引っ張《ぱ》られるのを感じました。ずっと上の入り口で、明るい日の光のなかで待っているアリアドネが、「がんばって」と言っているようでした。

トムは突然《とつぜん》、熱い怒《いか》りのエネルギーがこみ上げてくるのを感じました。何も考えられなくなるような、はげしい怒りでした。トムは走り出し、途中《とちゅう》で誕生祝《たんじょういわ》いの剣《つるぎ》を拾いました。そして、これ以上はとべないと思うほど高くとび上がりました。手のなかでもう一度かがやき始めた剣を、トムはミノタウルスめがけて夢中《むちゅう》で振《ふ》り下ろしました。

剣を握《にぎ》ったまま、トムは地面に落ちました。あお向けに倒《たお》れて目を閉《と》じ、ミノタウルスの鼻息《はないき》がかかるのを覚悟《かくご》していましたが……何事も起こりません。

耳元《みみもと》で声が聞こえました。「トム、大丈夫《だいじょうぶ》かい？」ジョリティでした。トムは目を開けました。トムとビッグ・ジャックのあいだに、ミノタウルスの雄牛《おうし》の頭が転《ころ》がっています。一太刀《ひとたち》ですっぱり胴体《どうたい》から切り離《はな》されていました。トムは急いで立ち上がり、よろよろとお父さんのそばに行きました。

ビッグ・ジャックはぴくりともせずに横たわっています。トムはお父さんの胸《むね》に耳を付けましたが、何も聞こえません。ミノタウルスがお父さんを絞《し》め殺してしまったのです。

トムはそのまま動きませんでした。死んだお父さんと同じように動きませんでした。やさしい、勇敢《ゆうかん》なお父さん……。トムはお父さんの胸《むね》に頭をのせたままじっとしていました。

まだぬくもりがあります。トムは腕《うで》をお父さんの体にまわして、思いっきりお父さんの体にしがみつきました。「父さん」トムはそっと呼《よ》びました。

「トム、お父さんは家族を守って死んだんだ」ジョリティが静かに言いました。「冒険家《ぼうけんか》として、勇敢《ゆうかん》な男として死んだんだ」

「どうしたんだ、トム、何があったんだ?」鎖《くさり》につながれてひとかたまりになっているお兄さんたちのなかから、じゃっくがトムに呼《よ》びかけました。

お姫《ひめ》さまが一人、闘技場《とうぎじょう》からお兄さんたちの列を離《はな》れてやってきて、トムのそばにひざまずき、両腕《りょううで》でトムを抱《だ》きました。

「アリアドネが、ここには世にもおそろしいものがあるって言った」トムが静かに言いました。「本当だった」

「まさか、ビッグ・ジャックが、まさか」ジャッキーがさけびました。

「父さん、ああ、父さん、まさかこんなことに……」ジャクソンがなげきました。「やっと会えたのに」

「オームストーンめ、この手で絞《し》め殺してやる」じゃっくの目から涙《なみだ》があふれました。

「トム」ジョリティがそっと呼《よ》びました。

「何だい、ジョリティ」トムは友だちの顔を見ないで返事をしました。

「キュクロプスをやっつける前に起こったこと、覚えているかい？」

「キュクロプス？」トムがつぶやきました。

「一つ目の怪物《かいぶつ》だ。それから老人《ろうじん》がいたね。予言者《よげんしゃ》だ。トム、聖《せい》なる泉《いずみ》の水のことを思いだすんだ。老人が何と言ったか覚えているかい？」

トムは突然《とつぜん》お父さんから離《はな》れ、急いで肩《かた》かけカバンを取り出しました。剣《つるぎ》のまたたく光をかざして、トムはカバンのなかをひっかき回しました。「覚えてるよ」トムは興奮《こうふん》して、ごちゃごちゃしたカバンのなかからジンジャービールの石のつぼを引っ張《ぱ》り出しながら言いました。

「トム、こんなときだ。いいことを思いついたね」ジャクソンが静かに言いました。

「母さんのジンジャービールだ。我《わ》が家の味《あじ》、母さんの味だね？」

「我が家」ジェイクがつぶやきました。「我が家か……」

「待ってて」トムは石のつぼのふたを取り、ビッグ・ジャックの頭を持ち上げて、金の布《ぬの》をたたんだ上にのせました。そしてつぼの口をお父さんの口に付け、そっと押《お》しこみました。つぼを傾《かたむ》け、お父さんの口に少しだけ水を含《ふく》ませました。そして、二度目、三度目と、少しずつ水の量を増やして飲ませました。

トムはつぼにふたをして、座《すわ》ったまま待ちました。鎖《くさり》につながれたお兄さんたちは、全員ひざまずき、花嫁《はなよめ》たちは頭《こうべ》をたれていました。長いこと沈黙《ちんもく》が続きました。

トムは、やさしいお父さんの顔に何か変化が起きないかと、じっと見つめていました。トムの誕生祝《たんじょういわ》いの剣《つるぎ》が、急に少しだけ光りました。ビッグ・ジャックの頭の下に敷《し》かれた金の布《ぬの》がその光を反射《はんしゃ》しました。コホンというせきで、トムはサッと立ち上がりました。お父さんがもう一度せきをして、剣のかがやきが強くなりました。

「トム、どうしたんだ！」じゃっくがさけびました。

トムが答えるより早く、ビッグ・ジャックが起き上がって、頭をこすりました。「何があったんだ、トム？」お父さんが聞きました。

「トムがミノタウルスをやっつけたんです」ジョリティが言いました。「怒《いか》りの一撃《いちげき》で、首を切り落としたんです。あいつは何も感じる間《ま》もなかったでしょう。怪物《かいぶつ》があなたを気《き》絶《ぜつ》させたんです。でも幸い、トムが息をふき返させました」

ビッグ・ジャックは立ち上がって両腕《りょううで》をグーンとのばしました。

「おやおや、母さんのジンジャービールがこんなに強いとは思わなかったよ」ジャッキーがクスクス笑いながらそう言うと、ほかの兄弟も、ほっとしていっしょに笑いました。

「トム、何も言わなくていい」ジョリティが言いました。「君は英雄《えいゆう》だよ」

「ここからなんとかして出なくてはならないが」ビッグ・ジャックが言いました。「こんなに巨大《きょだい》でおそろしい迷路《めいろ》では、難題《なんだい》だ。みんな餓死《がし》してしまうかもしれない」

「そんなことはないよ」トムが言いました。「この金の糸の端《はし》を、入り口の扉《とびら》に結びつけてきたんだ。この糸をたどっていけばいいんだよ」

トムは糸をぐっと引いて、アリアドネに無事《ぶじ》を知らせました。

ビッグ・ジャックはミノタウルスのいまわしい頭を拾い上げ、金の布《ぬの》に包んでしっかり結びました。「こいつを、オームストーンへの贈《おく》り物にしてやるのが楽しみだ」ビッグ・ジャックは重い頭をかつぎました。

「トム、さあ、案内してくれ」ビッグ・ジャックが言いました。「大丈夫《だいじょうぶ》かい？」

「大丈夫だよ」トムが答えました。

「みんな大丈夫」兄弟と、お姫《ひめ》さまの花嫁《はなよめ》たちがいっせいに答えました。

「トム、先頭に立ちなさい」ビッグ・ジャックが言いました。「手柄《てがら》をたてたのだから」

そして全員が、日の光を目指《めざ》して長い上《のぼ》り坂を歩き始めました。

38

島にやってきた海賊《かいぞく》

トムは先頭に立って、暗いトンネルを通り、入り口までみんなを連れ出しました。しんぼう強くそこで待っていたアリアドネが、トムにかけよって両腕《りょううで》でトムを抱《だ》きしめました。

「無事《ぶじ》だったのね、みんな無事だったのね」

「トムのおかげだ。それに君の賢《かしこ》い考えのおかげだよ」ビッグ・ジャックが言いました。

「私はジャック。トムの父親だ。助けてくれてありがとう。鎖《くさり》につながれているのは、私の息子《むすこ》たち、ジェイク、ジャクソン、ジャッキー、じゃっく、ジャック、ジャコット。こちらは花嫁《はなよめ》たちだ。自己紹介《じこしょうかい》してくれるかね?」ビッグ・ジャックが言いました。

「なにしろ私は、お嫁さんたちにきちんとあいさつする機会がなかったからね」

お姫《ひめ》さまたちは、一人ひとり頭を下げて自己紹介しました。

「アリアドネ、申しわけないことに」ビッグ・ジャックが言いました。「君のきれいな金の布《ぬの》をだいなしにしてしまった」ビッグ・ジャックは血のしみがついた包みを持ち上げて見せました。

アリアドネは一目見て、しりごみしました。「トムが怪物《かいぶつ》をやっつけた。これはその頭だ」ビッグ・ジャックが言いました。

「怪物は悲しそうで、こわがっていた。僕《ぼく》、なんだかかわいそうになった」トムは下を向いて首を振《ふ》りながら言いました。

「トム、この怪物は罪《つみ》もない若者《わかもの》を何十人も殺して食べてしまったのよ」アリアドネが言いました。「私たちのような若い人たちを。トム、あなたのお兄さんたちのような若者をよ。あなたのしたことは正しいわ」

「アリアドネの言うとおりだ」ジョリティが言いました。

「トムのためにバンザイだ」長男のジャックが言いました。

「残念ながら、その時間はない」お父さんのジャックが急いで言いました。「バンザイはあとだ。ここを脱出《だっしゅつ》して都にもどる方法を考え、オームストーンを徹底的《てっていてき》にやっつけないといけない。お祝《いわ》いはそれからだ」

ビッグ・ジャックが先頭に立ち、黒い砂浜《すなはま》に向かいました。夜は暗く、星が出ています。

海岸まで松明《たいまつ》が一列に並《なら》んで燃《も》え、黒い影《かげ》のような人たちが、迷宮《めいきゅう》の扉《とびら》近くの砂浜に立っていました。そのなかの一人が、松葉杖《まつばづえ》をついて近づいてきました。

「ウガァ、そこにいるのはトム・トゥルーハートじゃねえか」ベンボウ提督《ていとく》の宿《やど》にいた、義足《ぎそく》の海賊《かいぞく》でした。トゥルーハート兄弟と花嫁《はなよめ》たちが大声を上げました。

「紳士《しんし》、淑女《しゅくじょ》さんたちよ、心配しなさんな。あんたたちともめ事を起こすつもりはねえ。俺《おれ》たちは、いただくはずのお宝《たから》をちょうだいしに来ただけだからな」

ビッグ・ジャックが進み出て、海賊の船長にあいさつしました。

「ここには代償《だいしょう》として十分《じゅうぶん》な黄金《おうごん》がある。なかの小部屋に昔の王の宝があると聞いている」

「ウガァ、そいつだ。怪物《かいぶつ》が一匹《いっぴき》で番をしてるとかいうやつだ」船長が言いました。「どうやったら手に入る?」

「怪物は二匹《ひき》だ」ビッグ・ジャックが言いました。「両方とも死んだ。もういない」

「どうしてそれがわかるんだ」船長が言いました。「証拠《しょうこ》はどこだ?」

「まわりをよく見るんだ」ビッグ・ジャックは、松明を一本引き抜《ぬ》いて、半分砂《すな》にうまっている金色の怪物《かいぶつ》の頭のところまで歩いていきました。「昔の王の宝を守っていた巨人《きょじん》、タロスの体の残骸《ざんがい》だ」

「ウガァ、だがもう一匹《いっぴき》いると言ったな」船長が言いました。

「そうだ、ミノタウルスは半人半獣《はんじんはんじゅう》のおそろしいやつだ」ビッグ・ジャックは一かたまりになっているトゥルーハート一家の所までもどり、かがんで松明《たいまつ》を砂に突《つ》きさし、金の包みを解《と》いて荒々《あらあら》しい雄牛《おうし》の頭を見せました。

海賊《かいぞく》たちが全員そばにやってきて、砂の上に置かれたおそろしい頭を一目見るなり、いやなものを見たとばかりブツブツ言いながらすぐ引っこみました。

「宝《たから》はおまえさんたちのものだ」ビッグ・ジャックが言いました。「自由に取ってくれ」

「ペソ銀貨《ぎんか》、ペソ銀貨」船長の肩《かた》に止まったオウムが、興奮《こうふん》して鳴きました。

「ウガァ、そうするぜ、兄弟、そうするとも」船長は耳飾《みみかざ》りをした耳からもう片方《かたほう》の耳まで届《とど》くような口で、ニヤリと笑いました。「野郎《やろう》ども、進め。どんどん行け！」

海賊たちは袋《ふくろ》や宝箱《たからばこ》を抱《かか》えてなかに入っていきました。

「しかし、もっとたくさんあるぞ。もっと、もっとだ」ビッグ・ジャックが言いました。

「もっとだと？　一体どこに？」船長が言いました。

「教えよう」ビッグ・ジャックが言いました。「その代わり頼《たの》みがある」

39 ルンペルスティルツキンの最後の仕事

オームストーンは、ルンペルスティルツキンを厳重《げんじゅう》に見張《みは》らせて館《やかた》に連れもどしました。都には金色の旗や横断幕《おうだんまく》が飾《かざ》られたままで、まだお祭《まつ》りのようでしたが、通りには人気《ひとけ》がありません。自分たちの娘《むすめ》や息子《むすこ》が助かっても、海のむこうの迷宮《めいきゅう》で起こっているおそろしいことを考えると、だれも祝《いわ》う気分にはなれないようでした。

沈《しず》みかけた太陽が、海と黒い島の見える広い入り口から差しこんでいました。オームストーンは衛兵《えいへい》たちに、部屋を出るように命じました。ドラゴンから奪《うば》った金やそのほかたくさんの黄金《おうごん》が山と積まれた部屋は、夕日《ゆうひ》に照らされてまばゆい金色にかがやき、ひときわすばらしく見えました。

「見るがいい、この黄金を。美しい妖精《ようせい》の金を」オームストーンは金色のそでに通した両《りょう》腕《うで》を広げ、部屋中を指さしながら言いました。

ルンペルスティルツキンは床《ゆか》を見つめたままです。

「海のかなたでは、トゥルーハートのやつらが、自分たちの情《なさ》けない冒険《ぼうけん》物語もろとも、最後の不幸な結末《けつまつ》をむかえている。こちらでは、黄金《おうごん》の太陽が、私の黄金に降《ふ》り注いでいる。そして間《ま》もなく、おまえの番がやってくる」オームストーンはルンペルスティルツキンを指さしました。「最後のつぐないのチャンスだ」

「つぐない、でございますか、国王陛下《へいか》？」ルンペルスティルツキンが口ごもりました。

「どのように、でしょう？」

「まさか、我々《われわれ》の話したことを忘《わす》れはしまい。つい先ごろ話したことだ」

「覚えていると思います」

「そうだろうとも。明日は、私の頼《たの》みごとをかなえてもらおう。そうすればおまえを自由にしてやる。杖《つえ》も返してやろう。それでおまえは御用《ごよう》ずみだ。衛兵《えいへい》！」オームストーンが衛兵を呼《よ》びました。「こいつを閉《と》じこめておけ。明日の夜明け、つまり黄金の時間にここに連れてこい。私はこれから眠《ねむ》り、最後の偉大《いだい》な一幕《ひとまく》の準備《じゅんび》をしなければならない。

ルンペルスティルツキンはビッグ・ジャックが閉じこめられていた地下牢《ちかろう》に連れていかれました。壁《かべ》を背《せ》にしてぐったりと床《ゆか》に座《すわ》り、窓《まど》から差しこむわずかな星明かりだけを友だちにしたルンペルスティルツキンは、悲しくてなりませんでした。

《私のお姫《ひめ》さまたちはもういない》ルンペルスティルツキンはため息をつきました。少なくとも最後に、私はあの人たちの鎖《くさり》を解《と》いて自由にしてあげた。明日になれば、私は最後の仕事をする。最後の願い事だ。ルンペルスティルツキンはちょっとだけほほ笑みました。

翌朝《よくあさ》、地平線《ちへいせん》が完ぺきな金色にかがやいて夜明けがやってきました。オームストーンは、テラスから海を眺《なが》めていました。早朝だったのですが、オームストーンは、まだ暗いうちにこっそり港に入ってきていた偽装《ぎそう》した海賊船《かいぞくせん》に気がつきませんでした。船が着いたころから風が止《や》んで、都中《みやこじゅう》の金色の横断幕《おうだんまく》は旗ざおからだらりとたれ下がっていました。オームストーンは急いで朝食をすませました。金のぶどう、金のリンゴ、ハチミツで作った朝食用のワインなどです。そして衛兵《えいへい》に、ルンペルスティルツキンを連れてくるように命じました。間《ま》もなく、みすぼらしいかっこうの小さな木の精《せい》が、朝の暑さで汗《あせ》をかきながらオームストーンの前に立ちました。

「すばらしい朝ではないか？」

「はい、陛下《へいか》」ルンペルスティルツキンは悲しそうに、言いにくそうに答えました。

「こんな完ぺきな日だというのに、おまえはあまりうれしそうではないな」

「陛下、私は愛するお姫《ひめ》さまたちを失ったのです」ルンペルスティルツキンが言いました。

「『おとぎの国』には、おまえのために別の姫たちがいくらでもいるではないか。そういえば、あるとき、企画会議《きかくかいぎ》で、『十二人の踊《おど》る姫たち』という案《あん》が出たことがあった」

オームストーンが言いました。朝日がオームストーンの顔に影《かげ》を落としていました。

「それは、お約束してくださるということでございますか、陛下？」

「約束というより、おまえにとっての希望だな。しかし、もしその話が進んだなら、『十二人の姫』はより取り見取りということになる」

「でも陛下、私たちはもう、『おとぎの国』にはいません」

「確《たし》かに。しかし、そのために、衛兵隊長《えいへい》に命じて、つぎはぎ顔の男とキュクロプスを送り、私の飛行船《ひこうせん》を修理《しゅうり》させて、おまえが帰れるように準備《じゅんび》した」

「王さま、私といっしょにお帰りにはなりませんか？」ルンペルスティルツキンは、目を伏《ふ》せたまま、悲しげな声で言いました。

「私にはここが合っている。国民は私をおそれ、感謝《かんしゃ》しているし、おまえが私に与《あた》えてくれる力をもってすれば、何でもできる。しかも最高の給与《きゅうよ》を払《はら》い、今までになかったような強大な軍隊をつくることもできる。この地に着いた日に誓《ちか》ったように、未来のすべての物語の結末《けつまつ》に、永久《えいきゅう》に影響《えいきょう》を与えることができるのだ。未来のもととなる基礎《きそ》をここで築《きず》き、準備ができたら境界《きょうかい》の海を越《こ》えて、そとへと進出する。そのときには私の望みどおりの世界が待っていることだろう。話はこれで十分だ。さあ、時間だ」

「時間、でございますか、国王陛下《へいか》？」ルンペルスティルツキンが聞きなおしました。

「おまえが私の最大の望みをかなえる時間だ」

「ああ、そのことでございますか。陛下、杖《つえ》を返していただかないと」

オームストーンが衛兵《えいへい》に前に出よと命ずると、衛兵はベルベットのクッションにのせたみすぼらしい小さな杖を差し出しました。オームストーンがそれを取って、ルンペルスティルツキンに渡《わた》しました。

「この魔法《まほう》がうまくいくと約束するな？」

「国王陛下《へいか》、必ずや」ルンペルスティルツキンが答えました。短い腕《うで》に小さな杖《つえ》を持ち、木の精《せい》は「とうとう……」と思いました。

《今こそ実行しなければならない。私のお姫《ひめ》さまたちはもう永久《えいきゅう》にいない。しかも残酷《ざんこく》な最期《さいご》をとげた。考えるだけでもおそろしい。オームストーンは、そのつぐないをしなければならない》

オームストーンは両手を広げ、テラスから差しこんでくる黄金《おうごん》の太陽に顔を向けました。

「そのときが来た。いまこそそのときだ。恋《こい》わずらいの友よ、私は準備《じゅんび》ができたぞ」

「恋《こい》わずらい」という言葉が胸《むね》を焼き、はげしい怒《いか》りで煮《に》えくりかえりながら、木の精は、はた目には冷静に見えるように自分をおさえました。とうとうそのときが来ました。ルンペルスティルツキンは金の衣装《いしょう》のご主人さまに杖を向け、口を開きました。

40

都に向かう海賊船《かいぞくせん》

暗い島の王の宝《たから》を船に積みこんだ海賊《かいぞく》たちは、都の港に向けて出航しました。トゥルーハート一家と花嫁《はなよめ》たちは、みんないっしょに、幸せそうに甲板《かんぱん》に座《すわ》っています。海賊との宴会《えんかい》を楽しみましたし、腕《うで》のいい船の鍛冶屋《かじや》が、技《わざ》とばか力で妖精《ようせい》の鎖《くさり》をたたき切って、兄弟を自由にしてくれました。

義足《ぎそく》の船長も上きげんです。名誉《めいよ》ある海賊として当然の権利《けんり》で奪《うば》った宝が、船底《ふなぞこ》に山と積まれ、間《ま》もなくとんでもない不名誉《ふめいよ》な悪事《あくじ》のつぐないもできるのです。おどされて、やむなく悪事を働きましたが、海賊に名誉が回復《かいふく》される、そんなまれなことが、もうすぐ起こるのです。

トム、ジョリティ、アリアドネは、ほかのみんなから少し離《はな》れて座《すわ》っていました。トムは夜空を見上げていました。

「ジョリティ、僕《ぼく》、自分のしたことがいやなんだ。生きものを殺してしまった。この手で命を奪《うば》ったんだよ」

「そうだね、トム」ジョリティが言いました。「でも、あいつは君を殺すところだった。お父さんも、お兄さんやお嫁《よめ》さんたちも。その上、このアリアドネまでも殺しただろう。君は勇敢《ゆうかん》に、大きな目的を果《は》たすために行動したんだ。ほかに道はなかった」

「僕は勇敢なんかじゃなかった」トムが言いました。「ただ、怒《おこ》って何も考えられなかったんだ。ミノタウルスの魂《たましい》は、今ごろ空にのぼったかなあ」トムは夜空を指さしました。

「あそこの星たちは、ちょっと雄牛《おうし》みたいだ」

「それよりも、あなたがいつか空の星になるんじゃないかしら、トム。弓《ゆみ》を持った射手《いて》の星座《せいざ》とか、剣《つるぎ》を持った戦士《せんし》の星座とか」アリアドネが言いました。


甲板《かんぱん》の後ろの方で、船長とビッグ・ジャックが、明日の朝の計画を練っていました。

「これでおたがいに合意《ごうい》したね？」ビッグ・ジャックが言いました。「君は王の黄金《おうごん》も、そのほか何でも欲《ほ》しいものは手に入れる。ただし、ドラゴンの宝《たから》だけは別だ。トムがドラゴンに返すと約束したものだから」

「ウガァ、がってん、承知《しょうち》」船長が言いました。「合意した」そして二人は握手《あくしゅ》しました。

「ペソ銀貨《ぎんか》」オウムが鳴きました。

「それじゃ、明日の朝に乾杯《かんぱい》だ」船長がラム酒のジョッキを上げました。「明日の朝に」ビッグ・ジャックもコップを上げました。


翌朝《よくあさ》、トゥルーハート一家とアリアドネ、そして完全武装《ぶそう》した海賊《かいぞく》たちは、夜明けの町を進みました。ジョリティが先を飛んでいます。宮殿《きゅうでん》を見つけ、カラスは開いていた窓《まど》から入り、アリアドネに教えられたように、長い廊下《ろうか》を黄金の王座《おうざ》の間《ま》へと飛んでいきました。宮殿は空《から》っぽで、衛兵《えいへい》の気配《けはい》もなく、オームストーンの姿《すがた》も見えません。ジョリティは宮殿を離《はな》れ、王の館《やかた》に飛びました。そこに、テラスに立って夜明けの光を浴びているオームストーンが見えました。ジョリティは何度か輪を描《か》いて飛び、まちがいないかどうかを確《たし》かめてから、トムたちの待っている場所にもどりました。

「あいつは宮殿《きゅうでん》でなく、館《やかた》のほうにいるよ」トムにそう言い、ジョリティはまた館にもどってテラスの上の屋根に止まりました。そこでそっと羽を休め、待ちました。

海賊《かいぞく》たちのにわか軍隊は、館に向かう坂を音もなく進みました。一人しかいない門番の衛兵《えいへい》はたちまちねじ伏《ふ》せられました。トムは剣《つるぎ》をかまえ、全員が館に入りました。

黄金《おうごん》でいっぱいの部屋や、カギのかかった小部屋を通り過《す》ぎるたびに、どこもかしこも金が積み上げられているのを見て、海賊の船長はうれしさのあまり歓声《かんせい》をこらえきれません。廊下《ろうか》の一番奥《おく》に、広いテラスから差しこむ日の光が見えました。

ジョリティは、赤い瓦屋根《かわらやね》から、みんなが進んでくるのを見て、テラスの手すりにそっと下りて、オームストーンからは少し距離《きょり》を取って止まりました。ルンペルスティルツキンはすぐにジョリティに気がつきましたが、気づかないふりをしました。手に杖《つえ》を持ち、オームストーンに杖《つえ》を向けて、まさに呪文《じゅもん》を唱《とな》えようとしているところです。何ものも木の精《せい》の気をそらすことはできません。

「我《われ》は、おとぎ作家ジュリアス・オームストーンに、妖精《ようせい》の秘《ひ》めたる力を与《あた》える。汝《なんじ》が触《ふ》れるすべてのものが、妖精の純金《じゅんきん》に変わるであろう」

バチバチという音と火花が、杖からオームストーンへと飛びました。

「約束したことと少しちがうではないか」オームストーンは、不思議《ふしぎ》なエネルギーが急に体をかけめぐるのを感じながら言いました。

トムが真っ先に明るいテラスに入りました。誕生祝《たんじょういわ》いの剣《つるぎ》をかまえて、トムはさっとオームストーンに迫《せま》りました。オームストーンは、何が起こったのかをすぐ理解し、あのいやな笑いを浮かべました。テラスを横切って走ってくるトムに向かって、オームストーンは手をのばしました。そのとき、何か黒いものが、急に目の前に飛んできて、オームストーンの指がそれに触《ふ》れました。その黒いものはドサリと下に落ちました。トムはオームストーンの足元《あしもと》に落ちたものを見て、驚《おどろ》きました。ジョリティです。黄金《おうごん》のカラスになっていました。オームストーンはトムを見て、ますます満足げに笑いました。トムの後ろに、部屋の入り口からテラスまで、海賊《かいぞく》やトゥルーハート一族や、お姫《ひめ》さまたちがずらりと並《なら》んでいます。

ルンペルスティルツキンはお姫さまたちが無事《ぶじ》なのを見て、心が躍《おど》りました。

「ジョリティ！」トムがさけびました。そして怒《いか》り狂《くる》って、オームストーンに飛びかかろうとしました。

オームストーンは、思わず自分の手で顔をさわりました。その瞬間《しゅんかん》、ルンペルスティルツキンがさけびました。「王さま、顔が！」

オームストーンは、金色の日の光のなかで、あっという間《ま》に、自分を黄金《おうごん》の像《ぞう》に変えてしまったのです。両手を顔に当て、驚《おどろ》いたようなおかしな表情のままです。

トムは固い金にぶつかって転びました。黄金《おうごん》の像《ぞう》は、七里靴《しちりぐつ》をはいています。トムが剣《つるぎ》で切りつけると、火花が少し散りました。トムは剣を下ろし、もう一つの黄金の鳥を拾い上げました。

「トム・トゥルーハート、そのカラスは自分を犠牲《ぎせい》にして君を守った」ルンペルスティルツキンが言いました。

「ルンピー、あなた、何をしたの？」ジニア姫《ひめ》が言いました。

「ああ、私の美しい人、私は、愚《おろ》かなご主人さまの一番大きな願いをかなえてやっただけです」木の精《せい》は杖《つえ》を金の鳥に向けました。

「何をする気だ？」ジャクソンがさけびましたが、ルンペルスティルツキンは気にも留《と》めません。呪文《じゅもん》を唱《とな》えると、金のカラスはすぐに黒くなりました。トムの腕《うで》のなかで、黒い鳥は明るい日の光のなかにまい上がりました。

「ジョリティ！」トムはうれしくて大声で呼《よ》びました。

「やあ、トム」ジョリティが答えました。

入り口から眠《ねむ》り姫が入ってきて、ルンペルスティルツキンを抱《だ》きしめ、両方のほほにキスしました。「ルンピー、よくやったわ。やっと正しいことをしたのね」ほかのお姫《ひめ》さまも、ジルもかけ寄《よ》って、ルンペルスティルツキンを抱《だ》きしめてキスしました。

「ジル、動かないで」長男のジャックが言いました。「俺《おれ》たちは、その悪党《あくとう》とオームストーンにけりをつけるためにやってきたんだ」

ビッグ・ジャックが割《わ》って入りました。

「トムから聞いた。こいつはトムを助け出したらしい。トムの言ったことはまちがっていないらしい」

ビッグ・ジャックはオームストーンの黄金《おうごん》の像《ぞう》に近づき、たたいてみました。「純金《じゅんきん》かね？」ビッグ・ジャックがルンペルスティルツキンに聞きました。

「ええ、純金です。永久《えいきゅう》に。そいつをもとにもどしてやる気はありません」

「賛成《さんせい》だね。ルンペルスティルツキン、君をどう扱《あつか》ったらいいのかわからないが、帰る道々考えよう」

トゥルーハート兄弟が一人ひとりやって来て、黄金の像《ぞう》をたたいたりけったりして、確《たし》かめました。

海賊《かいぞく》の船長が言いました。「ウガァ、この像《ぞう》はそうとう金目《かねめ》のものだ。妖精《ようせい》の金でできているからな」

「ペソ銀貨《ぎんか》」オウムが鳴きました。

「おい、オウムよ、ペソ銀貨以上だぜ」船長が像のまわりを歩きながら言いました。

「僕《ぼく》、キャットっていう人に、僕を連れて帰ってくれたらちゃんと支払《しはら》いをするって約束した。キャットって、タビサのあだ名だよ。タビサはちゃんと支払いを受ける権利《けんり》がある」トムが言いました。

「それじゃ、切り分けよう」ビッグ・ジャックが言いました。「海賊《かいぞく》の仲間に黄金《おうごん》の一部を、キャットという人にも一部をあげよう。キャットの船には私も乗れるかね？」

「きっと大丈夫《だいじょうぶ》だよ。でも小さな船だから、ほかのみんなはどうするの？」

「海賊のごろつきさんたちが、みんなを『めでたし めでたしの島』に連れ帰ってくれるんじゃないかな。なにしろ元《もと》はと言えば、みんなをおどしてさらってきたんだから」

「ウガァ、それこそ海賊の名誉回復《めいよかいふく》ってもんだ」船長がビッグ・ジャックに敬礼《けいれい》しました。

オウムが驚《おどろ》いて肩《かた》から飛び上がりました。

都の長老たちが、宮殿《きゅうでん》の会議場《かいぎじょう》に集まりました。そして、ビッグ・ジャックが演壇《えんだん》に立って話し始めました。

「みなさんが王にした男は、邪悪《じゃあく》な人間でした。みなさんを魔法《まほう》にかけたようなものです。あの男が求めていたのは二つだけです。物語を自分の好きなように変える力と、黄金《おうごん》です。おとぎ話や物語の筋書《すじが》きを変えて、自分のひねくれた考えに合わせてねじ曲げようとしました。黄金を欲《ほ》しがったのは、自分の栄光を高めるためと、おそろしい計画を実行するために、軍隊の買収資金《ばいしゅうしきん》が必要だったからです。みなさんは、この都のリーダーとなる、公正な新しい王を選ぶべきです。恐怖《きょうふ》にとらわれずに、このすばらしい都を治《おさ》めることのできる王を」

長老の一人のダイダロスが進み出ました。「我々《われわれ》は恐怖を忘《わす》れて生活することはできません。私があの暗い島に閉《と》じこめた怪物《かいぶつ》と、その要求はどうなるのですか?」

「あの怪物は死にました」ビッグ・ジャックが言いました。「私の息子《むすこ》のトムが、一撃《いちげき》で倒《たお》しました」

「失礼だとは思いますが……」ダイダロスが言いました。「その子はまだ少年です。その話は本当でしょうか？」

「証拠《しょうこ》はここにあります。あなたのつくったあの悪臭《あくしゅう》のする迷宮《めいきゅう》から持ち帰りました」

ビッグ・ジャックは、血のりの付いた金の布《ぬの》をほどき、怪物《かいぶつ》ミノタウルスの腐《くさ》りかけた頭部を見せました。会議場は衝撃《しょうげき》と恐怖《きょうふ》で騒然《そうぜん》となりました。

「ごらんのとおりです。もう心配はありません。みなさんの子どもたちは安全です。呪《のろ》いは解《と》かれました」ビッグ・ジャックが言いました。「悪い王も、もうみなさんを苦しめることはありません。夢《ゆめ》や物語に出てくることはあるかもしれませんが。迷路《めいろ》の半人半獣《はんじんはんじゅう》の怪物の話や、欲深《よくぶか》い王が自らを金に変えてしまった話は、みなさんの子どもたちに聞かせるのによい話です。まちがいありません」

41 家路《いえじ》

オームストーンの金の像《ぞう》はとても重くて、丸太に乗せて波止場《はとば》まで転《ころ》がしていくしかありませんでした。海賊《かいぞく》たちは、手押《ており》し車やトランクに詰《つ》めこんだ金といっしょに、黄金《おうごん》の像を押して人気《ひとけ》のない通りを進みました。オームストーンがいなくなったことで、お天気にかけられた呪文《じゅもん》まで解《と》けたかのように、さわやかな風が旗を翻《ひるがえ》していました。トムは、ドラゴンの宝《たから》が他のものとは別の箱に入れられて、安全に積みこまれるのを見て喜びました。

「ちょっと待って」トムは肩《かた》かけカバンのなかから、ビッグ・ジャックが目印を残すために道々落としていった金貨《きんか》を取り出しました。

「一枚も欠けちゃいけないんだ。あのドラゴンにはちゃんとわかるんだから」トムが言いました。

アリアドネはタラップの下に立っていました。

「トム・トゥルーハート、あなたに会えて、手助けができて、うれしかったわ。それに、ジョリティ、あなたもよ。でも、トム・トゥルーハートって、やっぱり変な名前ね」アリアドネは最初に会ったときと同じように、クスクス笑いました。それからかがんでトムの片方《かたほう》のほほにキスしました。

トムは真っ赤になりました。

「私、いつか自分の子どもたちに、ミノタウルスの話をして聞かせるわ」アリアドネが言いました。「でも、英雄《えいゆう》にはちがう名前をつけるかもしれない。この国の人たちの名前をね。それでもかまわないかしら？」

「かまわないよ」トムが言いました。「どんな物語も、話し手と話し方《かた》によって変わるんだ。僕《ぼく》たち冒険家《ぼうけんか》や物語の語り手はみんな知ってることだよ。そうするのがいいんだ。それじゃ、さようなら、アリアドネ」

トムは肩《かた》でゆれているジョリティといっしょに海賊船《かいぞくせん》のタラップを上《のぼ》りながら、もう一度振《ふ》り返ってアリアドネに手を振りました。

船が港を離《はな》れるのを、アリアドネ、ダイダロス、それに何人かの長老たちが桟橋《さんばし》で手を振《ふ》りながら見送りました。

トムは、タビサがグリーンピース色のボートで待っている場所を海図《かいず》で示しました。岩が集まっている所です。でも、その前に、ドラゴンの宝《たから》を返さなければなりませんし、そのためには「二十舵《だ》のドラゴン船」とファフニール、シグルズを見つけなければなりません。

海賊船《かいぞくせん》は星の降《ふ》る暖《あたた》かい夜を航海しています。トムはお父さんと甲板《かんぱん》に腰《こし》を下ろし、ジョリティは頭を羽にうずめて眠《ねむ》っています。

ビッグ・ジャックは水平線《すいへいせん》を指さしました。「もうすぐ境界《きょうかい》の海に出る。私は以前にそこを渡《わた》ったことがある。自分たちの時代にもどれるように願うしかない。おまえがそこを超《こ》えた時間にできるだけ近い『時《とき》』にもどれるように願おう」

「僕《ぼく》、クラーケンから救《すく》ってくれた軍船《ぐんせん》を見つけないといけないんだ」トムが言いました。

「心配するな。きっと見つけるから」お父さんはトムの肩《かた》に腕《うで》をまわして、ギュッと抱《だ》きました。「帰れるのはうれしい。だが、ちょっと複雑《ふくざつ》な気分だ。母さんには長いこと会っていない。おまえが赤んぼうのときからずっとだ」

「そうだね」トムは眠《ねむ》そうな声で答えました。

「トム、眠るといい。頭を休めなさい。軍船が見えたら起こしてあげるから」

トムはお父さんの肩に寄《よ》りかかって、深い眠りに落ちました。


お父さんがそっとトムをゆり起こしました。トムは目を覚まして起き上がりました。

ジョリティもう起きています。船は深い海霧《かいむ》に包まれていました。霧《きり》で光や色がにじんで見え、まるでランタンがすばやくそばを通り過《す》ぎていくように見えました。

「トム、境界《きょうかい》の海だ」ビッグ・ジャックが言いました。

甲板《かんぱん》に出てきた義足《ぎそく》の船長が、二人のそばに来ました。

「俺《おれ》たちが海路《かいろ》をそれたのは、この辺りにちげえねえ。反対側からだったがな、ウガァ、ここを覚えてるぜ。それまで見たこともねえ海だったからな」

船は霧《きり》のなかを進み、トムのお兄さんや花嫁《はなよめ》たちも甲板《かんぱん》に出てきました。

そのとき、メインマストの見張《みは》りが大声で言いました。「船が見えるぞ」

「野郎《やろう》ども、戦闘《せんとう》位置につけ」義足の船長がすぐさま命令しました。「税金《ぜいきん》をぶったくるやつらだろう」

トムは船長の小型望遠鏡《こがたぼうえんきょう》を借りて、うすれかかった霧を通してのぞきました。「船長、心配ないよ。税金の船じゃない。僕《ぼく》が探《さが》していた船だ。僕、ここでみんなとお別れだ」

二そうの船は船縁《ふなべり》を付けました。一方の船には大砲《たいほう》がずらりと並《なら》び、海賊《かいぞく》とトゥルーハート一家が乗っています。もう一方の船には、ファフニール、シグルズ、それに、舵《かじ》のこぎ手たちと、かがやく銅《どう》の盾《たて》を持った兵士たちが並んでいます。

トムがファフニールに手を振《ふ》ると、角《つの》付きのかぶとをかぶった勇《いさ》ましい姿《すがた》のファフニールも手を振《ふ》り返しました。

　オームストーンの大きな金の像《ぞう》とルンペルスティルツキンが船底《ふなぞこ》から甲板《かんぱん》に引き上げられました。船の鍛冶屋《かじや》がのこぎりで像を切りました。ルンペルスティルツキンは、かつてのご主人さまの首が落ちるのを見ていました。

　黄金《おうごん》の首が肩《かた》からきれいに切り落とされたとき、オウムが鳴きました。「ペソ銀貨《ぎんか》!」

「僕《ぼく》が初めてこの海を渡《わた》ったときは、グリーンピース色のボートの勇敢《ゆうかん》な女の子が連れてきてくれた」トムが言いました。「むずかしい仕事のお礼に、その人にすばらしい黄金を持って帰ると約束したんだ。覚えているでしょう、船長?」

「もちろんだ」船長が言いました。

「せっかく切り分けているところだから、ついでにその人のために大きなかたまりを切ってもらえませんか?」

「いいとも。たっぷりあるからな」

　金の像《ぞう》は腰《こし》の所で切り分けられました。

「船長、それじゃ、脚《あし》の方を取ってください」トムは重い金の頭を、かつぎ棒《ぼう》の包みにしまいました。もう一つのかたまりの包みは、海賊《かいぞく》の手こぎボートに乗せられました。

ビッグ・ジャックが進み出て言いました。「ルンペルスティルツキンはどうするかね?」

「ウガァ、お望みとあらば、鍛冶屋《かじや》に首を切らせてもいいぜ、ウガァ」義足《ぎそく》の船長が言いました。

「いい考えだ」ジャックが言うと、兄弟全員が笑いました。

「いけないわ」白雪姫《しらゆきひめ》が言いました。「そんなことしないで。かわいそうなルンピーが、トムを助けて、トムが私たちを助けたのだから、ルンピーが私たち全員を助けたことにもなるわ」

「そのとおりよ」ジニア姫が言いました。

「そう、そう」シンデレラが賛成《さんせい》しました。

「私に考えがあるわ」ラプンツェルが言いました。

「もしかしたら、私と同じことを考えている?」ジルが言いました。

「ルンピーは、私たちのために働くの」ラプンツェルが言いました。「一人ひとり、それぞれ数週間ずつ。木の精《せい》の魔法《まほう》をちょっとだけ、あちこちで使ってもらうの。簡単《かんたん》な用事にね。それに、赤んぼうができるかもしれないし、そうなったら、悪い呪文《じゅもん》から守ったり、意地悪《いじわる》な妖精《ようせい》が赤んぼうをすりかえないようにしたり、悪い妖精のしわざから守る必要があるでしょう?」

ルンペルスティルツキンは、そんな自分を想像してにっこりしました。小さな胸《むね》に希望がわき上がりました。愛するお姫《ひめ》さまたちのお世話をする……本当にそんなことが?

兄弟はスクラムを組んで相談しました。

「木の精《せい》は本当に僕《ぼく》を助けたんだよ。牢屋《ろうや》の扉《とびら》を開けてくれた」トムが言いました。

「よーし」ジャッキーが言いました。

「だが、奥《おく》さんたちがこいつの杖《つえ》を見張《みは》ること」ジャクソンが言いました。「奥さんたちの決めたルールに従《したが》い、奥さんたちの許可《きょか》がなければ、魔法《まほう》を使ってはいけない」

「承知《しょうち》しました」ルンペルスティルツキンが言いました。「元気なときでも、魔法を使うと疲《つか》れるのです」木の精はもう、故郷《こきょう》のひんやりした森や、新しい幸せな生活と仕事を夢見ていました。

「それじゃ、全員賛成だな?」ジェイクが言いました。

「賛成！」兄弟がいっせいに言いました。

トムとビッグ・ジャックとジョリティは、ほかのみんなにいったん別れを告げました。ジャック、ジャコット、じゃっく、ジャッキー、ジャクソン、ジェイク、ジル、眠《ねむ》り姫《ひめ》、ラプンツェル、白雪《しらゆき》姫、ジニア姫、シンデレラそれに木の精《せい》、義足《ぎそく》の船長とオウム、海賊《かいぞく》どもです。

トムたちは、手こぎボートに乗せられて、ファフニールの軍船《ぐんせん》までの短い境界《きょうかい》の海を渡《わた》りました。軍船の船縁《ふなべり》を上《のぼ》りながら、トムは肩《かた》かけカバンにしまってあるオオカミの毛皮《けがわ》のマントを返さなければならないことを思い出しました。

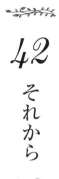

42 それから

「……そして僕《ぼく》は、ドラゴンの目の前で、箱を開きました。宝物《たからもの》のコインが一枚《いちまい》残らず入っていました。ドラゴン・レディはとても喜び、アーンはお祝《いわ》いに、家のそとで火をたいて、ベーコン・エッグをつくってくれました。ドラゴンが、宝物を持って山のほら穴《あな》に帰る前に、親切にその火をつけてくれました。そして僕たちはおいしい朝食を食べました。空が明るくなり、雲が消えて、急に暖《あたた》かなそよ風が吹《ふ》いてきました。山には緑が広がり、あちらにもこちらにも次々と鮮《あざ》やかな春の花が咲きました。『冬が終わった』とアーンが言いました。『フィンブルもラグナレクも、もうない』そしてアーンはにっこりしました。

それから、タビサがグリーンピース色のボートに乗って待っている所まで、ファフニールが送っていってくれました。僕は、タビサに妖精《ようせい》の金の大きなかたまりをあげました。少なくともそれで、クラーケンが沈《しず》めてしまった小舟《こぶね》のかわりに、新しい小舟を買うことができたでしょう。それから僕《ぼく》たちは港にもどり、みなさんに僕たちの物語を話すために、まっすぐにここに来ました」トムはビッグ・ジャックを見ました。お父さんはにっこり笑ってトムにうなずき返しました。

拍手《はくしゅ》が起こりました。長老が両手を上げて「静粛《せいしゅく》に」と合図《あいず》をすると、やがておとぎ工房《こうぼう》の大広間《おおひろま》は静かになりました。

「トム・トゥルーハートに心からお礼を申し上げたい」長老が言いました。「大きな冒険《ぼうけん》の物語を完結《かんけつ》させ、我々《われわれ》に話してくれた。いつものことじゃが、トゥルーハート一家は全員、たぐいまれなる勇気《ゆうき》を示《しめ》して……」

トムが手を上げて、長老の言葉をさえぎりました。「長老さま、もう一つ、忘《わす》れるところでした」トムはかつぎ棒《ぼう》を引き寄《よ》せ、ハートのもようの包みを解《と》いて、なかから取り出したものを演台《えんだい》にのせました。みんながいっせいに息をのみました。そこには、かつて工《こう》房《ぼう》のおとぎ作家だった、ジュリアス・オームストーンの黄金《おうごん》の頭がのっていました。

「物語博物館に飾《かざ》る最初の展示物《てんじぶつ》です」トムが発表すると、また割《わ》れんばかりの拍手《はくしゅ》が大《おお》広間《ひろま》いっぱいに鳴り響《ひび》きました。

「しっかりカギをかけておいた方がよいな」両手が奇妙《きみょう》な形で顔に付いている金の像《ぞう》から少し身を引きながら、長老が言いました。そして演説《えんぜつ》を続けました。

「トムは、トゥルーハート家の誇《ほこ》り高い家名《かめい》にふさわしい、いやそれ以上の働きをした。偉大《いだい》なる冒険《ぼうけん》一家の最後の一族《いちぞく》として、当然期待されておったことではあるが」さらに大きな拍手《はくしゅ》が起こりました。

「長いあいだ行方不明《ゆくえふめい》だった君の父親『巨人《きょじん》殺しのジャック』を連れ帰ったことと、邪悪《じゃあく》なオームストーンを完全に打ち破《やぶ》ったこと……その証拠《しょうこ》が目の前にあるが……それらは、最高の称賛《しょうさん》と感謝《かんしゃ》に値《あたい》する。新しい物語はますます盛《さか》んに語られることじゃろう。なにしろ本日、わしは『十二人の踊《おど》る姫《ひめ》たち』を、新しい冒険物語として準備《じゅんび》するように命令したばかりじゃ」

さらに盛んな拍手がわきました。トムはなぜか突然《とつぜん》、「めでたし めでたしの島」でお姫《ひめ》さまたちを守っているルンペルスティルツキンのことを思い浮《う》かべました。間《ま》もなく、守らなければならない赤んぼうが生まれると、だれかが言っていました。それなら、たぶん、僕《ぼく》がトゥルーハート家の最後の冒険家《ぼうけんか》ではなくなるのでは？　とトムは思いました。

トムとお父さんがやっとおとぎ工房《こうぼう》から出てきたのは、夕方近くでした。空気がひんやりして、トムは、まもなく降《ふ》ってくる雪の匂《にお》いを感じました。境界《きょうかい》の海を越《こ》えたために、トムたちは秋の終わりに「おとぎの国」に帰ってきたのです。間もなくトムの十三回目の誕生日《たんじょうび》がやってきます。ジョリティを肩《かた》に止まらせて、トムは静かな森を小さな家へと歩いていました。

ビッグ・ジャックは、我《わ》が家を目にしました。森のはずれの、四つの門に向かう分かれ道の近くに、昔のまま、すっぽりと木々に囲まれて建っています。家は陰《かげ》になっていて、ぐっすり眠《ねむ》っているようにも見えます。でも、細い煙《けむり》がえんとつからくるくると立ち上《のぼ》り、小さな玄関《げんかん》の軒先《のきさき》に下がっている夜間用のランタンが、淡《あわ》い光で「旅のお方《かた》、ようこそ」とむかえているようです。ビッグ・ジャックは、家の窓《まど》からまだこちらが見えない所に立ち止まりました。

「トム、私はちょっとこわいんだ。ずいぶん長いあいだ離《はな》れていたからね。なんだかドキドキして、なつかしい家を見ただけで胃袋《いぶくろ》がひっくり返りそうで……」

「父さん、大丈夫《だいじょうぶ》だよ。さあ、もうすぐだよ」トムが言いました。


トゥルーハート夫人《ふじん》は、家にだれもいなくなってから毎晩そうしていたように、そろそろ戸締《とじま》りをしようとしていました。今夜は雪になるかもしれない……夫人は玄関《げんかん》の扉《とびら》を開け、空を見上げました。木々の上の白い雪雲が、だんだん厚《あつ》くなっていましたが、まだいくつもの星が明るく見えています。なぜかそうしたいという気になって、夫人は玄関から少しそとに出ました。森の端《はし》で何かが動くのが見えました。

「トム、あなたなの？」夫人が呼《よ》びかけました。

肩《かた》にかつぎ棒《ぼう》をかついだ影《かげ》が二つ見えました。大きい影と小さい影です。

「トム？」もう一度呼《よ》びかけました。

大きい影がゆっくりと玄関のランタンの光のなかに入ってきて、肩からかつぎ棒を下ろしました。

トムとジョリティは、森の端《はし》からじっと見ていました。お母さんと、長いこと行方不明《ゆくえふめい》だったお父さんの二つの姿《すがた》が、お互いにかけよって抱《だ》き合いました。お父さんがお母さんを夢中《むちゅう》で抱きしめています。トムは生まれて初めて、そういう場面を見ました。

「トム、ちょっと森を歩こうか。僕《ぼく》はもうすぐ森で約束があるんだ」ずいぶん時間がたったように思ったとき、ジョリティが言いました。

トムはもうちょっとだけお父さんとお母さんの姿を見ていました。約束を全部果《は》たせたことが、うれしくてたまりませんでした。それからジョリティに言いました。「それじゃ、行こうか、ジョリティ。しばらく二人をそっとしておこう」

二人はひんやりする森を歩きました。

「トム、ここでちょっと待ってて」ジョリティは急に飛び上がり、とても古いオークの木の枝《えだ》に止まりました。ふくろうがホーと鳴き、木の枝が音をたてました。それから、落ち葉をふむ、妖精《ようせい》の軽い足音が聞こえました。こちらに向かってくるのは、賢人《けんじん》シセロ・ブラウンフィールドその人でした。シセロはトムに向かってコクリとうなずきました。

「トム、ビッグ・ジャックを連れもどしたらしいね。よくやった」

シセロは古いオークの木に近づき、ジョリティを見上げました。それから、トムには聞こえないほどの小声で、何か言いました。カラスが枝の上で急にふるえたように見えました。驚《おどろ》いているトムの目の前で変身が起こり、一瞬《いっしゅん》、まぶしい星の形がたくさん見えました。

木の陰《かげ》から、突然《とつぜん》一人の木の精《せい》が出てきて、肩《かた》をふるわせ、両腕《りょううで》と指をのばしました。

「よし、よし」シセロが言いました。「ジョリティ、しばらくだね。トムと二人で成し遂《と》げたことを考えると、もうおまえは見習いの木の精ではないな」

「ありがとうございます、シセロ」お礼を言ってから、ジョリティはトムを見ました。

「やあ、トム、僕《ぼく》の本当の姿《すがた》で会うのは初めてだね」

「そうだね」トムの目の前には、トムと同じくらいの年ごろの、背丈《せたけ》も同じくらいの木の精がいました。コケや土の色の服を着て、くしゃくしゃな髪《かみ》には、小さな木《こ》の葉《は》の冠《かんむり》をかぶっています。二人はちょっとのあいだ見つめ合い、それからトムが手を出し、ジョリティがその手を握《にぎ》りました。

「友だちだよね?」ジョリティが言いました。

「いつまでも」トムが言いました。

「仕事の成功《せいこう》を祝おうではないか」シセロが言いました。「すばらしい仕事ぶりだった。特に、トム、君じゃよ。オームストーンの黄金《おうごん》の首とは、いやはや」シセロはトムの背中《せなか》をたたきました。「さあ、行こうかな。もうすぐ新しいおとぎ工房《こうぼう》の手紙を届《とど》けることになるだろう。たくさんの新しい冒険《ぼうけん》の準備《じゅんび》をしなければなるまい。何通かの手紙の宛名《あてな》は、君だろうね……冒険家《ぼうけんか》、トム・トゥルーハート」

三人は影《かげ》のように音もなく、森を歩いていきました。トムとジョリティは肩《かた》を組み合って歩きました。

「トム、もうすぐ誕生日《たんじょうび》だね」シセロが言いました。「十三歳になる。それに、もうすぐ初雪が降《ふ》ることだろう。いつもより一日、二日早い初雪が」

トムは星を見上げました。雲間《くもま》からのぞいている星座《せいざ》の形が一つわかるような気がしました。弓《ゆみ》に矢をつがえた強そうな姿《すがた》です。

もしかしたら、あれはトゥルーハート家の星座なのかもしれない、とトムは思いました。

三人の姿はやがて、うす闇《やみ》に飲まれていきました。三人の影が木のあいだに消えたとき、雪がひとひら、ふたひら、ゆっくりとまい始めました。「おとぎの国」の森は、いつものように静まりかえっています。まもなく白い冬の衣《ころも》を着て、寒さに少しふるえることでしょう。

めでたし めでたし

この作品は、2013年4月に静山社から刊行《かんこう》された
『少年冒険家トム III　予言された英雄』を、
静山社ペガサス文庫のために再編集《さいへんしゅう》したものです。

イアン・ベック 作・絵

1947年、イギリスのサセックスに生まれる。中学の恩師に画才を見いだされて美術を学び、イラストレーターとして活躍。レコードジャケット制作では、エルトン・ジョンのアルバムのデザインが有名。60冊を超える絵本の制作では、ザ・ベスト・トイ金賞を3回受賞している。英国芸術家協会理事。本シリーズは、イラストに加え、文章も手がけた初の児童書である。その後、『暗闇のファントム』など、ヤングアダルト向けの小説も次々に発表している。

松岡《まつおか》ハリス 佑子《ゆうこ》 訳

同時通訳者、翻訳家。国際基督教大学卒、モントレー国際大学院大学国際政治学修士。日本ペンクラブ会員。『ハリー・ポッター』シリーズの翻訳のほか、エッセイストとしても活躍。『少年冒険家トム』シリーズの出版・翻訳権を自ら獲得し、翻訳。イアン・ベック氏と親交を深めている。

静山社ペガサス文庫

少年冒険家トム III

救われたおとぎ話

2015年11月10日　初版発行

作・絵　イアン・ベック
訳者　松岡ハリス 佑子
発行者　松浦一浩
発行所　株式会社静山社
〒102-0073 東京都千代田区九段北1-15-15
電話・営業 03-5210-7221
http://www.sayzansha.com

ブックデザイン・組版　冨島幸子（株式会社ジンジャー）
フォーマットデザイン　城所 潤（ジュン・キドコロ・デザイン）
印刷・製本　中央精版印刷株式会社

 ISBN 978-4-86389-330-6 Printed in Japan
Published by Say-zan-sha Publications Ltd.

第5巻
ハリー・ポッターと不死鳥の騎士団

「その時が来たようじゃ
五年前に話すべきことをきみに話す時が」

5-Ⅰ　定価(本体780円+税)
5-Ⅱ　定価(本体820円+税)
5-Ⅲ　定価(本体860円+税)
5-Ⅳ　定価(本体820円+税)

第6巻
ハリー・ポッターと謎のプリンス

「わしは心配しておらぬ、
ハリー、きみが一緒じゃからのう」

6-Ⅰ　定価(本体760円+税)
6-Ⅱ　定価(本体820円+税)
6-Ⅲ　定価(本体840円+税)

第7巻
ハリー・ポッターと死の秘宝

「なんとすばらしい子じゃ。なんと勇敢な男じゃ。
さあ、一緒に歩こうぞ」

7-Ⅰ　定価(本体740円+税)
7-Ⅱ　定価(本体740円+税)
7-Ⅲ　定価(本体720円+税)
7-Ⅳ　定価(本体760円+税)

関連書籍

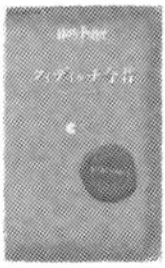

クィディッチ今昔

魔法界の大人気スポーツ"クィディッチ"のすべてがこの1冊に！
ホグワーツ魔法魔術学校所蔵の本を
特別に複製してお届けします！

定価(本体620円+税)

幻の動物とその生息地

「ハリー・ポッター」シリーズに登場する魔法動物が大集合！
ハリーたちの落書きまで再現した、
ホグワーツ魔法魔術学校の教科書です。

定価(本体620円+税)

吟遊詩人ビードルの物語

「ハリー・ポッター」に登場したあの童話集が、
人間界に届きました。魔法界に古くから伝わる5つのおとぎ話です。
ここに秘密が隠されているとも知らず……

定価(本体660円+税)

ハリー・ポッターと
賢者の石

「静山社《せいざんしゃ》ペガサス文庫《ぶんこ》」創刊《そうかん》のことば

小《ちい》さくてもきらりと光《ひか》る、星《ほし》のような物語《ものがたり》を届《とど》けたい——一九七九年《ねん》の創業《そうぎょう》以来《いらい》、静山社《せいざんしゃ》が抱《いだ》き続《つづ》けてきた願《ねが》いをこめて、少年少女《しょうねんしょうじょ》のための文庫《ぶんこ》「静山社《せいざんしゃ》ペガサス文庫《ぶんこ》」を創刊《そうかん》します。

読書《どくしょ》は、みなさんの心《こころ》に眠《ねむ》っている想像《そうぞう》の羽《はね》を広《ひろ》げ、未知《みち》の世界《せかい》へいざないます。読書体験《どくしょたいけん》をとおしてつちかわれた想像力《そうぞうりょく》は、楽《たの》しいとき、苦《くる》しいとき、悲《かな》しいとき、どんなときにも、みなさんに勇気《ゆうき》を与《あた》えてくれるでしょう。

ギリシャ神話《しんわ》に登場《とうじょう》する天馬《てんま》・ペガサスのように、大《おお》きなつばさとたくましい足《あし》、しなやかな心《こころ》で、みなさんが物語《ものがたり》の世界《せかい》を、自由《じゆう》にかけまわってくださることを願《ねが》っています。

二〇一四年《ねん》

静《せい》山《ざん》社《しゃ》